異世界の貧乏農家に転生したので、レンガを作って城を建てることにしました

2

I was reincarnated as a poor farmer in a different world, so I decided to make bricks to build a castle.

カンチェラーラ

Illustration Riv

TOブックス

AREA MAP

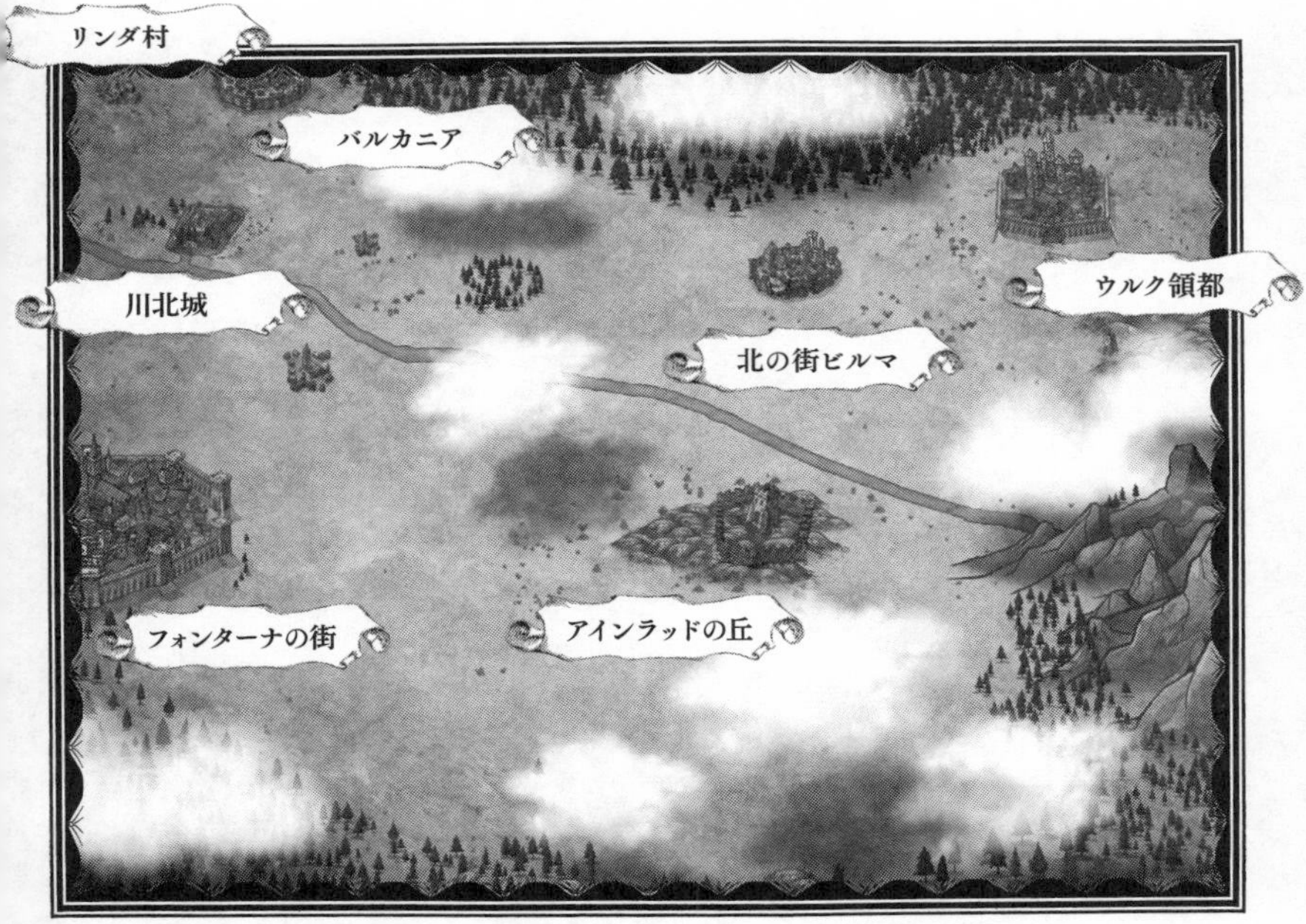

広域地図

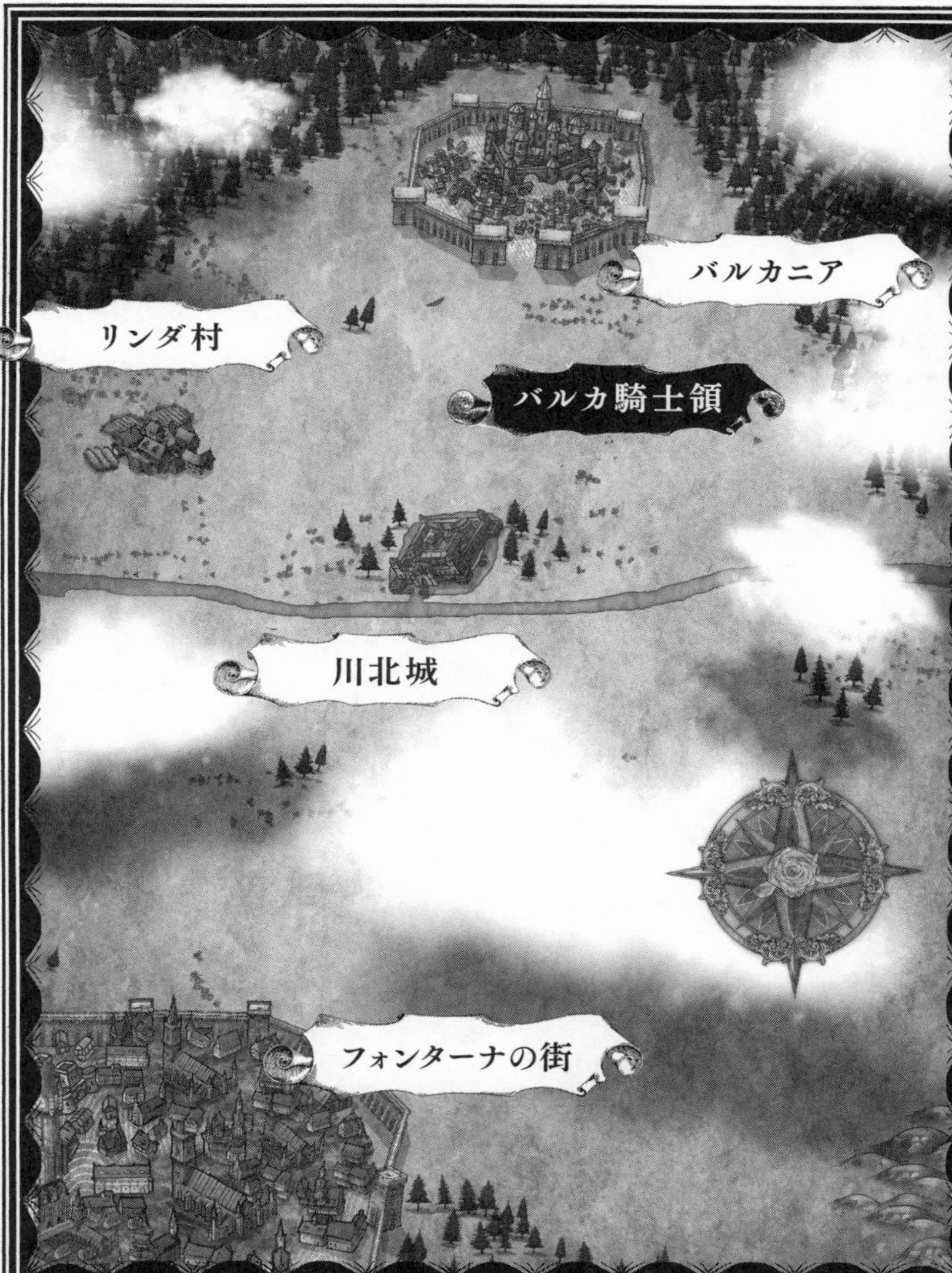
バルカニア
リンダ村
バルカ騎士領
川北城
フォンターナの街

フォンターナ領

CONTENTS

イラスト　R・iv

デザイン　西山愛香（草野剛デザイン事務所）

フォンターナ領

バルカ騎士領

Name:

マリー

アルス達の母親。優しいが子育てでは厳しい一面も。

Data

Name:

バイト

英雄に憧れる、アルスの兄〈次男〉。魔力による身体強化が得意。

Data

Name:

アルス

本作の主人公。貧乏脱却を目指す貧乏農家の三男。日本人としての前世の記憶と、自力で編み出した魔法を駆使して街作り中。

Data

Name:

アッシラ

アルス達の父親。真面目で賢い。

Data

Name:

カイル

アルスの弟〈四男〉。聡明で書類仕事が得意。

Data

Name:

ヘクター

アルスの兄〈長男〉。バルカ村の村長の娘と結婚。

Data

グラハム家

Name:

クラリス

リリーナの側仕え。高い教養を持つ。

Data

Name:

リオン

リリーナの弟。元騎士家であるグラハム家の長男。

Data

Name:

リリーナ

カルロスと異母姉弟。元騎士家であるグラハム家の長女。

Data

フォンターナ家

Name:
カルロス

フォンターナ家の若き当主。野心家。アルスに目を付ける。

Data

Name:
レイモンド

フォンターナ家の家宰。ヴァルキリーの角を切り落とした人物。

Data

Name:
パウロ

バルカ地区を受け持つ神父。アルスの良き理解者。抜け目のない一面もある。

Data

Name:
グラン

究極の「ものづくり」を夢見る旅人。アルスに出会いバルカ村に腰を据える。

Data

Name:
トリオン

行商人。アルスの取引相手。名付けに参加しバルカの一員となる。

Data

Name:
マドック

木こり。世話焼き。年長で落ち着きがある。

Data

ウルク領

Name:
ミリアム

キーマの補佐を務める歴戦の猛将。

Data

Name:
キーマ

ウルク家当主の直系男児。

Data

リンダ村

Name:
バルガス

リンダ村の英雄。強靭な肉体と人望を持つ。

Data

第一章　野戦

「よっしゃ、アルス、出陣するぞ！」

「は？　どこに行く気だ、バイト兄。フォンターナ家はまだこっちに向かってきてないんじゃないか？」

「馬鹿かおまえは。わざわざ相手が来るのを待つやつがあるかよ。先手必勝だ、こっちから行かなくてどうする」

俺が魔力回復薬を片手にひたすら招集に応じた村人たちにバルカ姓を与え終わったときだった。

それを隣で見届けたバイト兄が勢いよく立ち上がってそう言い出した。

急に何を言い出すのか。

まさかもう戦闘モードに入っているのだろうか。

だが、改めて考えてみると人数をとにかく集めるということに意識を囚われすぎていた。

今後の動きをどうするのかということを全く考えていなかったのだ。

せいぜい行商人のおっさんが情報を集めてきてくれるのを待つくらいしか考えになかったと言っていい。

それによく考えるとバイト兄が言うことも一理あるかもしれない。

このバルカ村には俺が建てた外壁に囲まれた土地が存在している。

だが、この土地はさすがに広すぎるだろう。

百人もいない人数でこの一辺四キロメートルほどもある土地を守るのは不可能に違いない。

それに壁は分厚さこそあるものの、城壁のようにはできていない。

あくまでも大猪の突進を受けても大丈夫なように建てただけで、襲ってくる人間を迎撃するための造りにはなっていないのだ。

しかし、だからといってバイト兄の言うように今から出陣するというのも考えものだろう。

あえて相手の本拠地に押し寄せるというのは危険すぎる。

曲がりなりにも向こうも戦力を持つ集団なのだ。

もともと近年は農民を徴兵して戦をしていただけに、戦力差もあるだろう。

少し策をめぐらしたほうがいいかもしれない。

「よし、出陣しよう。ただし、行き先は街じゃない。隣村だ」

しばらく考えたあと、俺は他の村へと行くことにしたのだった。

◇◇◇

北の森近くにあるバルカ村から三日ほどの距離にある南のフォンターナの街。

当然だが、俺の村と街までの間はなにもないというわけではない。

いくつかの村が存在しているのだ。

俺はバルカ村から一番近い村へと向かうことにした。

と言っても村を襲撃して略奪するというような目的ではない。

俺たちバルカの人間が今回決起した理由を告げに行くことにあった。

あくまでも非道はフォンターナ家にあり、俺たちはそれに耐えかねて反抗するために立つ。

村人に招集をかけるときに使った話を他の村へと広げようというわけだ。

一種のプロパガンダと言ってもいいだろう。

正義は我らにあり、というわけだ。

もちろん、そんな話を聞かされても他の村にとっては知ったことではないだろうし、迷惑なだけかもしれない。

だが、話を聞いてくれる連中は一定数いると睨《にら》んでいる。

日々食うにも困り、毎年冬になると凍死や餓死で死ぬ人間が結構いるのだ。

明日をもしれぬ生活を送っている人たち。

そいつらに「お前らが大変な生活をしているのはすべて貴族のせいだ」と洗脳するかの如き説得を行い、さらに魔法を披露する。

今なら食料の提供とともに、この魔法をあなたも使えるようになりますよ、とアピールするのだ。

多分、多少の人数が集まると思う。

バルカ村からやって来た集団が全員見たこともない魔法を使い、さらに目の前で一人か二人が魔法を習得する現場を見せつけてやろう。

そうすれば、本当に誰でも魔法が使えるようになるのか疑う者もいなくなるだろう。

そこまで成功したら、あとはその後の流れ次第だ。

街に向かうもよし。

どこかで野戦をするのもよし。

バルカ村に戻って籠城《ろうじょう》するのもありだろう。

というか、相手の出方次第ということになる。

こちらが主導権を握りたいが、向こうがとんでもない数の戦力を投入してくるようなら突っ込むような真似はできないからだ。

結局のところ、臨機応変に、その時考えるしかない。

こうして、俺たちバルカ村から八十人近い人間が隣村へと押し寄せていったのだった。

◇◇◇

「うーむ、予想外だ。聞く耳も持たないって感じだな」

「当たり前だろ。どこの村もこんな人数が武器を持って近づいてきたら、話し合おうなんて気にはならんだろ」

「いい考えだと思ったんだけどな。父さん、どうすればいいと思う？」

「父さんがわかるわけないだろ」

バルカ村から南西の方へと移動するようにしてやって来た隣村。

さあ、話し合いをいたしましょう、と思っていたのはどうやら俺だけのようだった。

集団で近づいてくる俺たちの存在を察知した隣村の連中は即座に武器を持って集まったのだ。

なんというか、戦い慣れてやがる。

うちの村でもそうだったが、どの家もいざというときに武器として使う得物を用意してあり、何かあったときにはすぐにそれを持って集まってくるのだ。

その動きは前世での防災訓練でちんたらと動いているようなやる気の無さとは違い、自分たちの命がその速度にかかっていると言わんばかりの速さだった。

もしかして、俺の村では経験なかったが、急に何らかの集団に襲われた経験があるのかもしれない。

それに対して、こちらの人間もかなり気が立っている。

これも考えてみれば当然のことだった。

俺はあくまでも隣村へと話し合いに来ただけのつもりだった。

だが、それを集団全体に通達していたわけではなかったのだ。

周りの人間に目的地を伝えてから隣村に向かったにすぎない。

もしかすると、こっちの人間のなかには隣村に襲撃をかけに来たと思っている連中もいるかも知れない。

武器を手にした集団を引率するなどという経験は前世でもなかった。

俺はみんながどう考えるかを深く考えずに動きすぎたのかもしれない。

集団同士で睨み合うという状況に思わず天を仰いでしまうのだった。

「おい、バルカの連中よ。一体、どういうつもりだ？」

双方が殺気立ちながら相対しているなか、隣村の中から一人の男が声を上げた。

武器を片手に持ち、ズッと前に押し出るようにして集団の先頭へと来る。

大きな剣を持っている。

人の身長よりも大きな分厚く太い剣を手にしているにもかかわらず、特に重たさを感じさせるような素振りも見せずに歩いている。

その姿はこの集団でもかなり異質で浮いている。

俺たちの村の連中もそうだが、基本的に武器はあまりいいものを持っていないのだ。

下手したら農具をそのまま掴んで出てくるような人が多い。

農具ではなく戦用の武器として使用されることが多いのは槍《やり》だ。

なぜ剣ではなく槍が多いのかと言うと経済的な面が関係している。

柄頭《つかがしら》からそれなりの金属部分の長さが必要な剣と木の棒の先に刃先をつけるだけの槍。

比べてみると使用される金属の量は圧倒的に槍のほうが少なく、値段も安くすむのだ。

それ故に剣を持つということはそれだけ経済的な力もあるということを示しているともいえる。

つまり何が言いたいのかというと、粗末な武器しか持たない集団の中で大剣を持っているというのはそれだけで存在感に満ちあふれているということなのだ。

「あいつ、もしかしてバルガスか？」

「バルガス？　父さん、アイツのこと知っているの？」

「ああ、知っている。あいつはここいらの英雄みたいなもんだな。かつて、幾多の戦場でものすごい活躍をしていたからな」

「てことはかなり強いんだね」

「村を出ていったと聞いていたが戻ってきていたのか」

どうやら、お隣さんの有名人らしい。

父さんと同年代以上の人はバルガスのことをよく知っているらしい。

バルガスが姿を現してからこちら側のあちこちで声が上がり、動揺が広がり始めた。

それに対して、隣村の連中はバルガスが前に出たことでかなりの落ち着きを取り戻したようだ。

かつてここを出ていったことがあるという話だが、それでも隣村の連中にとっては頼りがいのある男ということになるのだろうか。

「聞け！　フォンターナ家はバルカ村の住人に非道を働いた。俺たちはそれに怒り、立ち上がった。だから、お前らもそれに協力しろ！」

俺が前に出たバルガスという男を観察しているときだった。

バイト兄が俺たちの前に出ていきなり話しかけ始めた。

バルガスの大剣を持つ姿もこちらに対して威圧感を与えるものだったが、バイト兄もいい勝負だろう。

バイト兄はこちらの中では群を抜いて装備の質がいい。

それも当然だろう。

なにしろ俺が用意したものなのだから。

まず、バイト兄は角なしヴァルキリーに騎乗している。

普通、農民で騎乗技術のあるものなどほとんどいない。

そもそも騎乗できる使役獣を持っている人間というのがほとんどいないのだから当たり前だろう。

真っ白な毛並みを持つ雄々しい使役獣に乗ったバイト兄。

その体は真新しい革鎧《よろい》に包まれている。

これは大猪《いのしし》の毛皮を魔力回復薬を触媒としてなめした一品だ。

農民の多くは農具などを武器にしているだけあり、防具に至ってはほとんど無いに等しい。

せいぜい木の板を盾にしているくらいだろう。

まだ子どもでこれからも成長することが明らかであるバイト兄の体に完全にフィットするように作られた革鎧。

だが、さらにすごいのが手にしている武器だった。

バルガスの持つ大剣ほど大きくはないが、大猪の牙をもとに作られた硬牙剣。

グランが作った剣の一振りをバイト兄へと渡しておいたのだ。

金属ではないが、それゆえに怪しげな光をはなつ剣を持つ。

そんなバイト兄は向こうからするとどういう存在として映るのだろうか。

普通の農家の次男坊だとは夢にも思わないに違いない。

「その装備、もしかしてお前か？　バルカの大物喰らいとかいうやつは……」

「ん？　ああそれは違うぞ。そいつは俺の弟だ。アルス、前に出てこいよ」

バイト兄とバルガスが二言三言話をし、俺を呼ぶ。

よくわからんがとりあえず話ができるのであれば行ってみるとしよう。

「そいつが？　おい、何かの冗談だろう。そんなガキが大猪を一人で殺せるわけないだろうが！」

ああ、なるほど。

大物喰らいとかいうのは大猪を倒したことでついた呼び名みたいなものなのか。

そういえば、グランが俺のところに来たのも大猪退治について聞いたからだとか言っていたな。

結構噂が広がっているんだろうか。

「おい、今なら子供の冗談として笑って済ましてやるよ。さっさと後ろの連中をまとめて帰んな」

「ふざけるなよ、さっきも言っただろうが。俺たちバルカの人間はフォンターナ家と戦う。お前らもそれに協力するんだよ」

「それこそ、ふざけるな。そんな寝言みたいな話に付き合うわけないだろうが」

「ああ、なんだとコラ」

「なんだ、やんのかこら」

やばい。

バイト兄とバルガスが口喧嘩のようなものに移行し始めた。

だが、それが口喧嘩ではすまなくなる可能性がある。

お互い、両者の後ろには武器を持った人間が前のめりになりながらジリジリと距離を近づけてきているのだ。

しょうがない。

俺はそうそうに平和的解決を諦め、バルガスの方へと向かって威嚇《いかく》射撃として魔法を放ったのだった。

◇◇◇

バイト兄とバルガスが言い争いをしている。

その横で俺が魔法を発動した。

ヴァルキリーに乗る俺は右の手のひらをバルガスの方へ向けて呪文を唱える。

「散弾」

その瞬間、俺の手から矢じりのように尖った硬い石がバルガスの方へと飛んでいった。

ダダン。

音を立てて【散弾】がバスガスの足元の地面へと突き刺さる。

バルガスへ向けて放った魔法が地面へと当たったのは、別に狙いが甘かったからではない。

あくまでも威嚇射撃なので少し狙いをずらしていたにすぎない。

「……今のは魔法か？」

「そうだ。武器をおろせ。話がしたい。動けば今度は当てるよ」

「いいぜ、やってみろよ」

俺は話し合いのためにと思って声をかけたのだが、どうやら挑発とでも受け取ったようだ。

【散弾】を目にしても多少驚いただけで、恐怖しているというわけでもないらしい。

バルガスはまるで猛禽類《もうきんるい》のように、獲物を狙う目をしてこちらへと向かって走り始めた。

恐ろしく喧嘩っ早いのか、あるいは戦場で活躍したという経験が、遠距離攻撃を可能とする相手には速攻をかけて近付く必要があると教えているのか。

「ちょ、止まれって。散弾！」

慌てて迎撃しようと魔法を発動する。

いくつもの石が飛ぶ【散弾】は命中率を上げる意味合いがある。

どれかひとつでも当てて相手にダメージを与えようと考えて作った魔法だからだ。

だが、それをバルガスは見事に防いでみせた。

こちらに向かって走っていたはずのバルガスは、俺が【散弾】を飛ばした瞬間、その軌道を読み横に跳躍した。

もちろん、それだけではすべての石を回避することはできない。

バルガスは、さらなる追撃を見越して大剣を盾にするように振るって当たりそうな石を弾き飛ばしたのだ。

その動きには迷いが無かった。

多分飛んできた石に驚いて大剣を振っていたら間に合っていなかったのではないだろうか。

こいつはもしかすると、俺が最初に威嚇射撃したときに【散弾】の特性を見抜いたのではないだろうか。

【散弾】という魔法は便利だが、それゆえに特徴がある。

まず、俺が目標物に向かって手のひらを向けるということ。

それはすなわち、どこに向かって魔法を放とうとしているのかというのが相手から読み取れるということでもある。

さらに複数の石が散らばって飛んでくるという特徴も、どのように拡散するのかを理解してさえいればその範囲外へと逃げることもできるだろう。

範囲外へと逃げ切れなくとも、盾などで防いでしまえば問題もない。

尖った石だとはいえ、金属を貫通するまでの威力はないのだから。

だが、それを一度見ただけで理解し、対処することができるものだろうか。

俺はできないかもしれない。

いや、できたとしても実践しようと思わないだろう。

もしも、回避に失敗すればそれだけで大ダメージを受けることになるのだから。

バルガスという男が他の村の人間にまで畏怖《いふ》される理由がよくわかった。

戦い慣れている上に、瞬時に判断する力があり、さらに相手の攻撃を恐れることなく飛び込むことができる勇気すらある。

なるほど、英雄と言われるだけある。

「散弾、散弾、散弾、散弾」

だんだんと距離を縮めてくるバルガス。

それを俺は迎撃し続ける。

いくらものすごい判断力で回避ができると言っても限界があるはずだ。

そう考えた俺は、【散弾】を唱え続けた。

次々と生み出される鋭利な石が走り寄るバルガス目掛けて放たれる。

それをなんとか回避しようとするバルガス。

だが、ついにはその回避に限界が訪れた。

俺とてパニックを起こして何も考えずに魔法を連発していたわけではない。

バルガスの回避する方向を予測して、動きを先読みした位置に向けて【散弾】を放っていたのだ。

横っ飛びに跳んだバルガスに向かって直撃コースで【散弾】が飛んでいく。

あれではいかに大剣だといえ、防ぎ切ることはできないだろう。

そう思った俺は再びバルガスの行動に驚かされた。

今まさに直撃する。

そう思ったときだった。

「ウオオオオォォォォォォ！」

バルガスが吠《ほ》えた。

間近で聞いたら間違いなく鼓膜《こまく》が破れかねないような大声で叫ぶバルガス。

そして、その咆哮《ほうこう》と同時にバルガスは自ら俺の放った直撃コースの【散弾】へ向かって突っ込んできたのだった。

バルガスは革の胸当てをしているものの、それ以外は生身だ。

普通に考えて【散弾】に直撃すればダメージがあるはずだった。

だが、俺のすぐ至近距離にまで近づいてきたバルガスの体には大きな傷が見当たらない。

もしかして、【硬化】か？

俺の頭には【散弾】を受けてもびくともしなかった大猪の姿が頭によぎった。

大猪は矢が通じないとされるが、硬い体表と毛皮だけがその原因ではなく、【硬化】という魔法を使えることが大きかった。

実はこの【硬化】に近いことは俺もできる。

俺はよく筋力を上げるために全身に魔力を満たす【身体強化】を使うことがある。

全身ではなく体表面である皮膚に魔力を集中させると、外からの衝撃などを防ぐ力が増すのだ。

多分、バルガスも同じだ。

呪文ではないが、先程の大きな遠吠えのような声を自己暗示のようにして、体の防御力を上げる方法を戦場で独学で身につけたのかもしれない。

「残念でした、っと」

まさか、この村にも防御力を上げるような魔法を使うやつがいるとは思いもしなかった。

それに戦い慣れているやつが相手では【散弾】という魔法だけでは対処しきれない可能性があるということもわかった。

これにフォンターナ家と戦う前に気がつけただけ、ある意味良かったのかもしれない。

だが、防御力が上がるからといって被弾覚悟で突っ込んできたのは悪手だ。

別に俺の攻撃が通じないと決まったわけではないのだから。

ズドン、という音が響いた。

あたりには土煙が立ち上り、周囲の視界を悪くしている。

周りからは何が起こったのかわからなかったのだろう。

静まり返っていた。

少しすると風が吹き、土煙が消えていく。

そこにはバルガスが倒れていた。

その横には彼ご自慢の大剣が根本から折れた状態で転がっている。

それを見て、ようやく周りも理解したのだろう。

俺がバルガスを倒したということに。

固唾《かたず》をのんで見守っていた村人はまるで恐ろしいものを見たかのように、ヴァルキリーに騎乗する俺の姿を見つめていたのだった。

「勝負あり、だな。降参しろ、バルガス」

「くそ……、今のは一体……」

地面へと吹き飛ばされたバルガスだったが、意識を失ったわけではなかったようだ。

俺が声を掛けると、理解の及ばぬことに混乱した様子でつぶやいた。

俺がしたバルガスへの攻撃は、さっきまでと同じで遠距離魔法攻撃だ。

それが【散弾】ではなかったというだけのこと。

もちろん【散弾】で決着がつくのであればそれでよかった。

しかし、バルガスが思いの外強かったため、俺は【散弾】という攻撃方法そのものを囮《おとり》にして攻撃を繰り出したのだ。

バルガスは俺が手のひらを向ける角度から攻撃の狙いを察知し、呪文を唱える音を聞いて攻撃タイミングを把握していた。

それを逆用したにすぎない。

何度も回避される【散弾】をしつこく続けたことで、最終的にバルガスは攻撃を食らってでも自分の攻撃を当てるという捨て身の行動に出た。

だが、それは俺が誘導したものだったということだ。

まさか、なんのダメージもなく近寄ってこられるとは思いもしなかったが、狙いを察知させないことに意味があった。

そして、その捨て身の攻撃に対してカウンターを発動する。

自ら魔法攻撃の前に身をさらけ出したところに、呪文を使わない魔法攻撃をしたのだ。

いくらバルガスが数多くの戦場で戦ってきた強者《つわもの》だとはいえ、不意をつかれればダメージは必ず与えられる。

それまで何度も繰り返していた【散弾】という言葉とともに発射される魔法攻撃により、バルガスは無意識のうちに呪文が聞こえれば魔法攻撃が発射されると刷り込まれたはずだ。

他の者が相手であればそれでも問題なかった。

だが、俺は別に呪文化していなくとも魔法を発動することができる。

頭の中で【散弾】で飛ばすものよりも大きく硬い岩をイメージし、無言で発射したのだ。

バルガスはその攻撃を受けるまで察知することができなかっただろう。

こうして俺のカウンター攻撃が見事に決まったのだった。

だが、それでもバルガスはすごかったと言わざるを得ない。

完全に不意をついたはずだったのに、大剣で身を守ってダメージを減少させたのだから。

もっともそれによって愛用の大剣がポッキリと折れてしまっているのだが。

「わかった。俺の負けだ。投降しよう。だが、お願いだ。この村の人間に危害を加えないでほしい」

俺がバルガスに勝利したあと、バルカ村の人たちは雄叫びのような歓声をあげて喜んでいる。

戦場で見て、聞いた、隣村の英雄に自分の村の人間が勝ったということが嬉しいのだろうか。

だが、どうもその嬉しさがヒートアップしすぎているような気配もあった。

こういうときの集団心理は危険だ。

普段善良で優しい人間でも熱狂的な雰囲気に当てられて、通常ならば考えられないような行動に出ることもあるだろう。

特にお互いに武器となるものを手にしている今なら、それは尚更。

バルガスは自分が負けたことがキッカケとなって、自分たちの村が蹂躙《じゅうりん》されることを恐れてい

るのではないだろうか。

だからこそ、ただ負けを認めただけではなく、こちらの支配下に入ることを認めたのだろう。

それもいいだろう。

これから俺たちは土地を治める貴族と一戦交える覚悟なのだ。

だが、戦力が足りているかといえば決してそんなことはない。

むしろ、村中から人を集めたにもかかわらず少なすぎる可能性が高い。

もともと、この村には戦力の拡充が目的でやって来たのだ。

バルガスのような男こそ、必要だ。

「わかった。バルガス、お前が俺たちと一緒に戦うというのであれば村に危害を加えることはないと約束するよ」

「了解した。ともに戦うと約束しよう、アルス」

「ありがとう、よろしく頼むよ」

こうして、俺は当初の目的通り、戦力の増強を果たしたのだった。

計画通りだ！

◇◇◇

「すごいな。まさか俺が魔法を使える日が来るとは思わなかった」

バルガスを仲間に加えたあと、俺はすぐさまバルカ姓を与えて魔法を使えるようにした。

隣村の人間であるバルガスにバルカ姓がつくのもおかしいのかもしれないが、グランや行商人のおっさんなど村と関係ない人間にもバルカ姓を与えていたから気にしないことにした。

村の人間にこだわる必要もあるまい。

むしろ、同じバルカを名乗ることで一体感が出てうまく戦っていくことができるのではないだろうか。

実際のところどうなのかわからないが、とりあえずそういう考えのもとにバルカ姓を名付けて魔法を習得させたのだった。

バルガスと戦うという不測の事態。

これは結果論としていえば、わりといい方向へ話が転がった。

というのも、俺が実際に戦う姿をみんなに見せつけることができたというのが大きかったのだ。

考えてみれば当たり前だろう。

俺はまだ成人もしていない子どもなのだ。

いくら魔法を使えるようにしてくれるからといって協力しても、俺個人は信用も信頼もそう簡単にできるものではない。

本当にいざとなれば俺を置いて逃げ帰ろうと考えている人間が多かったのではないだろうか。

だが、実際に俺が戦う姿を見て、その考えを改める雰囲気が出てきたようだ。

圧倒的強さを持って戦場を駆けてきた実績を持つバルガスに、まるで赤子の手をひねるがごとく簡単に勝利してしまったのだ。

もしかして、本当に強いのかもしれない。

貴族と戦って勝てるかもしれない。

そう彼らが考えるのはおかしなことではなかった。

そして、この「もしかして」というのが大きいのだ。

かすかでも希望があれば人はそれを追い求めるように頑張ることができる。

やってやろうじゃないか、という空気が集団に満ちてきていたのだった。

「それで、大将は今どこに向かっているんだ？」

「なにその大将って？」

「何ってアルスのことだよ。この中の親分なんだから大将でいいだろ」

「うーん、まあ別にいいけど。今向かっているのは川だな。そこで陣を張るつもりなんだ」

バルガスが俺の横へと来て話しかけてきた。

話してみるとなかなか面白そうな人だった。

仲間想いのようで、みんなから慕われているらしい。

バルガスが俺に対して投降し、一緒に戦うとなったとき、隣村の若者が何人も我も我もと参加してくれたのだ。

どうやら、かつて村から離れたことがあるというのも、仲間を守るために起きたトラブルが原因だったようだ。

そのバルガスの質問に答える。

隣村の戦力も吸収して、さらにその村からも移動を開始した俺たちの目的地。

それはバルカ村から南のフォンターナの街に行く途中にある川だった。

俺はそこで陣地を作って、フォンターナ家を迎え撃つことにしたのだった。

◇◇◇

「ここをキャンプ地とする」

「アルス、お前何言ってんだ？」

バルカ村から街に向かって南下する途中にある川。

途中で南西方面にある隣村に立ち寄りバルガスを始めとした隣村の戦力を吸収することに成功した俺は、南にあるその川に来ていた。

川といってもそれほど大きなものではない。

だが、そこそこの水深があるため、よく人が通る場所というのが限られているのだ。

もしも、フォンターナ家が人数を集めてバルカ村へとやってくるのであればここを通る。

その場所を先に陣取ってしまうことにしたのだ。

川の北側に陣取って、野営の準備に入る。

周囲から薪《たきぎ》となる木枝を集めて火をおこす。

そうさせている間に俺は次々と建物を建てていった。

もはや定番化しつつある宿屋を量産していったのだ。

集団で手分けして【整地】を行い、俺が記憶している宿屋を再現していく。

ポンポンと増えていく建物。

わずか一日にして、川の北には宿場町のような場所が出来上がってしまった。

「どうせだし、防衛用に壁も作ってみるかな?」

俺たちの集団の人数は隣村の人間を吸収したこともあり、百人を越えている。

その人数を全員収容しても足りるだけの施設群が出来上がったので、つい欲が出てしまった。

幸いまだフォンターナ家の者たちは来ていないようだ。

なら、せっかくなので陣地をより強固にすることにした。

「え? 【壁建築】できないやつがいるのか?」

だが、そこで驚くべきことがわかった。

俺が名付けをして魔法を習得させた人たち全員が俺の独自魔法を使用することができるようになっていた。

だというのに、一部の魔法を使うことができない人がいるということがわかったのだ。

急いで調査した結果わかったことがある。

それは魔力の使用量が多い魔法を使えない人がいるということだった。

しかも、それは単純に使えないという状態なのではなく、認知自体ができていないというものだったのだ。

名付けを行うと、まるで脳に直接魔法の情報をインプットされるように魔法を覚える。

その際、呪文名とともにその魔法がどういう効果があるのかというのがなんとなく理解できているのだ。

それは一度も実践していなくともわかるようで、例えば【整地】であればだいたいどのくらいの面積を一度に整地できるかというのがわかるのだ。

だが、【壁建築】を覚えていない人は名付けを行ったあともそんな魔法があるというのを知らなかったようで、さらにどのような壁ができるかということも知らなかった。

もしかして、と思うことがあった。

そこで、【壁建築】を使える人と使えない人を集めて観察してみる。

魔力を目に集中させて、その人の持つ魔力の量を見たのだ。

「やっぱりか。壁を作れないやつは魔力の量が少ないな」

俺の考え通り、【壁建築】という魔法を使用できないものは総じて魔力量が少なかった。

それも基準があるようだ。

【壁建築】は結構大きな壁を作り出すため、一度の魔法で使用する魔力量が多い。

俺も自分の土地を壁で囲むときには魔力回復薬を飲みながら建築したものだった。

そして、その一回分の魔力使用量にその人の持つ総魔力量が足りなければ知識としてすら魔法のインプットが行われないようだった。

これは多分、その人が自分の体を守るための仕組みなのかもしれない。

俺も以前、自分の身に釣り合わない量の魔力を消費して意識を失ったことがあった。

魔力欠乏症とでもいうべき状態で、何日も起きられなかったくらいだ。

魔力量が足りないのに一発ですべての魔力を使い切ってしまうような魔法を覚えたらどうなるだろうか。

魔法が発動する間もなく気を失い、場合によっては危険なことにもなりかねない。

そうならないように防衛本能としてなのか、あるいは魔法陣の仕組みなのか、力の足りないものには相応の魔法しか覚えられないようになっているのかもしれない。

この件は要調査案件として覚えておこう。

今後名付けられた人の魔力量が増えた際に【壁建築】を使えるようになるのかも追跡調査しておくことにしよう。

ちなみに、【壁建築】と同様に【道路敷設】も使えない人がいたようだ。

こっちも結構道幅を広く設定したせいで魔力使用量が大きいからだ。

だが、【整地】や【土壌改良】などといったものから【身体強化】や【散弾】などの戦闘向きのものはみんな使えるようだ。

とりあえずこれからの戦いには問題ないだろう。

そんなふうに名付けの魔法陣の不思議な現象に頭を悩ませつつも、川北の陣地の周囲を壁で取り囲み終えた。

そうして陣地が完成した頃になって、行商人のおっさんからフォンターナ家の情報が入ってきたのだった。

「五百人以上？　そんなに集めてるのか」

行商人のおっさんが街へ行き集めてきた情報を伝える。

やはり、当初の予想通りフォンターナ家は貴族からの使いである徴税官たちに攻撃をくわえた俺に対して兵を差し向けてきたようだ。

だが、その数は五百を超えるという。

普段バルカ村から徴兵される人数は多くとも五十人程度なのに、その十倍は用意してきたということになる。

気合いの入り具合がわかるというものだろう。

「で、どうするんだ、坊主？」

「どうするっていうのは？　ここまできたら戦うしかないと思うけど」

「そうじゃねえよ。情報を集めてきたらこんなところにすごい陣地まで作ってるじゃねえか。しかも、隣の村からまで人を集めて。何か作戦があるのかと思ってな」

行商人のおっさんに訊かれて考え込んでしまう。

現状の俺たちの戦力は百名を超える程になっている。

この点で言えばフォンターナ家の予想を超えているのではないかと思う。

だが、それでも人数差が大きい。

たしか、城壁などを利用している防衛側を崩すには人数的に三倍は必要になる、というのを聞いたことがあるような気がする。

そのことを考えると、いくらここに壁を作り防衛態勢を整えたといっても耐えきれるものではないだろう。

というか、籠城という方法自体取りづらい。

籠城するのに絶対に必要な条件は他からの援軍が来るという状況だけだ。

援軍が来ることもないのに籠城したところで結局勝ち目はない。

「やっぱり野戦で決着をつけるしかないだろうな」

「大将、俺もその考えに賛成だ。守るにしてもそれなりの準備というのが必要だ。ここには防衛する手段が圧倒的に足りてないからな」

一緒に行商人の報告を聞いていたバルガスも俺の考えに同意する。

バルガスは戦場では一兵卒を超えるものではなかったそうだが、実戦経験を通して、ここで守りを固めるというのは良くないというのがわかるのだろう。

であれば、百対五百という圧倒的劣勢の立場であれども壁の中にこもらず戦いに出たほうがいいかもしれない。

向こうはこちらのことをただの農民の寄せ集め、烏合《うごう》の衆《しゅう》だと考えているはずだからだ。

言ってみれば奇襲だ。

こちらが全員戦闘用の魔法を使えるということを知られていないうちにぶつかり、損害を与える。

対策を取られる前に勝利をもぎ取る。

これくらいしか、方法がないともいえるのが厳しいがしょうがない。

とにかくチャンスは一度きりしかない。

初戦でこちらが損害を与えることができなければ、ここへついてきてくれた人たちも俺のもとを去ってしまうだろう。

体が震える。

果たして自分のしていることはなんの意味があるのかと考えてしまうこともある。

だが、いまさら引き返すわけにもいかない。

すでに他の人をも巻き込んで、引き返せるラインを越えてしまっているのだから。

生き延び、自由を手にするには戦うしかないところまで来ているのだ。

こうして、俺は不安や恐怖が次々と浮かんでくる心を無理やり落ち着けながら、今後の対策を考えていくのだった。

◇◇◇

風が吹き、木の枝や葉が揺れ音が鳴り続けている。

そんななか、平地に沢山の人が並んでいる。

その集団は二つだ。

片方はボロの服を着てみすぼらしい格好の者が多い集団。

対して、もう片方はもう少しいいものを着ている者が多い。

特に人数の多い集団の中には太陽の光を跳ね返すような金属製の鎧を身に着けているものも存在

している。

その数は三十人以上になるのではないだろうか。

俺たちは行商人から受け取った情報をもとに、フォンターナ軍を迎え撃つことにした。

陣を張った川からさらに数時間ほど移動したところにある平坦な土地。

そこに出向いていったのだ。

行商人の情報は正確だった。

おおよその人数とその行軍の日程などは正しかった。

そのため、こうして目的の場所でお互いが相対することとなったわけだ。

お互いがまだ弓矢も届かぬ距離で止まっている。

と、そこへフォンターナ軍の中から出てくる者がいた。

真っ白い馬、というか角のないヴァルキリーに騎乗した人物が一人でフォンターナ軍の先頭より
さらに少し前あたりまでやって来たのだ。

「バルカ村の住人に告ぐ。即座に降伏して武器を捨てよ。さすれば命だけは許そう」

その人物が停止してから一呼吸置いて話し始めた。

これはあれだろうか。

戦闘前の最後通告だろうか。

それとも兵の気力を上げ、こちらの士気を削ぐための演説だろうか。

どうしたらいいのかわからないため、とりあえず様子を見る。

「バルカ村に住むアルスは罪を犯した。貴族の命令を無視するどころか、徴税官や兵士に対して危害を加えたのだ。これは看過できる問題ではない。だが、我々もバルカ村の住人を全員裁きたいわけではないのだ。今すぐアルスが投降し、みなが武器を置けばこれまでの生活に戻ることを約束しよう。速やかに武装解除をしたまえ」

うーむ、敵ながらいい声をしている。

こちらに多少近づいてきたとはいえそれなりに距離が離れている。

だと言うのに、こちらの全員がしっかりと聞き取れるような声なのだ。

遠くまで通る声とでも言うのだろうか。

そういえば戦場では声がよく通るものがいい指揮官の特徴だというのを聞いたことがある気がする。

そんなことを考えているときだった。

「おい、アルス。ボケっと聞いていていいのか？」

「父さん、どうしたの？」

「ぼーっとしている場合じゃないって言っているんだよ。あんなことを聞かされたらここにいるみんなの心が揺らぐだろ。何か言い返さないと」

「そうだぜ、大将。戦い前の口上が始まったんだ。すでに戦いは始まっているってことさ」

父さんに続き、バルガスまでがそう言ってくる。

なるほど。

やはり、こういうのは甘く見ていると戦況に大きな影響を与えるものなのだろう。

ならばここらで俺もなにか言っておく必要があるな。

そう考えた俺はこちらもヴァルキリーに騎乗した状態で集団の前に進み出ていったのだった。

さて、どうしようか。

前に出てきたものの俺の話す内容で味方を鼓舞《こぶ》し敵の戦意を削ぐようなことができるだろうか。

難しいかもしれない。

ならば発想を変えよう。

こういうのはわりとその場の空気というものに影響されるものではないだろうか。

つまりは、話す内容よりも別のことで相手に勝てばいい。

俺が向こうの口上を聞いているときに感じたのは声の通りがよいということだった。

遠くまで通るよく聞こえる声のおかげで、なんというか話の内容云々と言う前に、素直に従ってしまうような説得力のある声に聞こえたのだ。

ならば俺はその声よりもよく通る声を出そう。

だが、普通に話すだけではだめだ。

大声を出すだけでも足りない。

ならば頼るべきは魔力しかない。

俺は騎乗しながら移動している間に魔力を練り上げ始める。

そして、その魔力を体の一点に集中させた。

声帯だ。

人間の体の仕組みとして、声を出すというのは喉の奥にある声帯が震えているということにほかならない。

声帯が空気の振動を音として、意味のある言語を発するのだ。

そこに魔力を乗せるイメージをする。

震える振動を、空気とともに魔力と合わせて口から外へと発する。

そうして、聞く者に魔力ごと声を叩きつけるのだ。

「フォンターナ家は俺にバルカの土地の所有を認めた。証文まで残し、正式に認めたのだ。しかし、バルカが発展し始めたのをみてそれを奪おうとしている。俺たちの土地を奪い、その土地にあるものを奪い、さらにはバルカに住む人までをも奪おうとしている。その証拠がこの間の傷害事件だ。俺の弟はなんの罪もないのにもかかわらず無抵抗に傷つけられた。こんなことが許されていいのか。俺たちは自分たちの土地を、ものを、そして自分自身を守らなければならない。今こそ、バルカに住む者の力を見せるときだ。戦え、戦士たちよ！」

意外とすらすらと言葉が出てくる。

最初は何を喋ったらいいのかわからなかったが、一度話し始めると止まらなくなってしまった。

俺も自分で思っていたよりも、今回のことでいろいろと腹に据えかねていたのかもしれない。

いかに相手が非道で常識を欠き、理不尽なのかをあれこれと言い続ける。

魔力を声帯に集中させるということもどうやら成功していたようだ。

敵味方双方ともにピクリとも動かずに俺の言うことを聞き続けている。

いや、最初に喋っていた男が途中で割り込もうとしていたのだが、俺の声に負けて聞き取れなかったのだ。

フォンターナ家への糾弾とあわせて、「戦え」というフレーズを随所に入れて話し続けていたからだろうか。

どうやら見た感じでも相手の士気は低下し始めてきて、こちらは前のめりになりそうなほど戦意高揚《こうよう》している。

ちらりと後ろへと目を向けて、俺自身が驚いた。

まるで獰猛《どうもう》な犬が限界ギリギリまで首輪につながった綱を引っ張りながらも目の前の標的に噛みつこうとしているような、そんな印象を受けたのだ。

自陣営の連中はみな、解き放たれるのを今か今かと待っている状態。

これならそろそろいいだろう。

「全員突撃！　敵を殲滅《せんめつ》しろ!!」

こうして、俺たちは戦闘に突入したのだった。

◇◇◇

「邪魔だ、どけ!!」

号令をかけた俺は先頭をひた走る。

騎乗した状態で五百人を超える集団の真ん中へと向かって突っ込んでいく。

フォンターナ軍の前で喋っていたやつが俺の突撃を見て、軍中へと引き返していくのを追いかける形だ。

なんというか、この状況に酔っているのではないだろうか。

いや、さっきの前口上を自分で話しながらボルテージを上げていたというのが正しいのかもしれない。

普通ならば躊躇するだろう突進攻撃をなんの迷いもなく選択してしまっていた。

だが、それは失敗ではなかった。

それまで魔力を叩きつけるようにして話していた俺がいきなり全軍突撃を命令して突っ込んできたのだ。

相手のほうとしては対処するための精神的な猶予《ゆうよ》がなかった。

もしかしたら、本来であれば人数をまとめて盾と槍を組み合わせて槍衾《やりぶすま》という防御態勢を取るつもりだったのかもしれないし、弓で矢の雨を降らせるつもりだったのかもしれない。

だが、相手の先頭集団はその準備も整わぬまま俺の騎乗突進攻撃をモロに受けてしまった。

手にした得物を右に左にと振りまくる。

今、俺が手にしているのは棒だ。

硬牙剣も持ってきているが、騎乗姿勢で使うには少しリーチが短い気がしたのだ。

だからかわりに別のものを用意していた。

俺が魔法で作り出したのだ。

硬化レンガという硬い物質を使いやすい長さと太さで。

剣と違い刃がないが、それでも金属にひけをとらないほど硬い棒で殴られれば当然ものすごいダメージになる。

だが、俺は自分の力に驚いていた。

俺には【身体強化】という呪文がある。

呪文を唱えるだけでも体を強化できるのだが、それは普段使いやすいようにそこそこの強化倍率になるように設定している。

だが、今使っているのは呪文を使わず練り上げた魔力を全身に送って最大限に体を強化する魔法だった。

呪文を使うよりもさらに自身の体を強化して、硬化レンガの棒を振り回す。

これが予想以上の効果を発揮したのだ。

硬化レンガの棒で叩かれたフォンターナ軍の農民兵。

それが吹っ飛んでいったのだ。

棒で殴られて後ろに倒れたとかそういうレベルではない。

まるで後方へと弾かれたようにして吹き飛ばされ、さらにその後ろにいた農民兵ごと地面へと激突していたのだ。

「はは、何だこれ。ここまで強化できたのかよ」

その光景を見ながら、俺は笑ってしまっていた。

圧倒的な力で相手をなぎ倒す。

冷静に考えればひどく野蛮《やばん》な行為だ。

だが、この戦場という場において、それは精神を高揚させ、脳内の快楽物質を吹き出すための行動としかならなかった。

俺はテンションをあげ続けながら、フォンターナ軍の中央に向かって敵を吹き飛ばしながら突き進んでいったのだった。

「オラァ！」

硬化レンガの棒を振り回す俺から距離をとろうとする農民兵たち。

その顔は恐怖で引きつっていた。

そりゃそうだろう。

どう見ても子供の俺が大人たちを吹き飛ばしているのを見れば明らかに異常だからだ。

そのせいか、俺の周りを遠巻きにして見ているだけで近付こうとするものはいない。

それならそれでいいだろう。

俺の目的は目の前の相手を倒すことだけではないのだ。

あくまでもこの戦いで勝利を得ること。

ということは指揮官を倒さなければならない。

俺から逃げるようにしてフォンターナ軍の中へと戻っていった男を追いかけることにした。

「おい、アルス、ちょっと待て。一人で突っ込むなよ」

だが、そこで俺を引き止める者がいた。

俺の後方から追いかけてきていたバイト兄だ。

俺と同様にヴァルキリーに騎乗して棒を振り回しながら近づいてきた。

その姿とさらにその後方を見て状況を把握する。

どうやら一人で突っ込みすぎていたようだ。

俺がフォンターナ軍の先頭部隊を食い破って突入することには成功しているものの、バルカ勢とは距離が開いてしまっていたのだ。

これは俺が騎乗している、ということ以外にも理由がある。

それは俺とともに戦うバルカの人たちの強さにあった。

俺が村の連中にバルカの姓を与え、魔法を授けたバルカ勢だが俺と同じように相手を吹き飛ばすほどの力はなかったのだ。

【身体強化】と【散弾】という魔法を使っているおかげでフォンターナ軍の農民兵よりも一人ひとりは強い。

だが、圧倒するというほどでもなかったのだ。

俺が授けた魔法、とくに【身体強化】は確かに身体能力が向上する。

だが、強化倍率としては日常生活で今までよりもちょっと重いものが持てるようになる、という程度のもので超強化というような類のものではない。

が、それを差し引いても子供の俺よりもパワーがなさすぎるような気がした。

これはもしかすると魔力の質が関係しているのかもしれない。

俺も小さい頃はそうだったが、基本的に魔力はその人が自然発生しているものを垂れ流したままのことが多い。

ゆらゆらと蒸気があがるような、湯気《ゆげ》のように立ち上っている程度にすぎない。

だが、俺はその魔力をより強力にするためにいろいろと試行錯誤をしていた。

空気中の魔力を取り込み、単純に魔力量を増やすというもの。

その取り込んだ魔力を本来自分が持つ魔力と練り合わせるというもの。

さらにその練り合わせた魔力を腹の中にある胃腸に集中させて、普段の食事で食べ物から取り入れる魔力を増やすというもの。

そんなふうに魔力の量と質をひたすら向上させ続けてきていたのだ。

おそらくだが、他の人はそこまで魔力についていろいろなことを試していないのではないだろうか。

あくまでも体から自然に発生する薄い魔力を利用しているだけ。

だから、俺が名付けたあとも【壁建築】や【道路敷設】といった高い魔力が要求される魔法が使用できない者もいたのだ。

魔力の質を向上させれば、まだ肉体的に成長しきっていない子供の体でも大人を吹き飛ばすことができる。

ということは、魔力の質と量がその人の戦闘力に直結してくるのだろうか。

見たところ強化した俺と一緒に行動できそうなやつは限られていそうだ。

「バイト兄、バルガス、二人は俺と一緒に来い。父さんとマドックさんは他の連中を率いて俺たちのあとを追いかけてきて」

昔から俺が魔力の訓練法を教えていて身体強化が得意なバイト兄、そして戦場での経験から防御力が高く【散弾】を食らってもピンピンしているバルガス。

この二人は一騎当千になりえる。

二人とともに先頭に立って切り込んでいくことにした。

「目指すのは敵軍中央の鎧を着た連中だ。あそこに行くぞ」

そうして、狙うのはおそらく貴族連中の一団である鎧集団。

あれは強敵だ。

金属製の鎧を着ているというだけでもこちらにとっては脅威だ。

なんといっても【散弾】が効きづらいのだ。

いくら硬いといっても石を飛ばす魔法である【散弾】では金属鎧を満足に貫けずダメージを与えられないだろう。

が、それ以上に鎧を着ている連中は魔力量が多かったのだ。

俺の目を通して見える一人ひとりの魔力量。

訓練の賜物《たまもの》か、あるいは何らかの秘訣があるのか、鎧を着ている連中は全員魔力が高い。

当然その強さは農民兵の比ではないだろう。

だが、だからこそそいつらを狙う意味がある。

俺やバイト兄、バルガスはこちらにとっては主力であり、精神的な支柱だ。

それと同じようにフォンターナ軍にとっても鎧連中は農民兵にとっての心の支えであるはずだ。

やつらを崩せば農民兵はまとまりを欠くはず。

そう考えた俺は二人とともに農民兵には目もくれずに敵軍中央へと目指して進んでいったのだった。

五百人ほどで構成されたフォンターナ軍の中央を切り裂くようにして突撃していく。

先頭集団の農民兵が俺に大きく吹き飛ばされたことから、その行く手を阻もうとする者の数は少なかった。

なんとか心を奮い立たせて止めようとする農民兵もいるが【散弾】を放ち近寄れないようにする。

そうして、フォンターナ軍中央部にいる金属鎧を身にまとった連中へと接近していった。

鎧兵は数人がかたまりとなってお互いの盾を重ね合わせるようにして防御の構えをとっている。

どうやら迎え撃つ気のようだ。

バルガスを倒したような大きめの岩を飛ばすような魔法が使えればいいのだが、あれは騎乗して走っている今の状態では使いにくい。

ならば単純に硬化レンガの棒で防御陣ごと崩してやろう。

そう考えた俺は突進の勢いのまま、全身に再度魔力をみなぎらせて肉体を強化して横薙《な》ぎに棒をふるった。

ガキーン。

金属の盾と硬化レンガの衝突で耳障りな音が鳴り響く。

あまりの衝撃に俺は手から棒を取り落としてしまった。

あわてて硬牙剣を引き抜く。

手ぶらになったタイミングで攻撃されていたら危なかったかもしれない。

だが、俺の突撃攻撃は成功していたようだった。

農民兵のように跳ね飛ばされるということはないが、複数で盾を構えて防御に徹していた鎧兵も先頭の兵士が棒がぶつかった衝撃で押し倒されて後ろのものに覆いかぶさっていた。

それをなんとか押し返しながら、慌てて撃退の動きにつこうとする残りの鎧兵。

その時間が俺のスキを見逃すことになってしまっていた。

「いける。そんな強くねえぞ、こいつら」

「バカ言うな。大将が無茶苦茶なだけだ。バケモンかよ」

「言ってくれるな、バルガス。後で覚えとけよ。それより、こいつらを蹴散らすぞ」

「おう」

俺はバルガスとの掛け合いをしながら鎧兵へと向かう。

鎧兵は確かに強いし装備の質もいい。

そこらの農民兵と比べると何倍もの強さがあるのではないかと思う。

だが、俺とは明らかに違っているものがある。

それは魔力の質だった。

農民兵よりも魔力の量が明らかに多い鎧兵。

だが、魔力の質というか濃さに関しては農民兵と同じだったのだ。

体から無意識に垂れ流すようにして立ち上っている薄い青い色をした靄《もや》のような魔力。

量だけは多いがそれだけだった。

対して、俺の魔力はそれとは全然質が違う。

空気と食べ物から取り込んだ魔力を腹の中で自分の魔力と練り合わせた結果、ドロドロと粘性がある液体のような魔力になっているのだ。

この魔力の質の違いだけでも戦闘力の違いとなって現れるようだ。

三十人ほどいる鎧兵だが、これならこちらが三人でもなんとかなるかもしれない。

一人で十人ほど倒す、という現実離れしたことができるかもしれない。

そう思ったときだった。

「それ以上の狼藉《ろうぜき》は許さん」

俺が押し倒した数人の鎧兵のさらに後ろにいた人がこちらに攻撃を仕掛けてきた。

俺と同じようにヴァルキリーに騎乗している。

こいつは戦闘開始前に向こうから出てきたお偉いさんか。

ということはこいつがこの敵軍のトップか。

向こうからわざわざ出てきてくれて手間が省けた。

「久しいな、アルス。元気にしていたか？」

「……はあ？　誰だ？　俺はお前のことなんか知らないぞ」

俺がこれ幸いとばかりに攻撃を仕掛けようとしたタイミングで、相手の男が話しかけてくる。

その絶妙なタイミングによって攻撃の機会を失ってしまった。

誰だこいつ。

「ふふ、まだ小さかったから覚えておらんのか？　私だ。この地を治めるフォンターナ家の家宰《かさい》を務めるレイモンドだよ」

家宰？

レイモンド？

覚えていない訳がない。

俺が初めて街に出ていったときに会ったことのある人物。

フォンターナ家に献上したヴァルキリーを受け取った人物。

そのヴァルキリーの角をなんの断りもなくいきなり切り落とした人物。

そして、俺の土地所有などの権利を直接許可した人物。

あのときの男が目の前にいる。

というかこの軍の指揮官だったのだ。

もしかして、こいつがすべての元凶ではないのか。

フォンターナ家の家宰という重要なポジションについており、その男がフォンターナ家の紋章が入った許可証まで出した。

だというのに、こちらに難癖をつけてまでして、バルカにあるものを奪おうとしてきた。

さっき、開戦前にとうとうと語った前口上は俺に罪があるとまで言っていた。

頭に血が上る。

こんなことになったのは誰のせいだ。

何もかもこいつが、レイモンドが悪い。

俺は悪くねえだろ。

思わず手に力が入り、爪が食い込む。

手のひらから血が滲《にじ》んでたれてくる。

それはかつてヴァルキリーの角を切られるのを目の前で見せつけられ、何もできなく我慢しているしかなかったときと同じだった。

だが、完全に同じではない。

あのときとは違って、俺には力がついた。

たとえ貴族が相手でも歯向かってやろうと思うくらいには強くなった。

「おい、アルス。周りを見ろ。囲まれたぞ」

俺の血液がすべて頭に集まって血管でも切れるのではないかと思うほど興奮しているときだった。

焦った様子でバイト兄が声をかけてくれる。

俺はその声を聞いて初めて周囲に意識が向いた。

やられた。

レイモンドがいきなり俺に声をかけてきた理由。

それは俺の怒りを誘って、態勢を立て直した鎧兵たちに周囲を取り囲ませるための時間稼ぎだったのだ。

せっかく騎乗した状態での突進攻撃という一番威力のある攻撃方法があるというのに、愚かにも俺は足を止めてレイモンドの話に耳を傾けてしまった。

「やばいぞ、大将。やつら、魔法を使ってくる」

さらに悪い状況は続く。

俺たちを取り囲んだ鎧兵だが、武器による攻撃ではなく魔法で攻撃しようとしてきたのだ。

魔法攻撃。

そうだ、俺はここまで圧倒的な強さで相手を倒してきたことで完全に油断していた。

この世界には魔法が存在する。

それは魔法攻撃が俺たちだけの専売特許という意味ではないのだ。

自分が使うからこそ、その攻撃の厄介さがわかる。

その魔法攻撃が周囲を囲んだ鎧兵から同時に放たれたのだった。

「氷槍《ひょうそう》」

俺とバイト兄、バルガスの三人が敵軍中央で周りを囲まれるという失態。

その俺たちに対して周囲を取り囲む鎧兵が魔法を放った。

【氷槍】

この地を治めるフォンターナ家が有する魔法。

そう、この世界では貴族が独自の魔法を持っているのだ。

いや、逆にいえば魔法を持っているからこそ貴族足り得る、といったところか。

生活魔法以外の魔法を使えるかどうかで戦場での生存率が大きく変わってくることは間違いない。

長い年月を経て、いろいろな魔法を持つ人が台頭しては消えていった。

そうして、力のある魔法を持つ人がいつしか貴族として生き残ってきたのだ。

有事の際にはその魔法の力を使って問題を解決する。

その力があるからこそ、その地に住まう人々は貴族が土地を治めることを認めているのだ。

だが、個々人が持つ魔力の量というのは限られている。

いくら貴族が魔法を持ち、戦場で強大な力を持つ存在として暴れまわったとしても、必ず勝てるとは限らない。

あくまでも戦場においては人の数というのが大きな要因足り得るのだ。

そこで、貴族は自分の土地から人々を徴兵して戦場へと向かうことになる。

本来庇護《ひご》を求めるべき存在である平民が貴族のために戦う。

これではなんのために貴族が土地を治めることを認めているのかわからなくなってしまうだろう。

そこで、いつからか戦場で手柄をたてた者には魔法を授けるようになったのだという。

つまりは、貴族から姓を報酬として貰い受け、新たな家を建てる。

これが平民が戦場に自ら行く理由となった。

頑張ればそれまでの平民という立場よりも一歩先に進んだ存在となることができるのだ。

命をかけるだけの価値があるとみなされた。

だが、貴族側もそう簡単には魔法をプレゼントしたりはしない。

なんといっても危険なのだ。

魔法を使うことができる存在というのは。

魔法は魔力を持つものであれば呪文を唱えるだけで発動することができる。

その魔法が生活魔法とは違い、殺傷性のあるものだとしたらどうだろうか。

何気なく挨拶《あいさつ》を交わし、握手をしようとした瞬間に魔法を発動されたら、いかに自分が魔法を使うことができるとしても命の危険がある。

言ってみれば、いつでも眼には見えない銃を使うことができるような状態なのだ。

そんなやつがうろちょろとしていると危険極まりない。

実際かつてはいろいろと事件があったらしい。

貴族としては非常にジレンマだったことだろう。

戦場に連れていく兵がほしいが、そのためには活躍した者には魔法を使えるようにしてやらなければならない暗黙の了解が存在し、しかし、だれかれ構わずに魔法を授けると秩序を乱す。

結果として魔法を授けるための段階をもうけて、ある程度信頼できると判断した者に魔法を授けるようになった。

俺たちのような農民は何度も戦場に出て、その力を認められると従士として取り立てられる。

従士というのは騎士につく、付き人のような存在らしい。

騎士の下についてさらに働き、その働きが認められると初めて魔法を使えるように姓を授けられる。

そうして魔法を使えるようになったのが従士を使うことができる騎士だ。

騎士になると魔法が使えるようになるかわりに、魔法を授けた貴族に対して忠誠を誓う必要が出てくる。

貴族に対して何らかの非礼があれば最悪の場合、姓を剥奪される。

姓の剥奪。

それはつまり家の断絶であり、魔法の使用が不可能になることを意味する。

つまり、それまで平民とは違う特権階級に位置していた地位を失うことになる。

どんな人間も今の地位を失うことを望む人はそうそういない。

であれば、最低限その地位を守るためにも魔法をむやみやたらに悪用しないように自ずと制限することとなった。

こうした流れがあり、魔法を使える貴族が土地を治めるシステムが出来上がっていったのだった。

俺がバルカ村でしたのは、言ってみればこのシステムを悪用した裏技だ。

本来戦場で自分のために働いた者に対して授ける魔法をいきなり使えるようにする。

それはいきなり自分の地位が農民から引き上げられることを意味する。

誰だってそれに飛びつくだろう。

だが、ただより高いものはない。

みんなわかっているのだ。

魔法を授かったからには命をかける場所へと行かなければならないということに。

俺は土魔法を使えるため、バルカの人には同じ土の魔法を授けることになった。

対してフォンターナ家は氷魔法を使う一族だ。

ここにいるフォンターナ家家宰のレイモンドを始めとして、周りを取り囲む鎧兵、あらため騎士たちはフォンターナの魔法である【氷槍】が使えるようだった。

手のひらから大きな氷柱のようなものを発射する魔法。

無抵抗で受けてしまうと間違いなく体を串刺しにし、大ダメージを与えるであろう攻撃魔法。

それが周囲から一斉に発射された。

俺は即座に硬牙剣に【魔力注入】を行い、剣の硬度を引き上げた。

ひとりで周囲すべての氷槍を払い落とすことは不可能だ。

そう考えたのは俺だけではなくバイト兄もバルガスも同じだった。

言葉をかわすこともなく、お互いの背中を守り合うようにして自分の目の前の氷柱だけに意識を向ける。

そうして、俺は飛んでくる氷柱を硬牙剣で砕くようにして叩き切っていったのだった。

周囲を取り囲んでいる騎士たちから攻撃魔法が放たれた。

【氷槍】という氷柱を発射する遠隔攻撃を可能とした魔法である。

俺の後ろにはバイト兄とバルガスの二人がいるが、後方からの攻撃はその二人に任せるしかない。

俺はとにかく目の前から飛んでくる成人男性の腕くらいの長さと太さの氷柱に目を向ける。

魔力を込めた硬牙剣。

この剣は魔力を込めることで硬化の効果を発揮するため、氷柱ならば叩き落とすことができるだろう。

問題はそれを確実にこなすことだ。

氷柱が目の前に迫ってきている。

俺は体内で練り上げた魔力を操作する。

こちらへと飛んでくる氷柱を子どもの俺がはたき落とすためには筋力が必要だ。

だが、筋力だけではいけない。

ひとつ残らず迎撃するためには、動体視力も必要だろう。

そこで俺は自分の魔力を効率的に使うことにした。

いつもは身体能力をあげたいのならまんべんなく全身に魔力をみなぎらせていた。

だが、今回はそれではいけない。

先程まで農民兵を吹き飛ばしていた膂力《りょりょく》を考慮し、練り上げた魔力の半分を全身に満たすようにする。

そうして、残りの半分を眼に集中させたのだった。

魔力を眼に集めると視力が上がり、さらに魔力すら視認することが可能となる。

俺は飛んでくる【氷槍】を向上した動体視力でその動きを捉えた。

まるで動画をスロー再生しているかのように、動きが緩慢になって認識されているようだ。

その氷柱の軌道を見た上で、進行方向に合わせて硬牙剣を振るう。

ガキン、という音とともに氷柱が地面へと落下していった。

いける。

ぶっちゃけ魔力の分配は今までの生活でもあまり必要なくてしてこなかった。

だからか、アンバランスに分配するよりも一箇所に集中するほうが簡単にできる気がする。

意外とコントロールが難しいが、それでもこの方法を使えば飛んでくる氷柱を残らず撃ち落とすことができるだろう。

そう感じた俺はさらに魔力のこもった眼で騎士たちを見つめる。

そこでひとつの現象に気がついた。

どうやら、彼らの使う呪文には発動タイミングというものがあるらしい。

最初に魔力を込めるかのようにフンと気合を入れてから呪文名を口にして、ハッと息を吐きながら発射する感じで魔法を使っていたのだ。

それがわかれば話は早い。

呪文を唱える前に、魔力を込めるタイミングが視覚的に見えているのだ。

さらに動体視力の上がった俺の眼ならば、飛んでくる氷柱の軌道そのものよりも騎士の手に注目したほうが迎撃しやすいというのもわかった。

騎士たちも魔法を放つ際には手のひらをこちらに向けて魔法を発射するのだ。

その手の向きを見ていればどこを狙っているのかなんてすぐにわかる。

なるほど。

バルガスが俺の【散弾】を避けまくっていたのも、今まで騎士と戦場で出会う機会があったからなのだろう。

いくら魔法が強力で、武器の持ち運びが必要ない便利なものだとしても、理屈さえ知ってしまえば対処の仕方くらいはあるのだ。

とはいえ、それはあくまでものすごい動体視力と判断能力が必要になるのだが。

ひたすら騎士たちから放たれる魔法攻撃を叩き続ける。

どのくらいの数を叩き落としたのだろうか。

ようやくその攻撃がおさまってきた。

俺の周りにはゴロゴロと邪魔な氷柱が地面に横たわっている。

だが、そのどれもが俺にダメージを与えることなく硬牙剣によって叩き落とされたものだった。

ふう、と一息入れてさらに周囲に目を向ける。

どうやら俺の後ろもこの攻撃を乗り切っていたようだった。

バルガスは俺が大剣のかわりに渡していた硬牙剣に俺と同じように硬化を発動させて氷槍を迎撃していたようだ。

だが、俺とは違ってすべての迎撃に成功したわけではなかったようだった。

そういえば、俺の【散弾】のときはどちらかと言うと避けるのが多かったのか。

全部を叩き落とすというのは無理だったのだ。

しかし、バルガスは傷一つついていない。

なんと驚いたことに自分の体を盾にしていたのだ。

バルガスは自分の魔力を皮膚に集め防御力を増し、硬牙剣では防ぎきれなかった攻撃をわざと自分の体で受けていたのだ。

俺やバイト兄のほうへと飛んでいかないためにだ。

こいつは思った以上にいいヤツなのかもしれない。

対してバイト兄は硬牙剣をめちゃくちゃに振り回していたようだ。

それも二本だ。

いわゆる二刀流とでも言おうか。

左右に持った硬牙剣で氷柱を攻撃しにいっていたのだった。

だが、野生の勘でうまく防いでいたものの全ては防ぎきれなかったらしい。

ダメージを負っていた。

バイト兄自身ではなく、バイト兄が騎乗しているヴァルキリーがだ。

バイト兄のヴァルキリーには何本か氷柱が刺さり、そこから血を流していた。

騎士からの攻撃を防ぎきったあと、それを確認したバイト兄が切れる。

「クソが！　よくもやりやがったな、てめえら!!」

ブチ切れたバイト兄がいきなり吠え、騎士に向かって使役獣を走らせる。

「まずい。バルガス、バイト兄を守れ」

「おう」

それを見て慌ててバルガスへと指示を出す。

だが、バイト兄はバルガスが追いかけるよりも前に騎士たちへと接近し、硬牙剣で切りかかっていた。

ガンッ!!

そんな音がして、騎士の鎧が凹む。

いや、砕かれたといってもいいのか。

バイト兄が振り下ろす硬牙剣の硬さに騎士の着る金属鎧のほうが負けているのか、ガンガンと叩くようにして鎧の上から傷を与えていた。

どうやら、俺と同じ成人前でありながらもバイト兄もまた騎士に勝る強さを持っているらしい。

俺が教えた魔力の扱い方によって、尋常ではない強さを持ち合わせていたのだ。

正直、俺自身の強さもバイト兄の強さも戦場でここまで通用するとは思いもしていなかった。

比較対象が村の中の子供達しかいなかったからかもしれない。

「あれなら、俺の手助けはいらないか。それなら……」

バイト兄が次々と騎士に襲いかかり、そのフォローをするバルガス。

多分すぐにどうこうなるということはなさそうだ。

そう考えた俺は二人のあとを追いかけるのではなく、違う方へと向かった。

俺たち三人を取り囲むように騎士に指揮し、その様子を後方で見守っている存在。

フォンターナ家家宰のレイモンド。

俺はこの戦いの決着をつけるために、指揮官であるレイモンドのもとへと向かっていったのだった。

◇◇◇

「驚いたな。その剣は魔法剣なのか……。それに身体能力も尋常ではありえん。どうやったのだね？」

「あんたには関係ないよ。それより、えらく余裕みたいだね」

「ふむ。いや、正直に言うと想定外のことばかりで余裕はないのだがね。アルス、君を生け捕りにしようと考えてここまでおびき出したのは失敗だったようだ」

それほど距離をとっていたわけでもなかったので、すぐに話が可能なくらいの距離にまで近づくことができたが、そこでまたもやレイモンドがこちらに向かって声をかけてくる。

今度も時間をかけて他の騎士を周りに配置するつもりなのか。

そう思ったがどうやらそうではないらしい。

そばに数人の騎士が従っているが、それらは動かずレイモンドだけが口を動かしている。

それにしても、俺が突撃を開始した際に慌てたように軍内へと引き返していったのは、俺をおびき出すためだったらしい。

まあ、それも確かに有効だったのだろう。

俺が見た目通りの子どもだったら、さらにバルカ村の連中がもっと弱くて前線で押し戻されていればだが。

言外に逃げたわけではない、と主張するレイモンドの発言はうかつに虚勢を張っていると判断するべきではない。

というのも、農民兵より魔力量が多い騎士たちよりもさらにレイモンドの魔力は多いのだ。

さすがにフォンターナ家で家宰を務めているというだけはある、といえるか。

頭がいいだけでは騎士たちをとりまとめることなど不可能だろう。

実力を兼ね備えていると考えておくべきだ。

それに気になることがある。

それはレイモンドが持つ剣だった。

やつは俺が持つ硬牙剣を魔法剣だと言っている。

だが、それはやつのもつ剣も同じなのではないだろうか。

レイモンドの持つ剣の表面が青白く光っている。

ただの金属の剣だとは思えない。

それは俺の視覚からもわかった。

剣自体にものすごい魔力があるのだ。

それこそ、硬牙剣以上の魔力を帯びている。

あれは危険だ。

俺の勘がそう告げている。

「私は最後の忠告を君にした。だが、アルス、君はこちらに刃を向けた。それはフォンターナ家の顔に泥を塗るようなものだ。決して許されることではない。残念だがここでお別れだ」

レイモンドが何やら言いながら手に握る剣を両手で持ち、構える。

それを見て、俺は再度硬牙剣に魔力を注入した。

俺がすることは変わらない。

ここでレイモンドを倒す。

太陽の光を反射する剣を持つレイモンドに向かっていったのだった。

◇◇◇

一撃必殺。

俺は最初の一撃にすべてを賭けるかのように硬牙剣へと魔力を注ぎ込んだ。

可能な限り硬化の能力を発揮させる。

そうして硬くなった硬牙剣でレイモンドへと切りかかった。

レイモンドの持つ剣をへし折り、そのまま切り倒す勢いで。

だが、それは叶わなかった。

俺の硬牙剣がレイモンドの剣とぶつかり合い、そして相手の剣を砕いたにもかかわらずにだ。

「氷……、氷の剣か！」

「ははは、氷精剣《ひょうせいけん》の力をとくと見よ！」

俺が砕いたと思ったのは剣そのものではなく、剣から伸びた氷の部分だったのだ。

氷精剣、それがレイモンドの持つ剣の名のようだ。

おそらく硬牙剣と同じような効果として、魔力を注ぐと剣身に氷を生み出すのだろう。

それもただの氷ではない。

するどい切っ先を持ち、相手を切ることが可能な氷の剣。

それが本来の剣の長さ以上に延長されるかのように生み出されていた。

まずい。

ただでさえ子供の俺はリーチが短いのだ。

だと言うのに、相手の剣はどんどんと伸びている。

全力で振るう硬牙剣とぶつかり合えば、その氷を砕くことが可能なのだが砕いてもすぐに長くなった状態に戻ってしまう。

このままではジリ貧だ。

そう思っているときだった。

何度目かの切り合いの中で、俺はレイモンドの突きを防ぎきれず剣撃を受けてしまった。

もっとも俺の体に当たったのではない。

俺が騎乗している使役獣にその切っ先が突き刺さったのだ。

「キュー!!」

刺さった場所も悪かった。

後ろ足の腿《もも》の部分。

そこに氷の剣が突き刺さり、ガクンと使役獣の体勢が崩れる。

と、そこへレイモンドからの強烈な振り下ろしがやってきた。

硬牙剣を頭上に掲げてなんとかその攻撃を防ぐ。

だが、その一撃で完全に力負けした。

真上から重力を味方にした振り下ろしの威力によって、俺は使役獣の背中から落とされた。

強い。

レイモンドの強さが思った以上にある。

それは単に氷精剣という魔法剣の存在だけにとどまらない。

魔力で強化している俺と平気で打ち合っていることで推して知るべしだ。

この世界ではこんなバカげた超人が存在する中で戦争をしているのか。

よく今まで父さんは無事だったなと思ってしまう。

だが、そんな悠長なことを考えている時間はなかった。

地面へと落ちた俺がなんとか起き上がったタイミングで、使役獣に騎乗したレイモンドがさっそうと近づいてきていたのだ。

あれは俺が献上したときのヴァルキリーのうちの一体だろうか。

その上に乗ったまま、ヴァルキリーの疾走スピードを剣に乗せるようにして剣を振るってくる。

すでにレイモンドの氷精剣が生み出す氷の剣の長さはかなりのものになっていた。

避けきるのも、防ぎきるのも不可能だ。

「散弾!!」

だから、俺は回避を捨て攻撃に転じた。

狙うのはレイモンドではなく、レイモンドが騎乗するヴァルキリーの足だ。

ヴァルキリーの足の速さは嫌というほど知っている。

毎日乗っているのだから当たり前だ。

魔力を込めた眼でスローに見える相手の動きに合わせて、レイモンドの騎乗するヴァルキリーの右前足が地面につくタイミングで【散弾】を命中させた。

大猪のような防御力はヴァルキリー種には存在しない。

高速で移動していたヴァルキリーは、いきなり右足に飛来物がぶち当たったことで躓《つまず》く格好となる。

さらに氷精剣の長さが伸びていたことも影響を与えた。

長くなった得物を横薙ぎに振っていたところに機動の要であるヴァルキリーが体勢を崩して、氷の剣の切っ先が地面へと当たったのだ。

ドン、という音とともにレイモンドが騎乗していたヴァルキリーが転倒する。

当然それに乗っているレイモンドも地面へと投げ出された。

これで状況は五分に戻った。

片方だけが使役獣に騎乗するという最大の攻撃チャンスを逃したレイモンドに向かって俺は駆けていったのだった。

◇◇◇

レイモンドが騎乗していたヴァルキリーの上から地面へと投げ出される。

やつの右手に握られていた氷精剣は、もとの長さよりも遥かに長くなっていたことで切っ先が地面と接触している。

おかげで俺を狙って振られていた軌道からずれた。

回避不能だったはずの攻撃から逃れることに成功する。

だが、これで安全とは言えない。

レイモンドが地面に落ちた、今このときに勝敗を決めなければならない。

正直なところ、身体能力で俺は負けている。

地面へと手を付けて起き上がろうとしているうちにやつのそばへと走り寄って剣を振り下ろした。

しかし、俺の攻撃は防がれた。

レイモンド自身が防御したのではない。

やつのそばにいた騎士が駆け寄ってきて、俺の攻撃を防いだのだ。

「邪魔だ！！！」

四人の騎士を相手に硬牙剣を振るう。

だが、その攻撃は騎士の持つ金属の剣に防がれてしまう。

どうやら氷精剣の作り出した氷の剣はそこまで硬くなかったようだ。

多分鋭さを増して、斬りつけることに特化したものだったのだろう。

だから打ち合えば砕くことができた。

しかし、鉄でできた剣ではそう簡単にはいかないようだ。

といっても、硬牙剣と打ち合うごとに向こうの鉄の剣は欠けていくのだが。

俺は剣を振るいながら、魔力のコントロールを行う。

眼に振り分けていた魔力の量を減らして、全身に送る魔力量を増やす。

すると相手の動きが少し早くなったように見えた代わりに、自身の力が増した。

四人の騎士の顔が引きつる。

それはそうだろう。

鍛え上げ、幾多の戦場を駆け抜けてきた騎士たちが四人がかりでも子どもにダメージを与えられないどころか、俺が魔力の再分配をしたあとには力負けし始めたのだ。

それでも農民兵のように簡単に負けないあたり、騎士の強さは一般人を遥かに超えているのだろう。

しかし、その状況もすぐに変化が現れた。

俺の硬牙剣が一人の騎士の胴体にあたり、鎧を砕きながら相手を吹き飛ばしたからだ。

四人による統制の取れた動きで俺を抑え込んでいた状況が崩れる。

その後は時間の問題だった。

「これで終わりだ」

横薙ぎに振った硬牙剣が最後に残った騎士に叩きつけられる。

地面には深手を負って倒れている騎士が四人になった。

はっはっ、と息が切れる。

体がひどくだるい。

四人同時を相手にするのは疲れた。

相手の動きなどの情報を瞬時に処理するためか、脳が一番疲れたのではないだろうか。

脳と体が両方共疲れ切っている状態になってしまった。

だが、ここで気を抜くわけにはいかない。

四人目の騎士を切り倒したあと、ほんの少し息が整うのを待ってから周囲へと視線をめぐらした。

ガキン。

その瞬間、氷が砕ける音が鳴る。

俺の斜め後方から襲ってきたレイモンドによる氷の剣による攻撃。

それをかろうじて硬牙剣で防いだ音だった。

「いい加減、無駄な抵抗はやめよ。騎士たちを倒したのは見事だが、もはや余力はあるまい」

「いいや、諦めるのはあんたの方だよ、レイモンドさん。俺の、いや、俺たちの勝ちだ」

「……何を言っている？　私がお前を倒して、軍を指揮して暴動を鎮圧する。お前たちが勝つ未来など存在しない」

「だから、それが間違っているんだよ。あんたは俺の戦術にハマったのさ」

「なに？　……馬鹿な、何だあれは？」

俺の言葉を受けてレイモンドが絶句する。

ようやく気がついたのだろう。

この戦いの決定打の存在に。

◇◇◇

俺とバイト兄、そしてバルガスがフォンターナ軍に突撃する。

その後方からバルカ村の連中がひとまとまりになって、俺が開けた隊列の穴を押し広げるように突っ込んでくる。

レイモンドは俺を誘い出すのが目的だった。

この状況下はヤツには用意していた策がうまくいっていたように見えていたはずだ。

もっとも、それでも俺たちの強さを見て驚きを隠せないようだったが。

だが、俺はこの突撃攻撃だけに自分の命運をすべてかけるわけにはいかなかった。

籠城しても本質的な勝利を得られない俺たちにとっては、バルカを討伐しにくるフォンターナ軍を野戦で迎え撃ち、撃破する必要があった。

単に勝利するというだけではだめだ。

誰が見てもわかる決定的な勝利という形が必要だったのだ。

しかし、いくら村人に魔法を使えるようにしたとはいえ、数で負けているという前提がある。

故に、野戦に勝つためにはひとつくらい戦術が必要だった。

俺が考えた戦術はたったひとつ。

バルカ勢が一致団結して突撃攻撃を繰り出した、と思わせて別方向からの攻撃を加えるというものだった。

だが、こちらの勢力はわずか百人程度しかおらず、数を分散させると突撃時に押しつぶされる可能性が高い。

それに、こちらの数が少なければ相手にも気が付かれる可能性があった。

だから、俺はフォンターナ軍が認識していない戦力を使って側面攻撃を繰り出した。

どうやらそれは成功したようだった。

わざわざ川北の陣地を必要もないのに壁で囲ったかいがあったというものだ。

レイモンドも急に作られたハリボテの要塞のような陣地に意識を向けたことだろう。

それこそが、俺の狙いだったとは夢にも思わなかったはずだ。

陣地を壁で囲い、そこにフォンターナ軍の意識が集中するように仕向けて用意した別働隊。

それも自分の村と隣村から集めた人手とは別に用意した戦力。

それが今、レイモンドの目の前に現れた。

彼の戦力であるフォンターナ軍を蹴散らしながら。

「来い、ヴァルキリー！！！」

フォンターナ軍を側面から急襲した戦力。

それは人間ではなかった。

俺が川北に作った陣地から大きく迂回《うかい》するようにして川を超えてきたヴァルキリーの群れ。

それはレイモンドの騎乗しているヴァルキリーではない。

俺の持つ最高戦力である、角のあるヴァルキリー。

俺と同じ魔法を使用することができる存在。

それが群れとなり、群れの進行の邪魔となる兵士に対して【散弾】を飛ばしながら、【身体強化】した状態で突っ込んできたのだった。

たった一度の突進攻撃。

それだけでレイモンドが指揮するフォンターナ軍は壊滅状態に陥った。

「ば、馬鹿な……。こんなことがあってたまるものか。私の軍が……」

「チェックメイトだ」

側面から急襲したヴァルキリーの群れ。

魔法を使いながら猛烈な勢いでフォンターナ軍の横腹を貫き、軍内部まで駆け抜けていくそのさまを見てレイモンドが絶句している。

だが、そんな決定的な隙《すき》をみて見逃すような真似はしない。

俺は硬牙剣を力いっぱい振り下ろした。

レイモンドの全身を覆う金属鎧が音を立てて砕ける。

砕けた金属の下からは鮮血が飛び散った。

あっけにとられた表情を浮かべながらレイモンドの体が地面へと沈む。

「フォンターナ家家宰のレイモンドを討ち取った！　勝どきを上げろ‼」

地面へと倒れたレイモンド。

その手から彼の強さと権力を象徴する氷精剣がこぼれ落ちる。

俺はそれを拾い上げて、天に掲げるようにして叫んだ。

とっさに声帯に魔力を集中させたのも功を奏したのだろう。

俺の声が戦場全体へと響き渡る。

各所での戦闘音がその発言を聞き取ったあと、一瞬静まり返った。

だが、それは一時のことだった。

俺が掲げた氷精剣を見て、その視線を下げる周囲の者たち。

レイモンドの持つ最高級の魔法剣であるその輝きと、地面に倒れ伏す本来の持ち主を見た人々は、戦いの結末を理解した。

「ウオオオオオオォォォォォォォォ！！！」

静まり返った戦場が、まるで雪崩を打つようにだんだんと大きくなるようなうねりのある叫びに包まれる。

バルカの人たちがみな俺の声を聞き、状況を理解して、思わず大声を上げて叫んでいたのだ。

その声を聞いて、今だ数に勝るフォンターナ軍が完全に戦意を喪失した。

このとき、バルカの勝利が決定したのだった。

◇◇◇

勝利が決定的になったとき、フォンターナ軍として徴兵されていた農民兵は我先に逃げ出した。

俺が何も言う間もなく、それに追撃をかけるバルカ村と隣村の人たち。

どうやら彼らの狙いは敗者からの戦利品獲得だったようだ。

金目のもの、武器、なかには衣服まで狙って追いかける村人たちに対して、農民兵は撒き餌を撒くようにしてそれらを手放しながら逃走する。

別にこっちの村人たちも相手の命がほしいわけではない。

手頃な収入を手にしたら満足顔で俺のもとに戻ってきた。

多分ではあるが、相手の農民兵にはそこまでの被害は出ずに済んだのではないだろうか。

どちらもある意味戦い慣れているといえるのかもしれない。

それらの戦利品に加えて手に入れたものもある。

それは「騎士」だった。

騎士というのは貴族から認められ魔法を使うに至った人物である。

当然、彼らは貴族家からしても貴重な人材であり、これもまた戦利品となり得るのだという。俺が倒した相手とともに、バイト兄にやられたやつで合わせて六人だ。

正直、俺ならば騎士相手にも戦えるが一般人では瞬殺されるレベルの人間を手元に置いておくのは怖いものがあった。

が、捕らえた騎士はどいつもこいつも瀕死の重症だった。

とりあえず、簡単に手当したあと、厳重に手足を縛ってから建物のひとつに寝かせている。

レイモンドが騎乗していたヴァルキリーは回収して傷の手当てをして体を休ませてもいる。

とまあ、こんなふうに戦闘が終わったら後処理が待っていたのだ。

いくら俺が村人たちに魔法を授けて一緒に戦ってもらったといっても、あくまでも彼らは志願兵だ。

命がけの戦場で得た戦利品を没収したりしたら、俺に協力するものは誰一人いなくなってしまう。

しょうがないので陣地まで引き返して手に入れたものを保管するという流れになったのだった。

◇◇◇

そんななかで俺は行商人のおっさんと話をしていた。

「よくやってくれたな、おっさん。最高のタイミングだったよ」

「怖かった……。何が一番怖かったかわかるか、坊主？　お前のヴァルキリーに乗ったことだぞ」

フォンターナ軍に勝利した俺たちは一度川北の陣地に引き返していた。

おっさんは今回の戦いで大きな役割を果たしてくれていたのだ。

ひとつは事前にフォンターナの軍の規模や進行ルート、進行時期を正確に調べて報告してくれたこと。

そうして、もうひとつは俺の所有する角ありヴァルキリーを引き連れて、フォンターナ軍の側面へと攻撃してくれたことだった。

なぜおっさんがヴァルキリーに乗って攻撃したのか。

それはバルカ村では俺とバイト兄以外に満足に騎乗できる者がいなかったのが原因だ。

唯一普段の行商時に俺から購入したヴァルキリーの一頭に騎乗することもあるというおっさんがいたため、俺はおっさんに別働隊を任せたのだった。

といっても、おっさんがしたのは道案内くらいのものだ。

ヴァルキリーの群れを統率していたのは、何を隠そう俺の愛獣である初代ヴァルキリーだった。

俺がフォンターナ軍と戦うときに乗っていたのはいつものヴァルキリーではなく、角を切った角なしのうちの一頭だったのである。

やはりなんというか角があると武器を振るうのに不便だったからだ。

それに初代ヴァルキリーをおっさんに任せたのは別の理由である、使役獣の特性にもあった。

使役獣というのは卵を孵《ふ》化させた者の言うことを理解し、それに沿った行動をとってくれる。

本音をいえばフォンターナ家に売りつけたヴァルキリーが俺の言いなりになってくれはしないかと期待していたが、それは無理だった。

俺が自分の手で育てたヴァルキリーは繁殖用として手元に残し、他には売った個体はヴァリキリーが孵化させたものだったからだ。

では、使役獣であるヴァルキリーが孵化させるとどうなるのかというと、やはりその親というべき存在の言うことを理解し、聞くようだった。

なので、現状すべてのヴァルキリーにとって最上位に位置する初代ヴァルキリーに群れの統率を任せたのだ。

これならおっさんが一人でヴァルキリーたちの道案内をするだけで別働隊となる。

こちらの貴重な人的資材を分散させることなく別働隊として機能させたわけである。

もっとも、【身体強化】をしながら走る初代ヴァルキリーの背中に騎乗するのはかなりの恐怖だったようだが。

「それで、これからどうするんだ、坊主？　今回は勝ったが、別にあれがフォンターナ家の戦力のすべてというわけじゃないだろ」

「まあね。勝ったと言ってもこっちも被害ゼロじゃないしね」

「なにか考えでもあるのか？」

「ああ、ここに城を建てる」

こちらの力は示した。

だが、戦力的にはまだ格段の差が存在するのだろう。

ならば、もっとこちらの力を示さなければならない。

相手が戦うのをためらい、話し合いをしようと考えるくらいには力が必要だ。

といっても別に戦うばかりが力を示すことにはならないだろう。

相手がこちらの力を認めてさえくれればそれでいいのだ。

ならばどうするか。

この川北に作ったハリボテのような要塞。

それをきちんとした防衛拠点である城にしてしまおうと俺は考えたのだった。

◇◇◇

「大将、村から新しい奴らが来てるぜ」

「村から？　どういうことだ、バルガス？」

「多分ここでの勝利を聞いたからだろうな。今なら勝ち馬に乗れるかもしれないし、魔法を授けてもらえるかもしれないってことなら、自分も傘下に入ろうってやつもいるさ」

「なるほど、そういうもんか」

「そういうもんさ」

俺のもとにバルガスが報告に来てくれた。

その内容は二つの村から新たに人がやって来たというものだった。

どうやら甘い汁を吸いに来たようだ。

とはいえ、今は少しでも戦力がほしい。

俺は新たに集まってきた人たちを自身の傘下に入れることにした。

捕虜にした騎士から聞き出したところによると、今回のフォンターナ軍五百人はやはりフォンターナ家から見ると戦力の一部だということがわかった。

まあ、北の村という領地のはずれにある村の少年を捕らえるために集めただけで、まさか魔法を使う人たちとの集団戦闘になるとは思ってもみなかったそうだ。

五百人の中に騎士三十人というのは破格の戦力だとさえ言われていたらしい。

では、次にフォンターナ家がどういう行動に移るのかというのが問題になる。

というのも、フォンターナ家は貴族ではあるが、戦力だけでいうと五千人規模であり、限界ギリギリまでかき集めても七、八千人程度なのだという。

そういう意味では五百人の軍に勝利し、六人もの騎士を捕らえた俺たちバルカ勢の存在は脅威に映っているだろうということだった。

残りの戦力を集めて一息に押しつぶそうとするかどうか。

正直良くわからない。

だが、嬉しい誤算だったのは騎士たちの考えでは他の土地の貴族の介入はないだろうというものだった。

仮に、自分の領地にある村の暴動を処理できないとなって、他のところに助けを求めるとどうなるか。

メンツが丸つぶれというのもあるが、その勢力に大きな借りができてしまう。

そんなことはフォンターナ家としては望まないだろう、ということだった。

「それにしても、バルガスの知り合いで騎士のやつがいてよかったよ。平民出身だからいろいろ話してくれて助かった」

「やつとは何度か肩を並べて共に戦ったからな」

貴重な情報を手荒な真似をせずに引き出すことができたのは幸運だった。

バルガスが仲間になってくれていたのは本当に大きい。

この情報はきっちり生かさなければ。

「よし、なら早速だけどここの守りを強化しよう。城を造るぞ、バルガス」

「おう、任せとけ」

相手がほかの勢力を頼る気がない、というのであればそれを利用しよう。

どうやらこのあたりでは土地を治める貴族同士が争って領地争いをしているという話だからだ。

時間がかかればフォンターナ家にとってもデメリットが大きい。

勝ち戦の勢いのままにフォンターナの街へ突撃しようという意見もあったが、さすがに戦いに関してド素人の集まりで攻城戦は無理だろう。

甚大な被害が出てしまうだろうからな。

ならば、ここからは持久戦を目指すのもありだと思う。

相手が焦《じ》れたところで捕虜の返還を理由に交渉のテーブルにつくことはできないだろうか。

そうだ、おっさんに頼んで他の村にも俺たちの正当性と勝利の話を広めさせよう。

そう決めた俺はおっさんの持つ商人ネットワークに働きかけながら、三百人に増えた人数で川北の陣地を改良していくことにしたのだった。

第二章　築城

城を建てる。

その目的は俺たちの身を守ることにあるが、最終的な目的はフォンターナ家との交渉のテーブルにつくことにある。

今回の騒動の一番の目的は俺の身の安全であり、また、自由を得ることにある。

別にフォンターナ家という貴族を根絶やしにして、この地を焼け野原にしたり、自分のものにしたいわけではない。

もし仮に領地を奪い取ったとしてもそれを維持できないだろうしな。

なにせ俺の周りはまともに字も書けないやつばかりだからだ。

だが、ただの農民Aという存在では貴族にとっては交渉するような相手には映らない。

だからこそ、今回の戦いで勝利を掴んで、敵にするにはなかなか危険なやつだと思ってもらう必要があった。

しかし、野戦に一度勝利しただけで現状では戦力差は大きい。

さらにバルカを相手にするのはまずいのではないか、ともっと思わせなければならない。

そのためにも城を造りたいのだ。

「と、いうわけだ。相手がその姿に恐怖し、かつ、きちんとした防衛力のある城が造りたい。ものづくりはお前の十八番《おはこ》だろ、グラン」

「いやはや、拙者《せっしゃ》、まさかこんな日が来るとは思いもしていなかったでござるよ、アルス殿」

「なんだ？　造れないのか？」

「なにを言うでござるか。造り手にとって城造りをするのは子供の時からの夢のようなものでござるよ。これまで、何度城を造ることを考えてきたのかわからないくらいでござる」

「……つまり、城の設計をしたことはないってことになるのか。大丈夫か？」

「これまでは機会がなかっただけでござるよ。アルス殿のように勝手に城壁を建てるような狂人はいないでござるからな」

「……お前、俺のこと馬鹿にしてるよね？　てか、もしかして俺のところに来たのもそれが狙いだったりするのか」

「それだけではござらんが、まあ、理由のひとつではあったのでござるよ」

「……まあ、いいか。俺は土地の整地をしたり、壁を作ったりはできても、建物を建てるのは苦手だからな。お前だけが頼りだ。頼むぜ、グラン」

「心得た。貴族が見ても驚く立派な城を造ってみせるでござるよ、アルス殿」

俺が思っていたよりも意外とちゃっかりしている面があったグラン。

だが、こいつに建築技術があるのは以前家を建ててもらったことからも知っている。

俺はグランとあーだこーだと意見を交わしながら、城の建築について話し始めた。

城というのはなにか。

それは権威と力の象徴でもあり、防衛のための要でもある。

そんな城だが、やはりいちばん重要になるのはいかに相手の攻撃を防ぐことができるかという防御力だろう。

では、その防御力を上げるためにはどうするか。

相手の攻撃をどのように防ぐかという城の形が問題になる。

つまりは相手側の攻撃能力によって、求められる機能と形が変わる。

それが城なのだ。

どうやらこのあたりでは城壁のある城というのが一般的なようだ。

魔法が存在するこの世界では鉄砲や大砲といった兵器のようなものがないからではないだろうか。

あまり科学的な発展がなかったのかもしれない。

確か、前世の記憶では大砲技術の発達によって城壁式のものは駆逐されたのだったと思う。

城壁ごと大砲で崩されてしまうからだ。

だが、ここらの魔法は先のフォンターナ軍との戦いで見たように、氷柱を飛ばすようなもので、城壁を崩すような規模のものではない……のだと思う。

グルリと城壁で囲ってしまえば難攻不落の城を造ることも可能なのだろう。

そこで、俺はグランに対して案を出した。

どうせなら城壁の周りを堀にして水堀を作らないかと。

せっかく川という水源が近くにあるのだ。

これを防御力底上げのために使わない手はないだろう。

対して、グランは城壁の改良と塔の建築を主張してくる。

俺の【壁建築】という呪文で造ることができる壁は高さ十メートル、厚さ五メートルというなかなかの防御力があるのだが、もともとの目的が大猪の突進を防ぐためにあった。

人間による軍の攻撃を防ぐためのものではないのだ。

そのため、【壁建築】で造った壁の上部へと登れるようにし、そこから迎撃するために改良を施す。

壁に登るための階段を随所に作り、魔法や矢から身を守るための盾となる壁を上部へと造る。

さらに城壁の四方に塔を建てる。

これは壁よりも更に高くして、より遠くを見通すことができるようにという意味らしい。

というわけで、大雑把な完成イメージとしてはロの字型の城壁の四方にニョキッと突き出た塔がある城、いわゆる西洋風の城を造ることにした。

さっそく、その作業へと取り掛かる。

といっても、すでに川北の陣地として周囲の土地を【整地】を使って平らに均《なら》して、周りを【壁建築】で造った壁で囲っている。

あくまでもこれをもとに改築していくことにした。

まずは俺とグランで人を振り分ける。

俺のもとに集まった三百人全員は名付けを終えており、その中で【壁建築】が使えるものと使えないものに分けていく。

俺が【壁建築】を使える人を率いて、グラン側に使えないものを集めた。

【壁建築】が使えないというのは魔力量が少ないからであるが、【レンガ生成】などの魔法は普通に使うことができる。

グランはまず最初に自分の率いるメンバーにレンガ作りをさせ、そのレンガを用いて塔造りを始めるようだった。

俺の方は水堀造りだ。

まずは俺が魔法で地面を掘っていく。

これは俺にしかできない。

なぜなら呪文化していないからだ。

だが、大猪退治のときに何度も地面に大穴を開けていたため、慣れている。

魔力回復薬を飲みながら陣地の周りをどんどんと掘り進めていった。

俺が掘った地面だが、そのままそこに川から水を引いて流し込むのは怖い。

もし水の流れで掘った地面が崩れたら城壁はその土台から崩壊してしまうことになるからだ。

だから、俺は自分が魔法で掘ったあとの土を補強するように、俺が引き連れたメンバーに【壁建築】をやらせることにした。

掘った穴の側面に向かって壁を設置していく。

多分これならそこそこ丈夫な土台になるに違いない。

こうして、陣地周りに深さ十メートルほどの水堀ができていく。

一通り陣地の周りをぐるっと回るように堀を作った俺は、土台補強の作業を任せてグランの様子を見に行った。

どうやらグランの方もかなり作業が進んでいる。

人海戦術であっという間にレンガを作り終えたグランは、さらに塔の形となるようにそのレンガを積み上げていく。

その積み上げる作業でも【身体強化】を使うものだから、まるで機械でも使っているのかと思うほど早く作業が進むのだ。

驚くべきことに、ひとつの塔を造り上げるまでにかかった日数は三日だった。

「ふっふっふ。どうでござるか、アルス殿。この見事な塔を見るでござるよ」

「いいね。雰囲気出てるよ」

「雰囲気だけではござらんよ。きちんと役に立つのでござる。さあ、あと三つの塔も早速造っていくでござる」

「いや、その必要はない。もう覚えた」

「は？　どういうことでござるか、アルス殿？」

グランが造った見張り塔。

塔の内部には螺旋《らせん》階段があり、上に登るまでにいくつかのアーチ状の窓が開いている。

基本的にはシンプルな構造のものだった。

俺は一つ目の塔が完成したとき、この塔へと自分の魔力を通してみたのだ。

今までにも何度かやった、建造物に対して魔力を通し、その魔力を【記憶保存】という呪文を使ってインプットするという方法。

ちょっとやってみようか、という思いつきのようなものだったが、これが成功した。

塔の構造を完璧に理解できる。

今までの経験からこれなら宿屋やマイホームのように魔法で一度に作れるのではないかという感触が得られたのだ。

残りの塔建築予定地に足を運ぶ。

魔力回復薬を飲んで自身の魔力を最大限まで回復させておく。

そうして、その状態で魔力を練り上げ、その魔力をもって記憶した通りの塔の構造を再現していく。

やはりか。

どうやら俺の魔力量はまた少し上がっていたようだ。

自身の魔力が塔を再現し終えた俺は、その魔力の形の通りにレンガ式の塔を作り上げた。

一瞬で完成する高さ三十メートルほどの塔。

それがその日のうちに他の二ヶ所でも行われた。

こうして、俺はフォンターナ軍との野戦が行われた数日後に、巨大な水掘に囲われた堅牢な城を造り上げることに成功したのだった。

「うーん、昔を思い出すな……」

一応の完成を見せた城造り。

だが、実際のところはまだ見た目だけの機能がほとんどだった。

外から見ると四方に高い塔がついた城壁で囲まれた堅牢な城なのだが、中の土地には俺が建てた宿屋風建物などがあるだけなのだ。

もしかしたら、人によってはそんなものを城とは認めない、と言うかもしれない。

というか、グランがそうだった。

もっと、内部空間もきちんと造り上げるべきだと主張している。

まあ、気持ちはわからなくもない。

どうせならば、いいものを造っておきたいと思うのは俺も同じだからだ。

だが、ここでひとつ問題が生じてきた。

それは、食料についてである。

当初百人程度だった人数が三百人まで増えている。

その分、毎日消費される食料の量が増加してしまっているのだ。

人数が増えれば当然なのだが、倉庫においた食料が毎日恐ろしい勢いで減っていくのを見ると肝が冷える。

たった、三百人でもこんなに消費するのか、と実物を見てはじめて気がついたのだ。

その光景はかつて使役獣を量産し始めたときのことを思い出させた。

頭数の増えたヴァルキリーを食べさせるために土地の開拓を始めたのだ。

それが、こんな戦いへと繋がり、再び食糧問題に直面することになるとは考えもしなかったが。

この食糧問題だが、別にすぐに餓死するといったたぐいのものではない。

一応村から運べば食べていけるだけの量があるのだ。

バルカ村は結局今年の分の麦を徴税される前に戦いへと発展したので十分以上にある。

では、何が問題なのかというと輸送にあった。

北にあるバルカ村と南にある街の間に城を造った。

だが、もともとあった道は人が通るだけの最低限の道しかなく、ものを迅速に移動することができる道ではなかった。

別にそれでも食料を運ぶことはできるだろう。

しかし、せっかくなら少し手を入れておきたいと考えたのだ。

すこし考えたが、俺は道の整備をすることにした。

どうもフォンターナ家の動きが遅く、すぐに襲いかかってくるという感じでもなさそうだったからだ。

ならば、持久戦が可能なように補給路を作り上げておこう。

そう考えて俺は行動に移す。

さらに、それに合わせて隣村にも手を入れることにした。

隣村からも人が集まったおかげで、そこからも食料の提供を受けることができている。

だというのに、隣村は周囲を木の柵で囲うくらいのものしか防御力がなかったのだ。

造った城でも、バルカ村でもなく、隣村が最初に狙われるという可能性がないでもない。

ならば、もう少し防御力のある村にしておいてもいいかと思ったのだ。

城に二百人ほどを残し、百人ほどを連れて俺は整備に取り掛かった。

まずは俺と【壁建築】ができる人間で隣村へと向かう。

隣村ではまず最初に俺が【記憶保存】で覚えた塔を二ヶ所に建てる。

そして、その塔に接続するように【壁建築】を行って村を囲っていく。

ここはあくまでも籠城用というよりも、いざというときの避難所兼周囲の監視が目的だ。

なので、壁に対しては呪文で作り出しただけで上に登って迎撃するような改良はしないでおいた。

あとは、建物をひとつだけ硬化レンガ製のもので造っておいた。

そうして、その建物を兵舎みたいに利用することにした。

ここにバルガスが推薦した真面目な若者を配置しておく。

彼の役割は毎日塔に登って周囲を警戒しておいて、いざなにかあったときには兵舎にあずけておくヴァルキリーに乗って俺に報告に来るというものだった。

【身体強化】の呪文を使えば、しがみついて移動することくらいならばなんとかできるだろう。

こうすれば、川北の城を直接狙わずに迂回している軍勢がいても、事前に察知できる可能性が高まるだろう。

まあ、そうでなくともいざというとき村人と逃げるくらいはできるに違いない。

こうして、俺は隣村の防御力をあげ終え、途中で別れたメンバーと合流する。

彼らは【壁建築】が使えない人たちだ。

基本的に【壁建築】が使えない者は魔力量が足りないからであり、すなわち【道路敷設】もできない。

だが、【整地】は普通に使える。

だから、彼らには俺が隣村に行っている間に道に【整地】をするように言っておいたのだ。

すでにある細い道に【整地】をする。

それだけでも今までの何倍もの速度で移動可能な道となった。

だが、この【整地】は万能ではない。

俺には経験があるのだ。

開拓地で荷車の車輪によって、整地した土地がでこぼこになってしまったという経験が。

だから、俺はこの整地された土地に対して【道路敷設】を行うことにした。

幅六メートルの硬化レンガで出来た道でその両脇には歩道までついている道路だ。

【整地】しただけのものよりもさらに移動速度が速まるだろう。

しかし、この【道路敷設】には欠点もあった。

それは基本的に真っ直ぐにしか敷設できないというものだった。

一応、俺がいれば呪文ではなく脳内イメージを使ってカーブや交差点といった道路にすることもできる。

だが、俺が手を入れるのは最低限にしたい。

全員ではないとはいえ、【道路敷設】の呪文を使える人は他にもいるのだから当然だろう。

しかし、離れた目的地に向かって正確に真っ直ぐに向かう道路を造るというのは思った以上に難しい。

測量技術がないからだ。

ならば、どうするか。

俺はこの問題を塔をいくつも造るという力技で乗り切ることにした。

いくつかの曲がり角の場所やちょうどいい間隔となるように高さのある塔を造り、塔から塔へと向かうように作業員たちに【道路敷設】をさせたのだ。

多少のズレは出たものの、なんとかこれで一応道路をつなげて造っていくことに成功した。

こうして、川北の陣地にある城とバルカ村、そして隣村をそれぞれ結ぶようにして新たな道路が完成したのだった。

なお、この道路が完成したことによって輸送スピードが上がったのは当然だが、夜には自分の村へと帰ることもできるようになったのは予想外のことだった。

もともと、バルカ村から城までは一日と少し歩かなければ着かなかったのだが、道の整備が進んでヴァルキリーが荷車をひくことによって、日帰りで往復することもできるようになったからだ。

これによって、村人はローテーションでだが自分の村に帰ることができるようになり、出稼ぎに行くというくらいの気楽さで俺の仕事ができるようになったため、またさらに少しだが傘下に加わる人の数が増えたのだった。

「え？　パウロ神父が呼んでる？」

俺が道路整備などを終えて、城に戻って何日か経過したときのこと。

バルカ村から来た人に村の教会にいるパウロ神父が俺を呼んでいると聞いた。

実はパウロ神父はしばらく村を留守にしていたようで、全然会っていなかった。

もしかして、というか、もしかしなくとも、命名の魔法陣のことを言われるのではないだろうか。

俺が多くの人に魔法を授けたということはみんな知っている。

そのときに、俺がみんなにバルカという姓を付けていっていることもだ。

だが、それはもともとパウロ神父が洗礼式のときに命名の儀で使った魔法陣を見て覚えたものだった。

あのとき、パウロ神父は名付けは神の加護だと言っていた。

それを俺が勝手に使っていると知ったらどう言うだろうか。

行きたくないな。

そう思いながらも、しぶしぶ村の教会へと行くことにしたのだった。

◇◇◇

「お久しぶりですね、アルス。私が少し留守にしている間に、いろいろとやっていたようですね」

「あー、神父様もお元気そうで何よりですね。しばらくいませんでしたけど、どこか行っていたんですか?」

「私のことはおいておきましょう。今回、あなたを呼んだ理由はわかりますね」

「……さあ、ボク子どもなんでよくわかりません」

「怒りますよ」

「すいません。名付けのことですよね?」

「そのとおりです。あなたは教会に無断で人々に名付けを行い、あまつさえ魔法を授けた。これがどういうことを意味するのか、分かっているのですか?」

「いや、仕方なかったんですよ。カイルが怪我したと思ったら、兵士が剣を向けてきたんです。それを正当防衛したら死んじゃったんで、しょうがなく身を護るためにですね」

「……はあ。あなたを見ると、ものを知らないということがいかに怖いことかというのを感じさせられますね。言い訳は結構です。今度という今度はあなたに言っておかなければならないことがあります」

「あの、こう見えて結構忙しかったりするんで、お説教なら結構です……」

「いいから聞きなさい。あなたは魔法と名付けについてを知っておかなければなりません」

俺はパウロ神父と話す前から話している間も、ずっと怒られるものだとばかり思っていた。

だが、パウロ神父の目的は少し違ったようだ。

どうやら、俺が知らない魔法と名付けのことについてを説明したいらしい。

俺が教会の一室でおとなしく聞く姿勢に入ったのをみて、パウロ神父はゆっくりと話し始めたのだった。

◇◇◇

この世界には魔力が存在しており、その魔力を利用して魔法を使うことができる。

教会で授かる生活魔法を始め、フォンターナ家が使っていた氷の魔法や俺のオリジナル魔法などがそうだ。

だが、俺は全てをひっくるめて魔法と呼んでいたのだが、実は段階に応じていろいろと呼び方があるのだそうだ。

ざっくり言ってしまうと、呪文を唱えて発動するものを魔法という。

生活魔法の【照明】などや俺の【整地】などは魔法に位置づけられる。

だが、魔力を利用して現象を起こす際に、呪文を使わずに発動することもある。

これは、魔術と呼ぶのだそうだ。

この世界では大なり小なり、すべての人が魔力を持つ。

そして、その中には自分の魔力を使って、普通の人ができないことをできる人が存在する。

俺のように呪文を使わずとも魔力を使って畑を耕したり、バイト兄やバルガスのように魔力で自分の体を強化することができる人のことだ。

これは魔力を使った技、すなわち魔術の使い手ということになる。

魔術の基本は自身の肉体を強化することだが、稀に土や氷などを操る者もいる。

そういう魔術師たちだが、その中でも長い年月をかけて研鑽《けんさん》を積んだ者の中に言葉を発しただけで魔術を発動させるに至る人がいる。

この呪文を使った魔術のことを魔法、そして魔法を使う人のことを魔法使いと呼ぶのだ。

魔術師の中でも魔法使いは希少だった。

それも当然だろう。

呪文を唱えた際に全く同一の効果を発揮するというのは、言葉で言うほど簡単ではなかった。

言ってしまえば、「感謝の正拳突き」を毎日繰り返して、達人を超える領域に入った者と同じなのだ。

魔法を作り出す、というのは途方もないことだと考えられている。

さて、ではこの達人中の達人が使える魔法をなんとかして他の人にも使用可能にできないものか。

そう考えた者がいるのは不思議ではないだろう。

そうして、長い年月のなかでそれを実現してみせた者が現れた。

魔導師の出現だ。

かつて存在した魔導師によって、魔法を使える者が名前を付けるという行為をトリガーにして魔法の伝導を実現するに至った。

その魔導師はこの技法に気がついたことを自分だけの功績ではなく神によって与えられたものだと言っていたそうだ。

これがパウロ神父も所属する聖光教会の起源である。

魔導師は独自の魔法陣を用いて、他者へと魔法を伝導した。

これはそれまで一部の人にしか使えなかった魔法を広げることに役立った。

特に一番教会の普及に役立ったのが、生活魔法だ。

すべての人に必要であり、毎日使うもので、いくら広がっても問題にならないもの。

攻撃力のある魔法をやたらと広げるよりも安全に、警戒されることなく魔法を人々の間に広げていったのだった。

「ですが、その魔導師の目的は実は他にあったのです」

ここまで説明してきたパウロ神父がそう切り出す。

このまま話を聞いていると、どうやら闇の部分にまで踏み込んでしまいそうだ。

こんな話を俺に俺にしてもいいのだろうか。

いや、俺はすでに魔法陣を覚えて他者に名付けまでしている。

そんな状況だからこそ、言っておくべきことがあるのだろう。

「アルス、いいですか。名前をつけるというのは、わかりやすくいえば親と子の関係です。明確に上下関係が生まれるのですよ」

その内容にはさすがに俺も驚かされた。

魔法陣を発動させた状態で名付けを行うと、名前を授けた側の魔法を名付けられた側が使うことができるようになる。

が、実はこれは一方通行の関係ではなかったのだ。

名付け親は名付けられた子に当たる関係の人と魔力的なパスでつながる。

つまり、名付け親は子側から常に一定割合の魔力を吸収し続けるのだという。

もしかして、最近俺の魔力量が上がってきているのもこれが原因なのだろうか。

多くの人に名付け、魔法を使えるようにしたが、実はその人たちから魔力を吸収し続けている、ということになる。

「あ、これってもしかして、俺は教会の中で完全に踏み込んだら駄目な領域に無断で踏み込んでいることになるのか」

「よくわかりましたね。教会の中でも私のような神父、つまり司祭以上の地位にいる者しか使えない秘法であり、神聖な行いにあなたは入り込みすぎました。これがいかに危ないことなのか、賢いあなたならば理解できることでしょう」

……まずい。

土地を治める貴族と喧嘩するだけにとどまらず、教会なんかともめたら俺の人生は本当におしまいだ。

どこに逃げても逃げられなくなるのではないだろうか。

パウロ神父から告げられた内容を理解した俺は、目の前が真っ暗になった。

「えっと、でも質問したいことが……。貴族は魔法が使えて、それを配下に授けているんですよね？　騎士という立場にするために」

そうだ。

頭がテンパっていたが、すぐに復帰する。

俺も名付けを行っていたが、貴族だってしているはずだ。

魔法陣が使えるかどうかはともかくとして、名付けそのものは他の人もしていることになるはずだ。

貴族は独自の魔法が使える。

そして、戦で活躍した人などを騎士につく従士として取り立て、その後、その従士の行動を見て問題点がなく、功績があると認めれば騎士へと昇格させる仕組みがあるはずだ。

その際は、騎士として名付けを行い貴族が使える魔法を授けることになる。

ならば、俺の行動も多少は情状酌量《じょうじょうしゃくりょう》の余地があるのではないだろうか。

「もちろん、貴族も名付けを行い、魔法を伝導することになります。が、それはあくまでも教会が仲立ちして行うものなのですよ」

「えーと、つまりパウロ神父のような教会関係者が儀式をして、名付けは貴族がするって感じになるんですか？」

「そうですね。そういうことになります」

「そうなると、さっき言っていた魔力的なつながりっていうのはどうなるんですか？　名付けられた騎士の魔力は上位の親に送られるんですよね？　名付けた貴族側が取るのか、儀式を行う神父側が取るのかっていうのは……」

「そのことですか。儀式はあくまでも仲立ちに過ぎません。魔力の移動は名付けた親側、つまり貴族が貰い受けることになります」

なるほど。

つまり、貴族は騎士が増えると自分の魔力を増やすことができるということか。

基本的に戦場で活躍できる人というのは魔力が多く、バイト兄やバルガスのように呪文を使わない身体強化、つまり魔術を使っている人が多いはずだ。

そんな魔力が多い人を従士にして、魔法を悪用しないように教育してから騎士へと取り立てる。

貴族が自分の攻撃魔法を授けるのだから、最低限の信頼がなければできないだろう。

だが、多少の危険があろうとも魔法を授けるメリットは大きい。

単純に自分たちの戦力増強にもなる上に、名付けをした貴族はその騎士から魔力供給を受けて、自分の魔力量を増やすことにつながるのだから。

「ん？　それならどんどん魔法を授ければいいんじゃ……。魔力が増えれば貴族側も強くなるんだし」

「アルス、力というのは正しく使わなければ危険なのです。無秩序に増やしていってもいいものではありません。教会がそれを防いでいます」

「防ぐ？　貴族が名付けをするのを止めてるってこと？」

「正確に言うと少し違いますね。教会は無秩序に、無制限に名付けを行わないようにしているということです」

「それってどういうこと？　名付けの儀式をするのに条件をつけているとかってことなのかな？」

「そうですね。儀式を行う際にはいくらかの喜捨《きしゃ》をしていただいているということです」

「喜捨？　……って、お金取るってことか！」

「いいえ、神への感謝を込めていくらかの金銭を主に捧げる、というお気持ちを受け取っているだけですよ」

言い方の問題じゃねえか。

とはいえ、それもそうか。

教会しかできないことをするのにお金を取る、というのはそう間違ってはいないのだろう。

実際に効果があるわけだしな。

でも、そうか……。

俺は教会の秘法を勝手に使うどころか、営業妨害までしていたことになるのか。

これは本格的に弁明のしようがない。

「ところで、もうひとつ聞きたいことがあるんですけど……」

「なんでしょうか」

「子から親に魔力が流れるって言ってたじゃないですか。でも、その親にもさらに親がいたらどうなるんですか？」

「自分の親にさらに親がいる。なるほど、それは当然いるでしょうね。その場合も同じです。子から親へと魔力が移動するのは変わりません。上位者へと流れていきます。もっとも、親の魔力の一部が、という形になりますが」

これはつまりどういうことだろうか。

子の魔力の一部、仮に一割の魔力が常に親へと流れているとする。

そして、その親もまた子であった場合、親の魔力の一割がさらに上の親へと流れることになるのだろうか。

この場合、真ん中の人は魔力があまり増えない可能性がある。

となると、どうするか。

俺なら自分の子の数を増やそうとするのではない。

これってようするにねずみ講なんじゃないだろうか。

あの、マルチ商法とか、ネットワークビジネスとかいう言い方をすることもある詐欺の手法だ。

自分の取り分を増やしたければ、子を増やし、さらにその子自身にも孫となる存在を増やすようにそそのかす。

だが、この方法には決定的な問題がある。

それは人の数が無限にいるわけではないということだ。

必ず子となる存在の数が頭打ちになってしまう。

つまりは、上位にいるものしかメリットを享受し得ないという点にある。

「……あれ？　もしかして、俺の魔力ってパウロ神父に流れているんですか？」

そこまで話を聞いてようやく俺は理解した。

教会のやり方の巧さを。

子供が一定年齢に達したら、生活魔法を授けるとして名付けを行っているという意味に。

どうやら俺には両親以外にも親と呼べる存在がいるのだと、その時初めて気が付いたのだった。

「よく気が付きましたね。そのとおりです。私の魔力量はアルス、あなたに名付けを行ってから格段に向上し続けているのですよ」

やはりそうか。

パウロ神父は毎年教会で名付けを行っているが、他の土地には別の教会があり、そこには当然他の神父もいることだろう。

ならば、毎年名付けをしてもその上昇ペースはある程度一定なのではないだろうか。

だが、そこに俺が現れた。

もしかすると、俺の魔力の質も関係しているのかもしれない。

普通の人の希薄な魔力と比べると、俺のはもっとドロドロと煮詰めた液体のようなかなり濃い魔力をしている。

だが、それだけがパウロ神父の急激な魔力量の上昇ではないだろう。

ヴァルキリーだ。

俺が使役獣として生み出し、名付けを行った存在。

使役獣のヴァルキリーは一度の名付けしか行ってはいない。

だが、その後に生まれてくるヴァルキリーすべてに魔法が使えていた。

ということはだ。

すべてのヴァルキリーは俺と親子関係があるのではないか。

もしそうだとすれば、俺という存在を通してヴァルキリーの魔力までもがパウロ神父に流れ込んでいるに違いない。

「数年前に私があなたに名付けを行って以降、ずっと魔力の上昇が止まりません。そうして、この度、私の位階が上がりました」

「え？　なんですか。位階？」

「そうです。位階が上がったのです。その様子では、どうやらあなたは位階が上がるというのがどのようなものかを知らないようですね」

「……はい、さっぱり知りません。レベルアップでもしてステータスが上がるとかですか？」

「ふむ。レベルというのがよくわかりませんが、とにかく位階が上がったのですよ。位階が上がるとすぐに分かります。新たに魔法を授かることができるのですからね」

新しい魔法を授かる？

それってレベルアップで魔法を覚える、みたいなことだろうか。

……いや、違うな。

これは多分、【壁建築】や【道路敷設】の魔法みたいなことなのではないだろうか。

【整地】や【散弾】などよりも一度の魔力消費量が多い魔法は、その人が持つ魔力量が少ないと使えない。

それは単に使えないというだけではなく、【壁建築】や【道路敷設】といった呪文があるということすら理解していない状態なのだ。

もし仮に魔力量の少ない人が、ある一定値まで魔力量の向上する機会に恵まれたらどうなるだろうか。

もしかすると、一定値を越えたら急に使えるようになるのではないだろうか。

それこそ、いきなり脳にインプットされるような唐突さで。

パウロ神父のいう位階が上がる、というのはこのことなのかもしれない。

ある段階まで魔力が上昇し、新しい魔法が使えるようになる。

これは何も知らなければ神から授かったものだと考えてもおかしくはないのではないか。

「すごいですね。ちなみにパウロ神父の新しく使えるようになった魔法って一体なんですか？」

「回復魔法です」

「回復魔法って傷を治したりとかするあれですか」

「そうです。文字通りですね。そして、この段階に位階が上がったため、私はこれまでの神父、あるいは司祭といった立場から司教へと上がることができました」

「司教ですか。……それってすごいんですよね？」

「もちろんです。司祭と比べて司教の数はグッと減ります。そのため、司教は司祭のように教会ではなく、一定の広さを持つ地区をとりまとめることが主な仕事となるのですよ」

「へー、大出世じゃないですか。おめでとうございます、パウロ神父」

「司教です」

「あ、すみません。おめでとうございます、パウロ司教」

「よろしい。さて、ここまで話してようやく本題に入ります。アルス、あなたの未来を私に預けてみませんか？」

「は？　未来ですか、俺の？」

っていうか、今までのは前振りだったのか。

話がなげえよ、司教様。

◇◇◇

「今のあなたの状況をまとめてみましょう。あなたはバルカ村に訪れた徴税官付きの兵士を殺傷し、農民を扇動。さらには隣村まで襲撃し、そこの村人まで引き連れてフォンターナ家の軍と戦闘。さらにはフォンターナ家の家宰まで殺害し、騎士六人を生け捕りとして、この地を不当に占拠している。これに間違いはありませんね」

「待って、その言い方は悪意あるでしょ。向こうにも非があって、俺だけが悪いわけじゃないから」

「まだありますね。他にもあなたは無断で教会の持つ命名の儀の秘法を盗み出し、それを悪用し、攻撃性の高い魔法を広めていますね」

ぐう。

土地所有の許可証がある以上、フォンターナ家との戦い自体には大義名分を得られると思っていた。

多少ゴリ押しでも言い訳のひとつにはなると。

だが、魔法陣の件についてはどうにも言い訳が思いつかない。

そこを突っ込まれるとどうにも弱いのだ。

「さて、この状況をうまくおさめる算段があなたにはあるのですか、アルス」

「いや、ぶっちゃけどう事態を収拾しようか悩んでいるんですよ。教会のことは全く考えてませんでしたけど」

「その解決策を私が提示してあげましょうか？」

「本当ですか!?」

「簡単な話です。あなたが今、一番困るのは教会と揉めることでしょう。ならば、そうならないようにするにはどうするのがよいか考えるのですよ」

んん？

教会との対立に発展しない方法があるのであればそれは助かるが、フォンターナ家との問題が残っちゃ困るんだが。

しかし、フォンターナ家のことを置いておいて、先に教会とのやり取りを終わらせておくのは間違いじゃないだろう。

というか、どちらかといえば教会のほうが対立したら困るだろうし。

「うーん、教会と揉めない方法ですか……」

現状の問題は俺が勝手に魔法陣を使って名付けをし、魔法を使える人を増やしまくったことにある。

対応策としてはできるのかどうか知らないが、名付けした人のバルカ姓をなくして魔法を使えなくするとかだろうか。

だが、俺が村人に魔法を使えるようにしていたというのは知られているだろうしな……。

「あ、もしかして俺に教会に入れっていうんじゃ」

「おしいですね。教会に所属するものは攻撃性のある魔法を使えることがわかると破門されますよ。教会関係者以外に魔力のつながりがあることを意味しますからね」

「まじか、出家することも許されないのか……」

「それよりももっと簡単な方法がありますよ」

「簡単な方法？　すみません。思いつかないです」

「では私からいいましょう。私が教会にこう報告するのですよ。村人たちにバルカ姓を付けたのはあなたではなく、私だとね」

どういうことだろうか。

もしかして、俺をかばってくれるのだろうか。

だが、パウロ神父、いや司教がわざわざ俺をかばう理由もわからない。

なにか見返りを要求されたりするんだろうか。

俺は目の前にいるパウロ司教を見て、背筋がゾッとしたように感じたのだった。

「パウロ司教が俺をかばうってことですか？」

「ふふふ、そう怯《おび》えなくとも大丈夫ですよ。別にとって食おうというわけではありませんから。話は簡単です。あなたは私を通して村人にバルカ姓を与えた。そう説明するだけですべて丸くおさまるというだけの話です」

「だから、わざわざパウロ司教がそれをする理由っていうのがわかりません。なぜ、かばうような真似を？」

「それも単純な理由ですよ。すべての原因はあなたです。今回私の位階が上がり、司祭から司教へとなることができたのは、あなたからの魔力がキッカケです。もし、あなたがいなくなれば私の位階が下がる危険性があるのです」

「……なるほど。ていうか、下がったりもするんですね、位階って」

「そのような事例があるのは事実です。さらにいうと、私の管轄である教会で名付けを行ったアルスが命名の儀の秘法を悪用して勢力を増やした、という話は私にとってはなるべく隠しておきたいという面もあります」

「ああ、スキャンダルのネタってことか」

「であれば、あなたとは今後もうまく関係を保っておきたいと思うのは当然でしょう。多少上層部への報告に誤りがあることくらい、よくあることですしね」

「教会組織って怖いですね……。いや、でもそうしてくれるなら助かります」

「ですが、何もなしでとはいきません。やはりあなたの行動は目立ちすぎました。せめて、手順前後とはなりますが、喜捨を行ってもらいましょう」

　また金の話か。

　いや、それも仕方ないか。

本来貴族が配下を騎士にするためには教会を通して喜捨を行ってから名付けをしてもらう。

つまり騎士が増えるということは教会に金が入るということを意味するのだ。

今回、バルカ村を中心に爆発的に魔法を使うことができる人間が増えた。

それを俺がパウロ司教へと名付けを依頼して魔法を広めたのだという報告をするのであれば、当然そのための代価が発生していなければおかしい。

虚偽報告するための見せ金が必要だということだろう。

「わかりました。払いましょう。おいくらですか？」

「そうですね。ざっとこのくらいあればいいでしょうか」

「いっ!!　高すぎないですか？　俺が今まで貯めたお金が全部吹っ飛んでいくんですが」

「ということは払えない額ではないということですね。正直驚きです。普通こんな金額はとうてい払えませんよ。さすがこれだけのことをしでかしただけはありますね」

くそ。

簡単に言ってくれるぜ、この人は。

俺が今まで使役獣販売から魔力茸の販売、その他諸々で稼いだ金がすべてなくなってしまう金額をふっかけてくるとは。

それって本当に正規の値段なのか？

俺の資産総額を知った上で言ってきているんじゃないだろうかと思ってしまう。

「ちょっと待ってください。今回の騒動を解決するためなら有り金全部出しても別に構いません。

けど、教会との関係の解決だけに全財産消費するんだったら意味ないですよ。パウロ司教はフォンターナ家も含めての解決法を提示するんじゃないんですか」

「ふふ、よく気が付きました。その問題も私がなんとかしてみせましょう」

「なんとかって、どうにかできるんですか、パウロ司教？」

「可能だと思いますよ。先日まで私がこの地を留守にしていたのは理由があります。それは位階が上がったことによる司教への昇格とともにいくつもの教会をとりまとめる地区を決めるためでした。そうして、私はこのバルカ村を含めたフォンターナ領の教会統括を仰《おお》せつかったのです」

「フォンターナ領？　それってフォンターナ家の領地にある教会すべてをまとめるのがパウロ司教だってことになるの？」

「そのとおりです」

「そりゃまたすごいけど……、そのことがフォンターナ家とのやり取りにどこまで有利に働くのか俺にはわからないんだけど」

「そうですか。ならば、ここであなたに質問します。今回、あなたはフォンターナ家と敵対しました。では、フォンターナ家の視点から見ると、今回の騒動のどこに一番注目していると思いますか？」

「フォンターナ家が注目するポイント？　一度俺に負けたから、次は勝てるかどうかが気になってるんじゃないのかな？」

「それは違います。あなたは問題の本質が全く見えていません」

なんだそりゃ。

また本質がわかっていないとか言われたんだが……。

昔マドックさんにそのことを言われたときも、木こりと揉めかけたんだったか。

あのときは木こりとしての誇りをないがしろにしているとかだった。

「貴族のメンツをどう保つか、とかですか？」

「はあ、全然違いますよ。いいですか、アルス。今回の騒動でフォンターナ家が一番重要視しているのは、バルカ勢が使う魔法はどこから来たのか、ということです」

「どこから？　俺が名付けをしていたっていうのは、貴族ならば調べそうなものだけど、まだわかっていないとか？」

「そうではありません。普通、魔法を使える人材などそうはいません。ましてや、それを他者に授けるなど農民はしません。では、誰だったらするのか。それは貴族以外にはいないでしょう。しかし、バルカ勢が使う魔法はどれもフォンターナ家のものではない。つまり、よその貴族がフォンターナ領の農民に魔法を授けて暴動を起こしているのではないか。フォンターナ家はそう考えているのですよ」

なるほど。

確かに言われてみれば当然だろう。

そもそもの出発点は森が急激なスピードで開拓され、その地に砦《とりで》のような壁が築かれはじめたことにある。

不穏分子がいるのではないか。

そう思って土地を接収しようと動いた瞬間に兵士のひとりが殺されて、農民が扇動されたように暴動を起こして貴族軍まで襲った。

こう考えると、単純に農民反乱とは思えないのかもしれない。

むしろ作為的なものがあると思うほうが普通ではないか。

他の貴族が関わっているのではないか。

そう思うのが当然の流れだ。

「そこで、私がフォンターナ家に話を通してきます。今回の件は他の貴族は関係なく、あなたが使う魔法を私が農民に授けたものだったと。貴族による干渉などは存在せず、住民が土地を取り上げられそうになって反抗しただけだったと、そう言うのです。幼い頃からあなたを知っている私だからこそ言える内容ですね」

「それってパウロ司教は危なくないの？」

「そのために事前に根回しを行います。もっとも、あなたからの喜捨がなければとうてい無理でしょうが」

説得や根回しにも金がかかるか。

地獄《じごく》の沙汰《さた》もなんとやらっていうしな。

パウロ司教も危険はあるだろうが、それだけ俺の存在が重要なのだろう。

一度上がった位階が、もし仮に俺が死んでしまえば失われるかもしれないのだ。

ならば、俺のためと言いつつも、本音は自分のために積極的に頑張ってくれるのではないだろうか。

こうして、俺は今回の騒動の解決のために、パウロ司教に金を払って、フォンターナ家へと話をつけに行ってもらうことにしたのだった。

◇◇◇

「アルス、フォンターナ家との話がまとまりそうですよ」

「はやっ！　この前会ってからまだ何日も経ってないですよ」

「こういうものは迅速にやらねば意味がありません。では、手はず通り例の場所へ」

「わかりました」

俺がパウロ司教へと今回の問題解決を依頼することにして数日が経過した。

一応依頼はしたし、パウロ司教のことは信用してはいるのだが、それでもいつフォンターナ家が攻撃してくるかはわからない。

だから俺は川北の城に戻って設備の増強や兵の取りまとめなどをしていた。

だが、その間にもフォンターナ家に動きはなく、数日過ぎた頃になって早くもパウロ司教がやって来たのだった。

パウロ司教は俺から受け取った金と教会での地位を利用してフォンターナ家と交渉に入ることになっていた。

しかし、最後の詰めは俺が直接行う可能性もあると言われていた。

武力衝突にまで発展した今回の件を当事者不在で終わらせることなどできないからだ。

ある程度話をまとめてどうやら貴族様との和睦の可能性が出たと判断したパウロ司教は、俺にその話し合いの場へと出るように言ってくる。

もっとも、いきなりみんなが見ている前で話し合いをするのではなく、事前にある程度両者の落とし所を決めておこうとなったようだ。

その時のために俺と向こうの交渉者が会うための場所。

それは俺が造った道路の横に建てた塔のひとつだった。

真っ直ぐにしかひけない道路を川北の城からバルカ村まで通すために建てた目印の塔。

一応、見張り台としても使えるし、休憩場所にもなるだろうということで残したままのものがある。

そのうちのひとつを人払いしておき、そこに俺とフォンターナ家の交渉人が最後の和睦条件などの決定のために集まったのだった。

◇◇◇

「ほう、貴様がアルス・バルカか。本当にまだ子供ではないか」

「……アルスです。そういうあなたは？」

「俺の顔を知らんのか？　カルロスだ。姓はフォンターナと言えば誰だかわかるだろう？　俺がフォンターナ家の当主様さ」

こいつが？

カルロスと名乗る男、いや、彼はまだ少年と言ってもいい。

見た感じ、多分十五歳くらいの少年だ。

このあたりだと成人年齢にはなっているので問題はないが、まさかフォンターナ家の当主がこんな子供だったとは。

俺は今更ながらに自分の住む土地の貴族のトップを知って驚いたのだった。

「さて、司教から話はすでに聞いている。貴様が他貴族とのつながりがないということや和睦の意思があるということもな。煩《わずら》わしい駆け引きはなしにしよう。ここらでお互いに剣を収めようではないか」

「……そう簡単に、はいとは答えられないですね。どのような条件かによります」

「くっくっく。貴族に向かってひざまずくこともなく、条件を持ち出すか。さすがに今回の騒動の中心人物というだけはあるな。面白い」

いや、別になんにも面白くないから。

というか、この当主様はなんでこんなに落ち着いているんだろうか。

こちらの勢力圏内に供の者を数名連れてきているだけなのだ。

というよりも、わざわざ俺との交渉に貴族のトップが来るとは想像もしていなかった。

パウロ司教も先に言っておいてくれたら良かったのに。

「そうだな。条件はこんなものでどうか。お互いに剣を置くというのであれば、貴様にはバルカの地を任せてもいいぞ」

「バルカを？　……すみません、拝見します」

カルロスが言いながら渡してきた羊皮紙。

それを受け取って、書かれている内容を読み取る。

そこには主に次のようなことが書かれていた。


一つ、戦闘行為の停止。

一つ、戦闘集団の解散。

一つ、捕虜となった騎士の返還。

一つ、氷精剣の返還。

一つ、バルカの土地の処遇について。

一つ、俺の身柄について。


大雑把に言ってしまうと、俺たちが解散して戦闘をしないと約束すれば、罪には問わず見逃すという内容だ。

しかも、俺の立場が上がるらしい。

なんとバルカ村などを俺のものとして認めるというのだ。

だが、そんなものをタダでやるはずもない。

かわりに俺がカルロスの配下に、つまりフォンターナ家の傘下に入るという条件がつくらしい。

「気になるところがいくつもありますが、それでもあえて先に聞いておきます。ずいぶんとこちらにとってよい条件なようですが、本当にこれらは守られるのですか？」

「ああ、細部は後で詰めるとしても、おおよその形で決着をつけたいと考えている。正式に決まれば、それを覆すことはしないさ。そんなことをすれば俺の他の部下が俺を見放すだろうしな」

「……それにしてもおかしいのでは？　こういってはなんですが、こちらはフォンターナ家の家宰を討ったのですよ？　その私がカルロス様の配下に入るというのは異常だと思いますが」

「くははははは。まさに今回の件でもっとも礼を言いたいのはそこだよ、アルス。よくぞレイモンドを討ち取ってくれた。感謝しているくらいだ」


は？

家宰というのは貴族家の中でも最重要なポジションじゃないのだろうか。

それを殺されてなんで嬉しがるんだ？

突拍子もないカルロスの言葉に俺はわけがわからなくなったのだった。

「アルス、貴様もまだ子供ながらに集団をまとめているようだな。苦労しているだろう」

「え？　ええ、そうですね。見た目で侮られることもありますし」

「そうだろうな。少し俺のことでも話してやろう。アルス、貴様は俺が何歳のときにフォンターナ家の当主になったか知っているか？」

「いえ、知らないですけど……」

「三歳だ。先代である親父が死に、三歳のときに俺がフォンターナ家の家督を継いだ。だがな、三歳の子供が領地をまとめることなどできると思うか？」

三歳か。

俺が畑を耕しはじめた頃くらいだろうか。

俺のように前世の記憶があっても領地をまとめるのは無理だろう。

なにせ、俺もあれこれ言われたりしたのだ。

俺の言うことも子供のたわごとだと言われてまともに取り合ってくれる人はほとんどいなかった。

結果、家の裏でほそぼそと畑いじりをするくらいしかできなかったのだ。

「そこで俺の代わりに領地をとりまとめることになったのがレイモンドだ。やつは俺の後見人という立場を利用して領地を経営していった。その後、俺が大きくなってもその状態が続いていたんだよ」

「それは別にいいのでは？　問題ないように思いますけど」

「いいわけがないだろう。やつはフォンターナ家に俺しか男児がいないことをいいことに、領地のすべてを牛耳ってきたのだ。俺を傀儡《かいらい》としてな」

ああ、そういえば少年であるカルロスがフォンターナ家の家督を継いだというのは上の世代がいなかったということになるのか。

なるほど、トップを子供にしておけば実質的にその領地を私物化することも可能というわけだ。

思い返してみれば俺がヴァルキリーをフォンターナ家に献上しにいったときも、レイモンドの一存で販売許可などが決まっていたように思う。

だが、その許可証にはフォンターナ家の紋章が使われていた。

もしかすると大事なハンコを後見人のレイモンドが勝手に使っていたりしたのかもしれない。

「俺はずっと機会をうかがっていたのさ。レイモンドが失敗するのをな。そして今回の出来事が起きた」

「ん？　俺に倒されると予想していたってことですか？」

「まさか。さすがにそんなことは考えもしなかったさ。だが、やつが許可した北の森の開拓地にフォンターナ家の関知しない砦が築かれ始めているというだけでも十分失脚の原因となる。だから、お前が暴動を起こしたときにレイモンド自身に責任を問うて鎮圧に向かわせたのさ」

「ああ、ようするに俺に土地所有の許可証を出したことがレイモンドの失敗だったってことか」

「そのとおりだ。小さな失点でもそれを理由にやつの勢力を切り崩すきっかけにはなる。だが、まさかの当人が急にいなくなったというわけだ。苦労したぞ。レイモンドが死んだあと、フォンターナ領の勢力を俺が手中に収めるのにはな」

そうか。

野戦で俺がレイモンドの率いるフォンターナ軍を打ち破ってから、フォンターナ家のその後の動きが遅かったのはそこに理由があったのか。

混乱した家中をとりまとめるための時間が向こうには必要だったのだ。

俺が城壁のある街へと攻撃を仕掛けるよりも城造りに集中したものだから、その余裕が生まれた。

あのとき攻撃を仕掛けていたらどうなっていたんだろうか。

まあ、もしもを考えるのはやめよう。

攻城戦になれば間違いなくこちらの死傷者の数も増えていただろうしな。

「ということはカルロス様はすでにフォンターナ家の権力を一本にまとめて握っているということですか。それだと、こちらと和睦する意味ないんじゃ……」

「そうでもないさ。レイモンドの親族や部下は奴からの甘い汁を吸って生活してきたからな。俺が代わりに権力を握ると、その旨味がなくなる。つまり反発が出ることになる。今は表面上従ってはいるがな。それを貴様という存在で抑える」

「俺ですか？」

「そうだ。家中をまとめたといっても俺自身の手駒は数が少ない。だが、バルカという新たな力を取り込んでおけば、その抑えとなる。ゆえに、今回の話になるわけだ。アルス、貴様を騎士として領地もやろう。俺の配下になれ」

うーむ、貴族というのも大変なんだなと思ってしまう。

まさか、自分の住んでいる土地が権謀術数渦巻く情勢だったとは思ってもみなかった。

今回のカルロスの提案だが、俺にとってどうなるんだろうか。

どうやらフォンターナ領を押さえたもののイマイチ家来たちとの力関係で微妙な立ち位置にあるカルロスという当主。

だが、そうは言っても貴族としてこの地をまとめているのは間違いない。

その当主自らがやって来て部下になればこれまでのことを水に流して小さいながらも土地を任せようと言ってきている。

部下になったあとに何を言われるのか分からない部分も多いが、悪い話ではないのではないだろうか。

少なくとも今回の件での罪を問わないでいてくれると言うのはありがたい。

それになにより、この話をけるということは話をまとめてくれたパウロ司教との関係にも影響を与えてしまうだろう。

ぶっちゃけ教会に睨まれ続けるかもしれない、という可能性のほうが怖い気がする。

よし、決めた。

もともと、俺が戦い始めたのは土地を取り上げると言われたからであり、兵士を手に掛けたことにより引くに引けなくなったからだ。

別に貴族から領地をぶんどってやろうなどと思っていたわけではない。

だが、このままの条件ではこちらも困る。

もうちょっと条件面での待遇をよくしてもらう。

こうして、俺とカルロスによる秘密会合は夜更け過ぎまで繰り広げられたのだった。

◇◇◇

「おい、アルス。本当に大丈夫なんだろうな。向こうについた途端に取り囲まれて殺されたりしないだろうな」

「なんだよ、ビビってんのか、バイト兄」

「うっせー。ビビってるわけないだろ。つーか、いきなり停戦するなんて聞かされたらホントかどうかと思うじゃねえか」

「まあな。ま、なにかあったときは即効で逃げられるようにしとくか」

俺たちは今、フォンターナの街へとやって来ていた。

パウロ司教を通しての貴族家当主との交渉により、秘密裏に停戦が合意されている。

だが、それはあくまでも非公式での話だ。

今回はそれを公式に行う必要がある。

なんといっても、ただの停戦ではなく、俺がフォンターナの一員として加わることにもなるからだ。

そのために、川北に築いた城を父さんたちに任して、バイト兄やバルガスなどと少数で街までやって来た。

ここで正式に手続きをかわせば、俺は晴れて無実となり、安心して眠れる夜を手に入れることができる。

バイト兄の心配もわかるがようやくもとの生活に戻れるかと思うと、少しホッとしたところもある。

そんな俺たちがやって来たのは街にある教会だった。

村にあるのとは段違いの大きな教会でパウロ司教が先日取り決めた停戦条約を読み上げて、双方がそれに同意する。

そうして、最後の段階へと進んだ。

「アルス・バルカ、前へ」

「はい」

「汝《なんじ》はこれよりカルロス・ド・フォンターナに仕え、かのものを支えることを誓いますか？」

「はい、誓います」

「カルロス・ド・フォンターナ、前へ。アルス・バルカを騎士として叙任し、時に力を合わせ、時に肩を並べて戦い、民を守ると誓いますか」

「ああ、誓おう」

「では誓いの証を」

俺がカルロスの前に片膝をつけるようにしてしゃがんでいると、カルロスが腰に吊るしていた剣を引き抜いた。

あれは氷精剣だろう。

頭を少し下げた状態にしているので直接見ることはできないが、キラリとした光り輝くような剣身は先の戦いでみた氷精剣の輝きと同じように思う。

すっごい怖い。

目の前に剣を持っている人がいる状態というのはこういうものなのか。

だが、その剣が俺の体を傷つけることはなかった。

カルロスが手に持った剣を俺の肩にポンと当てるように動かす。

「アルス・バルカ。我は汝を騎士として叙任し、名を授ける。これより汝の名はアルス・フォン・

バルカだ。フォンターナの騎士としてこれからの働きぶりに期待している」

きた。

今回の停戦合意と同時に俺がカルロスの下につくという意味がこの名付けにあった。

カルロスが戦闘行為の真っ最中にある俺と停戦し、かつ、配下にまで加えようとした理由。

それはパウロ司教の位階が上がるほどの魔力パスの恩恵があるからだった。

貴族は名付けで魔法を授ける代わりにその配下たちから魔力の供給という恩恵を受ける。

この魔力パスにより、トップに位置する貴族の当主は領地で一番魔力を持つ存在となり得るのだ。

魔力が多いというのはそれだけでも脅威だ。

魔法を使う回数が増えるだけではなく、肉体面でも強化しやすく、単純に殴り合いをしても強い。

この世界では魔力を上げて物理で殴る、というのが割と平気で行われているのだ。

カルロスが俺に目をつけた理由は、レイモンド一派の残党からの圧力をはねのけるために力をつけることにあった。

幼い頃に当主となり、領地のことはすべてレイモンドが取り仕切っていたため、フォンターナ家での魔力のピラミッドはレイモンド一派に集中するように構築されてしまっていた。

だからこそ、対立中であった俺の魔力を取り込んで自分の力を増すという、思い切った選択をカルロスがとったのだった。

そして、その魔力パスがカルロスにつながったということは、俺もまた恩恵を受けたことにほかならない。

俺がいくら頑張っても使うことができなかった土系統以外の魔法。

フォンターナ家が持つ氷の魔法。

それらの新たな魔法が俺に、そして、俺を通してバルカ勢へともたらされたのだった。

◇◇◇

「お疲れ様でござる、アルス殿。これでアルス殿も一国一城の主ということでござるな」

「あー、そうかもな。実際に城もあることだし」

結局、街では俺たちに危害を加えようとするものはなく、平穏無事に停戦合意と叙任式も終わりを告げた。

俺は今、川北の城へと戻ってきている。

塔の一つに登ってグランと話しているところだ。

「それで、バルカ村とリンダ村、それにこの城までを領地としてもらった感想はいかがでござるか？」

「悪くないかな。思った以上にこっちの条件が良かったと思うよ」

基本的に戦場で武功をたてたものを従士として取り立て、さらにそこから騎士として引き上げたとしても領地持ちにはなかなかなれないらしい。

それこそ、騎士の中でも一部のものだけが領地を与えられるくらいなのだそうだ。

だが、今回の戦いでの結果、俺は村二つと城を一つ手に入れることになった。

当初はバルカ村の統治を任せると言われたのだが、俺がごねた結果だった。

せっかく造った城が惜しい、というのもあるが、バルガスなどの人材も手放したくなかったこともある。

なんだかんだと押し問答がありつつも、俺の主張が通ったことになる。

「それで、アルス殿はこれからどうするのでござるか？」

「どうするって？」

「村二つとはいえ、土地を統治するというのは男の夢の一つでござろう。なにかやってみたいことでもあるのではござろう」

「うーん、やってみたいことっていうよりやらなきゃいけないことがあるかもな」

「やらねばならんことでござるか？」

「ああ、金を稼ごう」

ロマンなどクソくらえだ。

俺がいち早く取り組まなければならないのは夢を語ることではない。

パウロ司教に支払ってすっからかんになった俺の財布事情。

今すぐ財政破綻を引き起こしかねない経済事情の回復を急がねばならない。

こうして、領地持ちになった俺はお金稼ぎに邁進することになったのだった。

領地持ちの騎士というのは本当に一国一城の主といえる。

領地内のことに関しては基本的に徴税権や裁判権を持つため、割と自由に統治できるのだ。

だが、権利があれば義務もある。

俺の立場はフォンターナ家に仕える騎士となり、フォンターナ家当主であるカルロスには忠誠を誓うことになる。

忠誠を誓うというのは、大雑把にいえばカルロスの言うことを守るということであり、俺が徴税した税からフォンターナ家に税を納めなければならないし、招集がかかれば兵を集めて馳せ参じることになる。

この兵を集めるということは常に頭の片隅においておかなければならない。

このあたりは長らく動乱が続く地域だ。

というのも、もともと一つの王家が各貴族をまとめ上げて王国としていたのだが、王家の力が衰退したために各貴族の力が強まり、暴走を抑えきれなくなったという歴史があるからだ。

力のある貴族家が他の貴族家に戦争を起こして領土を奪い、それに対抗する勢力が反撃する、というのを繰り返しており、それを止める者がいない状態なのだ。

幸か不幸か、他国からの干渉が起こりにくい土地柄だったためか、こんな有様でも侵略されたりはしなかったのだが、そのせいで戦乱が続いている。

こういう情勢にあるがゆえに、俺が徒党を組んで立ち上がったときも他の貴族から軍が出てくることがなかったというのもあったらしい。

他家から見ればフォンターナ家が無事に暴動を抑えれば問題ないし、何かの間違いでフォンターナ家が負けたとしてもその隙を狙って領土を奪えばいい。

そんな考えだったようだ。

いつ何時《なんどき》戦争が起こるかわからない。

そんな状態なために、貴族は常に出動できるように準備をしておかなければならない。

そして、それは配下の騎士にも当てはまる。

主家であるフォンターナ家が一声かければ即座に人を集めて戦場へと行かなければ、それを理由に領地を奪われることにもなりえるのだ。

せっかくうまい具合に自分の領地を手に入れられたのだ。

これを維持していくためにもいろいろとやっておかないと。

そして、今一番俺に必要なのはなにかというとお金である。

命名を勝手にしていたためのつけで俺はすっからかんになってしまっている。

仮にこんな状態で招集がかかればすぐに食料を用意する資金すらなくなって、俺の部隊は食料を求めてうろつく盗賊集団に早変わりしてしまうことだろう。

だが、金を稼ぐといっても俺個人が稼ぐ方法からは離れないといけないだろう。

仮に俺が領地から離れてもお金を生み出すシステムを作り出す。

ようするに、早急に内政できる組織を作り出す必要があるということだ。

◇◇◇

「はい、注目。今からバルカ騎士領における人事を発表したいと思います」

俺が城に主要メンバーを集めて声を上げた。

俺一人ではどう頑張っても領地経営などできそうにもない。

なので、使えそうな連中はすべてこき使ってやることにしたのだ。

一応、ここにいるメンバーは俺がバルカ姓を与えたやつらばかりだ。

これはいってみれば領地持ちの騎士である俺が、自分の配下として騎士へと取り立てた者たちであるともいえる。

つまりは、俺がフォンターナ家に忠誠を誓ったのと同じように、彼らも俺に忠誠を誓い働いてもらうことを意味する。

ちなみにおかしなことをしでかしたら、俺の裁量で裁いてもなんの問題もなかったりする。

「まず、行商人のおっさんことトリオン・バルカ。おっさんは俺と一緒に内政担当だ」

バルカ姓を与えた連中の中でも特に貴重なのが文字を書ける人材だ。

だいたいの農民はまともに文字の読み書きができない。

このおっさんは読み書きができるだけではなく、計算までできるのだ。

開拓地に店を出すという約束をしていたような気もするが、店よりも領地の経理部門についてもらおう。

「次、バイト兄とバルガスは俺の下で部隊長をしてくれ。農民連中を定期的に集めて訓練するように」

本当は常備兵がほしいが、常に人を雇っているのはお金がかかりすぎる。

現状、常備兵を確保しておくのは無理だ。

なので、今回の闘争でも十分活躍してくれたバイト兄とバルガスを兵のまとめ役にして、農作業の傍らに訓練をつけてもらうことにした。

「次、父さんは警備を頼む。とくに攻撃魔法を日常生活で使ったやつは問答無用でしょっぴいてくれて構わないから」

対して、常に人を雇うと決めたのは治安維持に関してだった。

俺が魔法を授けたやつのなかには、やはりふとした時に魔法をぶっ放して人を傷つけるやつもいる。

そういうやつを取り締まる機関はどうしても必要だった。

一応、仏の顔も三度までということこの世界で通じないであろう考えを持ち出して、二度目までは許しても、三度目は許さないという基準だけを作ることにした。

大変な作業だろうが、頑張ってほしい。

「次、マドックさんと村長二人は俺と一緒に裁判官になってもらう。これからは決まりごとを明文化するから、そのつもりでよろしく頼む」

お次は裁判についてだ。

何らかの理由によって当事者同士では問題解決ができない場合、それを解決するために裁判という方法を取るというのはこの世界でも一般的だ。

だが、問題は法律などがないという点にある。

基本的に揉め事は権力者が当事者から話を聞いて、「よし、ではこれで手を打て」と裁決を下すのが裁判のやり方で、両者が納得できる判決を出すのが腕の見せ所なのだそうだ。

しかし、ぶっちゃけわかりにくい気もする。

ならば、俺が法律を作ってしまおうというわけである。

といっても、俺が前世の感覚を持ち出して法律を作ると間違いなく失敗するだろう。

なので、これまでの生活でも揉め事を解決してきた経験があるであろう二つの村の長とマドックさんをあわせて合議制の裁判にすることにしたのだ。

これまでの前例を出してもらって、そこから最大公約数を出すように法律を作れたらなおよしだろう。

「次、グランは引き続きもの作り担当だ。なにか必要なものがあったら相談するからよろしく」

グランについてはこれまで通り、いろんなものを作ってもらうつもりだ。

ただ、あまり人をまとめて組織的に何かをするというよりも、好きなものを作っていたいというタイプのようだし、そばに人を付けておくことにしよう。

「で、残りのお前らは俺のところで雑務をしてほしい」

あとは、俺の目に留まった何人かを直接雇用することにした。

彼らは城造りや道路造りのときに目をつけていた連中だ。

道路を作ったりしているとき、基本的には魔法でほとんどの作業をやっていた。

だが、例えば道路を真っ直ぐにひこうとしているときに、「こうしたらやりやすいのでは」みたいなことを言っている人が何人かいたのだ。

ほとんどの人は人に言われた指示を聞いて作業するだけだったが、自分で考え、こうしたほうが効率がいいとかうまくいくという意見を言える人物。

おそらく、文字は書けなくとも頭がいいのだろう。

ならば、そいつらはこき使ってやらなければ。

バルカ姓を持つ以上、【瞑想《めいそう》】という疲労回復の魔法が使えるのだ。

過労死する心配はない。

ブラック企業顔負けというくらいに働いてもらうことにしよう。

こうして、俺の領地経営はスタートしたのだった。

「ひでえ……。最初にやることが俺から金を巻き上げることかよ。ひどすぎるぞ、坊主」

「もう坊主じゃねえよ、おっさん。その分、土地をあげたんだから土地代だと思っといて」

一応の組織を作り上げ、まず最初に俺がしたこと。

それは行商人のおっさんから資金を提供してもらうということだった。

魔法陣を使っての命名によって教会へと支払い義務が生じてしまった俺だが、一応その金額は払い終わっている。

へそくりのようにしてコツコツと貯めていたお金で払うことができたからだ。

だが、パウロ司教は俺が出したお金を見て大層驚いていた。

どうやらパウロ司教から見てもその金額は少なくないものだったのだろう。

それだけの金額を俺が払えたのは、ひとえに使役獣の販売などでおっさんとの取引ができたことにある。

つまり、俺がそれだけ貯め込むことができていたということは、おっさんも膨大な利益をあげているということを意味していた。

なんで今まで行商を続けていたのかと思うほどお金を貯め込んでいたおっさん。

そのおっさんのお金から土地代としてそれなりの金額を払ってもらったということだ。

「まあ、バルカ騎士領の当主様に献金したってことにしといてやるよ。だけど、大丈夫なのか？　いきなり貴族の立場に立つことになって組織を作ったみたいだけど、やりくりしていくのは大変だと思うぞ」

「そうだな。とりあえず、お金を稼ぐ仕組みを作らないといけないよな」

「言うのは簡単だができるのか？　言っとくが金を稼ぐっていうのはお前が思っているよりも大変だぞ」

そんなことを言われなくともわかっている。

もしも、俺が普通の騎士領のトップだったらそこまで悩まなかったかもしれない。

だが、俺の立場は普通ではない。

もともとが農民であり、そこから力ずくで領地持ちの立場にまで上がったのだ。

寄り親であるフォンターナ家の当主であるカルロスとは一応利害関係もあるため、すぐにどうこうということはない、と思いたい。

しかし、カルロスの部下のほとんどは俺のことをよく思っていないだろう。

もしかしたら、動員されたときに激戦区に放り込まれたり、捨て駒にされたりするかもしれない。

あるいは、領地の統治がうまくいかないようであれば、それを理由に難癖をつけて俺から領地を取り上げるようにカルロスに進言するものも出てくるだろう。

なので、俺はこの領地を平凡に治めているだけでは駄目なのだ。

バルカ騎士領を強く育て上げていかなければならない。

あくまでもお金稼ぎはその第一歩ということになるだろう。

「まあ、そういうわけだから抜本的な改善が必要だろうな。具体的には物々交換から抜け出さないと……」

最初の問題はそこに尽きるだろう。

バルカ騎士領には【整地】や【土壌改良】という魔法を使える連中が三百人近くいる。

なので、食料自給率は格段に向上することは間違いないと思う。

だが、だからといっていつまでも物々交換だけを続けられては困る。

それだと、いつまでたっても俺がやっている使役獣の販売と魔力茸の栽培以外の収益が入ってこないことになるからだ。

まずは、領民全員が物ではなくお金を稼げるようにしていこう。

そのために必要なのは、やはりこの地にいない商人の存在である。

「ってことで、これから市場開放するぞ」

こうして、俺の経済改革が始まったのだった。

◇◇◇

おっさんは行商人としてあちこちを回っていた。

そのときの話を聞いていたが、意外と商人も大変なのだ。

まず、今の世情では各地を移動するだけでも結構たいへんだったりするらしい。

各貴族が治める領地を通って別のところに行こうとすれば、素通りするように商品を運ぶなどということはできない。

各地に関所のようなものがあり、そこで通行料などを取られてしまう。

さらに問題なのが、各地で商人同士の集まりであるギルドが存在している。

ひとつの商人ギルドがひとまとめに各地の商人を取り仕切っている、というのであればもう少しわかりやすかったのだがそうではないらしい。

各地や各商品ごとにギルドが乱立しており、それらを無視して勝手に商売することはできないのだ。

もしやろうとすれば、人知れず消されてもおかしくない。

だが、俺にとってこの仕組みはあまりうれしくない。

ものの動きがいろんな事情によって抑えられてしまい、どうしても値段が上がってしまうからだ。

これでは俺の領民にまでお金が回らないかもしれない。

ある程度、庶民でも買えるように値段を抑えるためには、商人同士の価格競争も必要だろう。

そのために、自由市をつくろうと思う。

ギルドなどというものを介さず、俺が用意した土地に市を開き、俺が許可を出したものであれば自由に売り買いできる。

そんな場を用意すれば多少はお金の流れも良くなることだろう。

「いや、そんなうまくいかないだろう。誰がこんな北の僻地《へきち》までやってくるんだよ。ここに来るまでにも、よその領地で通行料とか取られるんだから、結局一緒だと思うぞ」

俺の考えをおっさんに話すと即座に反論が返ってきた。

やはり、この世界で商売をしてきた人物だけに難しいと考えざるを得ないのだろう。

だが、やり方次第だと思う。

商人たちが向こうから自主的に集まってくるようなシステム。

それを作り出せば自由市も賑《にぎ》わってくるようになるだろうと考えて、俺は市を開く準備を始めたのだった。

自由市を開く、その前に俺は一つの作業に取り掛からなければならなかった。

それは、新たな道路造りである。

今回新しく道路を作るのは、バルカ村から南に作った川北城までをつなぐ道路を延伸してフォンターナの街までをつなぐ道路だ。

なぜ、自分の領地の外に道路を作るのかというと、そういう取り決めがあったからに他ならない。

フォンターナ家との停戦合意に際して出された条件の一つに、城と街をつなぐ道路を敷設すること、という条項があったのだ。

俺にとっては道路というのは移動を早める便利なものという認識しかない。

だが、戦乱の続く土地を治める貴族側から見ると別の意味があるのだ。

それは軍隊の進行ルートである。

整備された広い道路は軍隊の移動を早める。

それは逆にいえば、相手の軍隊の進行スピードを早めてしまうことにもなる。

そのため、多くの貴族は自分の領地の内部では道路の整備をしても、他家との境にあたるようなところではあえて道路を作らないことが多いのだそうだ。

道路がなければ、その分だけよそからの軍が進行してくる速度を遅くできるということで、防衛上重要な意味があるのだ。

フォンターナ家が俺に道路を敷設しろ、と命じたのは俺自身に道路を作らせて、もし何かあればいざというときにはそれを逆用して進行するぞ、というわけである。

わざわざバルカが川北城に配備できる兵の数を最低限に抑えるように停戦合意時の条項に決めているだけに、やはり警戒されているのだろう。

じつはこの川北の城のことはカルロスと一番揉めた話でもあった。

いろいろな問答の末、俺が「数日あったらいつでも新しい城を作れるぞ」という発言のもとに所有権を認めさせた。

ただ、俺としてもカルロスとの関係をあえて悪くしたいわけではない。

この川北の城は、これからバルカと街の間の関所兼宿場町的な位置づけになると思う。

だが、これは俺にとってはメリットもある。

それまでの、道とは呼べないような細い道しかない状態よりも街と格段に行き来しやすくなるからだ。

バルカ騎士領が商売を行っていくなら、なによりも街との交通ルートを確保しておく必要がある。

フォンターナ家にとっても、俺にとってもこの道路造りは意味のあるものだった。

今、バルカ騎士領には魔法を使える者が多数いる。

そのなかで自分の農地を持つ人は帰らせて、すぐに農地の【整地】と【土壌改良】を行うように指示を出した。

そして、残りの農地を持たない連中を引き連れて道路工事をしていく。

おっさんから土地代として巻き上げたお金を一部切り崩して日雇いとして働かせる。

一度道路造りを経験している連中ばかりなので、割と混乱なくサクサクと工事は進められていった。

魔力量の少ない者には細い道を広げるように【整地】をさせ、俺が目印を建てるようにしてから残りの者で【道路敷設】を行う。

こうして、それまでは三日ほどかかっていたバルカ村からフォンターナの街までの距離を大幅に時間を短縮して移動できる街道が完成したのだった。

◇◇◇

「坊主、本当にいいのか？」

「ま、いいだろ。自分の農地がないやつも稼げるようにしなきゃならないしな」

バルカ騎士領とフォンターナの街が街道で結ばれた直後のことだ。

俺はさんざん悩んだが、とある決断を下すことにした。

俺が魔法を授けた連中の中には農地を持つ者と持たない者がいる。

だが、その比率でいうと農地なしのほうが圧倒的に多かった。

それは俺が戦いに参加した者にだけ魔法を授けたからだった。

最初に俺がバルカ村で人数を集めたときには声をかけて集めたという面もあり、父さんのような農地持ちもそれなりにいた。

だが、隣村でバルガスを仲間にした際にくっついてきたやつらや、野戦で勝利したあとに集まってきたやつらはほとんどが農地なしだった。

農家の次男三男といった日陰者にならざるを得ない連中が、火の光に誘われる虫のように集まってきたのだから当然だろう。

俺はこいつらをなんとしてでも食わしていけるようにしなければならなかった。

農地も財産も持たない連中が、急に魔法という力を手に入れた。

だが、魔法は手に入っても満足に仕事がなかったらどうなるだろうか。

おそらくは力ずくで問題解決をしようとする荒くれ者の集団になってしまうだろう。

一応治安維持のための人を用意するが、抑えきれるものではないと思う。

だが、仕事が与えられ、それで食べていくことができるとなれば、犯罪率はまだマシなのではないだろうか。

俺は領地内の治安維持のためにも、仕事を作り出す必要があったのだ。

俺が北の森を開拓して広げた土地。

自分のスペースとして四キロメートル四方に壁を造り出した土地があるが、実際はその壁のさらに外側も整地された土地が広がっている。

かつて開拓した土地の残りが壁の外にもあるからだった。

この壁の外の土地の一部にいくつも宿屋型建物を建てた。

そうして希望者はこの建物に居住する権利を与えて、さらに仕事を与えたのだ。

仕事の内容は主に二つだ。

かつて俺が主に行っていたレンガ作りと魔力茸の栽培だった。

レンガ作りは元手ゼロでできる商売だ。

なにせ全員が俺の授けた魔法を使える。

魔力を消費する代わりに毎日作り上げることができる。

だが、俺がレンガを作っていたときとは状況が違う。

あのときはフォンターナの街で外壁工事がされており、特需があった。

だが、今はそれも終わっている。

だから、俺は作るレンガを指定したのだ。

他の土地では絶対に手にはいらないであろう硬化レンガを作って売るようにさせたのだった。

これは自力で作ろうとすると大猪の牙とヴァルキリーの角という魔法関係の素材などが必要になってしまう。

材料的な意味でもほかではまず手にはいらない、バルカという土地でのみ手に入る品物だ。

それなりに需要があると思う。

そして、断腸の思いで許可したのが魔力茸の栽培だった。

この魔力茸は間違いなく儲かる。

なので、栽培方法はなるべく伏せて俺が独自に育てていたのだ。

だが、後でわかったことだが魔力茸の栽培でいちばん重要なのは原木に【魔力注入】することだったのだ。

【魔力注入】しないで作ると栽培しても実りは少なく、一度採るとできなくなってしまう。

だが、きちんと【魔力注入】していると同じ原木でもたくさんの魔力茸が生えてくる上、数年間はその原木から採取することが可能なのだ。

なので、俺はこの栽培方法を領民に教えることにした。

俺が名付けをした連中であれば【魔力注入】ができるのでうまく栽培に成功するだろう。

これはいずれ俺がフォンターナ家に招集されることも見越している。

魔力茸をたくさん育てて収穫しておけば、その分魔力回復薬を作って備蓄しておくこともできる。

魔力回復薬の量が多ければ、それだけ魔力量の残りを気にせずにバンバン建物を建てられるだろう。

これは生き残る可能性を大きく上げてくれると思う。

俺の直接の稼ぎが減ってしまうというデメリットはあるが、長い目で見ればメリットのほうが大きいだろうと判断した。

こうして、バルカ騎士領は新しい特産品を作り出す土地に早変わりしていったのだった。

◇◇◇

「よし、これから検地をしていこう」

「検地ってなんだよ、アルス」

「何って言っても検地は検地だよ、バイト兄。土地の広さをきちんと調べて、どのくらいの収穫量があるかを調べておくことだよ」

「ふーん。俺はパス。お前みたいに計算したりするのは苦手だからな」

俺が農地を持たない連中に仕事を与えるためにレンガ作りと魔力茸の栽培を広め終えたあとのことだ。

とりあえず、魔力茸はすぐには栽培できないだろうが、レンガならば魔力さえあれば作ることはでき、多少の稼ぎにはなる。

そこで、いったん農地なしの人のことはおいておいて、農地持ちについても対応していくことにした。

農地があるやつはおそらくそのまま、農業をしていくだろう。

別に魔法が使えるからと言って、全員が戦場へと行きたいわけではなく、むしろ農業用の魔法を手に入れたことで思う存分農業をしていきたいと思っている人も多いはずだ。

だが、ここで問題がある。

俺が授けた【土壌改良】といった魔法を使えば、収穫量が飛躍的に伸びるであろうという点がまさに問題になるのだ。

これまでの納税方法では一度、村長が村の収穫物を集めて保管しておき徴税官へと受け渡していた。

だが、これまでと同じだけの量を俺に納めるというのはありえない。

間違いなく収穫できる量が増えるのだからそれも当然だろう。

しかし、だからといって単純に納税する麦の量を増やせばいいというものではない。

なんといっても、農民は自分たちが作った麦を権力者に持っていかれるのを嫌がるものだ。

それが俺が統治者に変わったら、即座に持っていかれる量が増えたとしたらどう思うだろうか。

収穫量が増えているという事実があったとしても、いい顔をしないのではないだろうか。

そこで、あらためて検地をすることにした。

農地の面積を調べ、そこからどのくらいの収穫量が採れるかを明らかにすることで、その次から納める麦の量が変わる、というのをアピールする意味もある。

が、実際に調べておかないと俺の手元には農地データなどがないということもある。

やはり、やっておかなければならないだろう。

だが、検地してみようと思ってから気が付いたが、どうやって土地の広さを測ればいいのか途方に暮れてしまった。

検地をするための測量技術すら持ち合わせていなかったのだ。

どうしたものか。

巻き尺でも作って広さを測ればいいのか、でもそれだとどれだけの長さの紐が必要なんだと自問自答することになってしまった。

「え……、アルス兄さん、そんなことで悩んでたの？」

「そんなことって言うなよ、カイル。こう見えて本気で行き詰まってるんだから」

「だって、簡単じゃない、そんなこと。【整地】を何回したかで農地の広さはすぐわかると思うけど」

しかし、俺が悩んでいた答えはカイルによって、あっという間に解決してしまった。

カイルいわく、【整地】は俺の魔法を使える人間なら誰がやっても毎回必ず同じ広さの土地がならされるのだからそれを基準にすれば間違いはない、という明快なものだったのだ。

確かにそう言われてみればそうかもしれない。

俺が前世のときの記憶をもとに、一辺十メートルの正方形の土地を平らに均すイメージで呪文化した【整地】。

ちなみに【整地】を基準に【土壌改良】の呪文も作ったため、面積はどちらも同じだった。

各自の農地を何度呪文を使えばその面積を埋めることができるかを確認するだけで、検地が終わってしまうことになる。

さらにいえば、特別な計測技術を持たない者でも面積を測ることもできることになる。

こうして、バルカ騎士領の土地面積は【整地】を一度したときに影響のある広さを「一枚」と数えるようになったのである。

◇◇◇

「カイル、ついでだから長さの単位もこの際決めちゃおうぜ」

「長さの単位？」

【整地】したときの一辺の長さを十等分したものを一メートル、それをさらに百等分したものを一センチメートルとする。異論は認めない」

「べつにいいんじゃないかな。異論なんて出ないと思うよ」

「あとは重さとかも決めとこう。一覧表にでもまとめておくよ」

「うん、わかった。みんなにも伝えておくね。

長さの単位が確定すれば、ほかの単位についてもそれと連動して基準となる単位をつくることができる。

例えば、十×十×十センチメートルの体積の水は一リットルとし、一リットルは一キログラムとする。

これだけで容積と質量の単位の出来上がりだ。

さらに水の沸騰する温度を百度としておこう。

こうすれば、俺に馴染みの深い単位が出来上がる。

こうして、バルカに共通認識となる長さや重さの単位が登場したのだった。

それまでは割といい加減な物の数え方をしていた人も、自分の魔法から生み出されるものを基準にして出された数値は比較的理解しやすかったのか、バルカ騎士領ではこの統一度量が広まっていったのであった。

◇◇◇

「うーん、かみがねえ」

「どうした、アルス。そんな若いうちから髪の毛の心配でもしてるのか？」

「誰がハゲやねん。って、違うよ父さん。髪の毛じゃなくて、紙のことだよ」

バルカ騎士領の検地について進めているときに新たな問題にぶつかった。

せっかく、土地の広さを調べる基準を作り出して、さあ調べましょうと思ったのだが、それを記録できる紙がないのだ。

この地では昔から羊皮紙を使って記録をとっているらしい。

だが、その羊皮紙を俺は持ち合わせていなかった。

というか、このあたりに羊なんていないるんだろうか。

ジンギスカンがあるなら食べたいのだが。

俺が紙というと全員決まって羊皮紙、もとい獣皮紙をイメージするらしい。

そうして、俺が紙をほしいと言うと、たいがいの人は「ヴァルキリーの皮を剥ぐのか」などと言ってくるのだ。

だが、そんなことをするわけにはいかない。

ヴァルキリーは俺にとって非常に大きな戦力になり得るのだ。

そのヴァルキリーの皮を剥ぐようなことはできない。

しかし、どうも羊皮紙はそこまで大量に流通していないようで、結構バカにならない金額が紙代となってしまうという計算も出てきた。

正直、もったいないと思うのは俺だけだろうか。

だいたい、羊皮紙など本にしたら分厚くなりすぎるという問題もある。

電子書籍というペーパーレスを経験した記憶を持つ俺にとって、そこまで幅をとる記憶媒体というのはちょっと勘弁してほしい。

というわけで、俺は紙作りに着手することにした。

まあ、現状そんなにたくさん必要なわけでもない。

主に俺が使う分だけでもいいから自分で作ってしまおうと考えたのである。

◇◇◇

俺が作るのは当然羊皮紙ではなく植物紙だ。

実は以前から森の開拓をしていて、バルカ村にある森は意外と多様性があることが分かっていた。

魔力茸の原木となるものもあれば、木炭として使いやすい木もある。

だが、そのどちらにも不向きな木というのもあったのだ。

その木を利用して紙作りをしてみることにする。

前世の記憶を参考にしながら作業を進めていく。

まずは紙の材料となる木を細かく削り、さらに叩いて砕いていく。

かなり細かく砕いてから煮詰めていく。

煮詰めるのに使うのは、いろいろ試して最終的に魔力回復薬を使うことにした。

木を煮詰めると繊維が取れるのだが、その繊維の量は魔力回復薬で煮詰めるとよく取れたからだ。

そうして煮詰めて出てきた繊維にのりを混ぜていく。

これには森に自生していた山芋もどきを利用することにした。

食べると毒があるという山芋もどきで、村の中では森で拾っても絶対に口にするなと言われているものである。

が、その山芋もどきは煮るとすごくネバネバしていて、簡易的な接着剤として利用できるということは昔から知られていた。

木の繊維をのりと一緒にさらに煮た液体。

それを容器に移し替えて、用意しておいた木枠にはめ込んだ網ですくう。

そうして、何日か乾燥させると見事に紙が出来上がった。

現地にある材料を組み合わせて作るために、いろいろと苦労したが、なんとか紙が完成した。

とくに魔力回復薬を利用したのが良かったのかと思う。

それまではうまく繊維が取れず、取れてもボロボロでのりとの相性がよくなかったのが、一気に改善したのだ。

戦略物質になりえる魔力回復薬を使うのもどうかと思ったが、まあいいだろう。

自作したとは思えないほど、なめらかで、書き心地のいい紙が出来上がった。

俺はこの植物紙にいそいそと検地したデータを書き込んでいったのだった。

◇◇◇

「坊主、お願いだ。この紙を売ってくれ」

「どうした、おっさん。俺が木から紙を作るって言いはじめたときは、そんなの無理だとかなんとか言ってなかったたっけ？」

「う……、いや、俺が悪かった。まさかこんな紙を作るとは思ってもみなかったんだよ」

「素直でよろしい。で、なんだっけ？　紙が欲しいのか？」

「そうだ。この紙を売りたい。こんなに薄くて、字が書きやすい紙は今まで見たことがない。行商しているときにあればと思うくらいだよ」

「ああ、行商するときはできるだけ商品にスペースを取りたいだろうしな。記録用の紙は薄いほうがいいか」

「ああ、それにここまできれいな紙なら街でも絶対に買い手がつく。これは売れるぞ、坊主」

「いいね。ならバルカ騎士領の新しい特産品になるように紙作り専属のやつでも用意してみようか」

そういえば、俺がフォンターナ家と戦ったときに戦死してしまった人がいる。

彼らの中には当然妻帯者もいて、残された家族は男手が減って大変になってしまったという話だった。

一応金銭を渡してはいたが、それでは一時しのぎにしかならないだろう。

なら、未亡人たちでも集めて紙作りをやってもらおうか。

そう考えた俺は、戦死者を調べ上げて、二つの村で紙の生産を始めたのだった。

材料に魔力回復薬を使うこともあり、別に植物紙が安いわけでもない。

出来上がった植物紙が意外と良い収入になり、結果的に戦死した兵の家族から俺はあまり恨まれずに済むことになったのだった。

◇◇◇

「アルス殿、何をしているのでござるか？」

「んー、いや、そろそろヴァルキリー用の装備も整えていかないとなって思ってな」

「ヴァルキリーの装備でござるか。使役獣に鎧でも作ろうというのでござるか？」

「いや、鎧は金が掛かりそうだしな。とりあえず、他に必要なものがあるから、そっちを作ろうと思う」

「ふむ。して、ヴァルキリーに必要なものとはなんでござるかな」

「そりゃ決まってるだろ。鞍《くら》と鐙《あぶみ》さ」

紙作りを終えた俺が次に着手したのはヴァルキリーに取り付ける鞍と鐙だった。

このあたりでは多種多様な使役獣が存在しており、いろんな姿をしている使役獣に騎乗している。そのため、その使役獣に合わせて鞍などを作るのが一般的だった。

以前作ろうかと考えたこともあったが、そのときは断念した経験がある。

街にいるような専門の職人がそれぞれの使役獣に合わせて作る必要があり、その職人のあてがなかったからだ。

だが、今は違う。

目の前にいるグランは割とオールラウンドにもの作りをこなせるし、完成度はどれも高い。

俺が欲しいものをこいつに伝えて作ってもらおうと、新しく作った紙に図面を書き込んでいたのだった。

「しかし、アルス殿はそんなものなくともヴァルキリーに騎乗できるでござろう。はたして必要性があるのでござるのか、拙者にはちとわからないでござるよ」

「そうだな、俺も騎乗できるようになったからいらないかと思ってたんだけどな。やっぱ、戦場ではほしいものだってことに気がついたんだよ」

俺はヴァルキリーに乗れるように何度も訓練していたおかげで鞍や鐙などなくとも問題なく騎乗することはできる。

だが、それでも必要だと痛感したのがフォンターナ軍でレイモンドと戦ったときのことだった。

氷精剣を振り下ろすレイモンドの攻撃を受けて、俺は力負けして体勢を崩し、ヴァルキリーの背中から地面へと叩き落とされてしまった。

だが、あのとき鐙があればそれも違う結果になったのではないかとも思うのだ。

俺が両足で挟み込むようにして体勢を維持している騎乗姿勢よりも、きちんとした鞍にしっかりとした鐙があれば、もっと足を踏ん張るようにして力が発揮できたのではないかと思う。

騎乗状態で武器を振るうときこそ、鐙があれば下半身の力も武器へと伝えることができる。

そのことをあの戦闘で俺は痛感したのだった。

「それに、俺やバイト兄以外も騎乗できるやつを増やしたい。鞍や鐙があったほうが乗りやすくなるのは間違いないだろう」

「なるほど、騎乗部隊を作ろうというわけでござるな」

そのとおりだ。

俺は自分だけが騎乗できるという状況に不便を感じている。

戦いはスピードが大切というのはどこかで聞いたことがあるが、騎乗できる部隊があればそれはかなりの戦力アップとなること間違いなしのはずだ。

角ありヴァルキリーであれば人が乗らずとも戦力となり得るのだが、あれはいってみれば奥の手のようなものだ。

総数で言えば角切りのほうが多いため、そちらに人を乗せて戦力として使いたい。

だからこそ、俺は鞍と鐙を作ることに決めたのだった。

「一応、図面はこんな感じで。ただ、なるべく乗る人間にも乗られるヴァルキリーにも負担がかかりにくいように作ってくれないか、グラン」

「心得た。任せておくでござるよ、アルス殿」

こうして、ざっくりした図面を書き終え、俺はグランへと鞍と鐙の制作を依頼したのだった。

◇◇◇

「さてと、必要なのはもうひとつあるな」

俺はグランへと製作依頼を出したあともヴァルキリーへと向き合っていた。

それはもうひとつ、作りたい物があったからだ。

蹄鉄《ていてつ》。

たしか、前世では馬の足にある蹄《ひづめ》に鉄の部品を取り付けていたように思う。

馬の足にある蹄は移動するたびに削れてしまう。

野生で育っているだけであれば多少削れても自然に伸びてくる分で釣り合いが取れており、別に問題はないはずだ。

だが、人や荷物を乗せての移動が多くなってきたりすると自然に伸びるスピードを上回る速度で蹄が削れてしまうため、蹄鉄という馬用の靴というべきものを取り付ける必要があるというのだ。

今までは孵化したヴァルキリーを販売して終了だったため、あまり気にしていなかった。

だが、これからは少し状況が違ってくる。

いつ、ヴァルキリーを戦力として導入し、人や荷物を運ぶための足となってもらうかわからないのだ。

どれほどの負担がヴァルキリーの足にかかってくるのか、予想もつかない。

だから、今のうちにその備えをしておこうと考えたのだ。

俺はヴァルキリーのうちの一頭にじっとしていてもらいながら、足を観察する。

どうも、前から薄々そうではないかと思っていたが、ヴァルキリーにはとある特徴があることを確信した。

それは、どの個体も体の大きさが同じだということだ。

最初に俺が自分の魔力で孵化させた個体と、ヴァルキリー自身が使役獣の卵を孵化させて生まれた個体には体の大きさに違いがあった。

だから、今まで気づかなかった。

だが、現在、ほとんどの個体は俺ではなく角ありヴァルキリーが【魔力注入】を行って孵化させている。

そうして、生まれてきた個体の体の大きさはどれも一定だったのである。

で、あれば話は早い。

俺は蹄鉄を硬化レンガで作ることにしたのだった。

どの個体もサイズが一緒である、というのであれば、硬化レンガでピッタリの蹄鉄を作り上げて、それを呪文化すればいい。

そうすれば、今後は呪文を唱えるだけで、ヴァルキリーの足にピッタリの蹄鉄を俺以外の者でも作ることができるのだから。

そう判断した俺は、ひたすらヴァルキリーの足に合う硬化レンガの靴を作り続けた。

野生の馬などとは違ってヴァルキリーは俺の言うことを理解することができる。

ちょっとでも違和感があるようならすぐに首を振って抗議してくるので、ひたすら試行錯誤し続けて、ヴァルキリー自身が納得する靴を作り上げたのだった。

土の上、道路の上、川そばや川底などさまざまな場所を問題なく走破することのできるヴァルキリー専用の靴に人を乗せるための鞍と鐙が完成した。

こうして、少しずつヴァルキリーの装備が整えられていったのだった。

「よし、そろそろあれも作っておこうかな」

ヴァルキリーの装備のひとつである硬化レンガ製の蹄鉄を作り上げ、それを呪文化し終えた俺は次の行動に移ることにした。

それは食料庫についてである。

これまで、バルカ村ではごくごく普通の倉庫で食料を保存していた。

だが、この食料保存についてずっと気になっていたのだ。

前世の記憶を持つ俺は、一年を通して常に潤沢な食材に囲まれる生活をしており、それが当たり前だと思っていた。

だが、どんな食べ物にも収穫できる時期というのは決まっており、それ以外の時期ではその食べ物を口にすることはできないものだという自然の摂理が存在する。

旬に関係なくいつでも食べ物を食べられるというのは異常な状況だったということに、この世界に転生してから気がついたのだ。

俺もこのバルカ村で生まれてから、常に食べ物のことを考えて生活してきたといってもいい。

前世で夢に見た魔法を食べ物を食べるために常に進化させてきたほどだからだ。

だが、いくらたくさん食べ物を収穫できるように【土壌改良】という呪文を作り出したとしても、保存する期間を延ばすことはできなかった。

せいぜい、地面に穴を開けてそこに保存するという方法を取ったくらいだが、それでも常温保存よりも少しマシ程度で、収穫してしばらくすれば食べられなくなってしまう。

保存食にするにしても、できるものとできないものがあり、そこまで成果が上がらなかった。

だが、それももう終わりだ。

俺は新たに保存する手段を手に入れたのだから。

◇◇◇

新たな保存庫。

俺は自分の土地にそれを作り出した。

といっても、特に変わったものを作ったわけではない。

ただのデカイ倉庫を作り出したのだ。

だが、その倉庫の壁はかなりぶ厚めにした。

一切の日光と風が入らない、隙間一つない空間を作り出したのだった。

「氷槍」

その倉庫の中で魔法を使う。

使用するのは俺がフォンターナ家当主のカルロスから名付けられて手に入れた氷魔法だ。

これまでいくら頑張っても自分の肉体を強化するか、土に関する魔法しか使えなかった俺だが、新たに名付けを受けてから使えるようになった【氷槍】という魔法。

本来、戦場での攻撃魔法であるこの呪文をなにもない倉庫内へとひたすら繰り返していったのだった。

【氷槍】はだいたい成人男性の腕の太さと長さ程度の氷柱を生み出し、それを発射するものだ。

その氷柱がゴロンゴロンと倉庫内に転がり落ちていく。

以前フォンターナ軍と戦ったときもそうだったが、魔法で作られた氷は別に一定時間が経過すると魔法が解けてフッと消えたりするわけではない。

俺が土魔法で作ったものがその後も残り続けるように、氷柱も残り続けるのだ。

だが、当然その氷は土とは違って時間が経過すると溶けてしまう。

そこで、俺はある程度氷が貯まると、上からおがくずをばらまいていった。

そう、俺が作った倉庫は氷室と呼ばれるものだった。

本来は池などに張った氷を氷室と呼ばれる地下室などに保存しておくのだが、その際、氷の表面におがくずなどをかけて置いておくと、氷が存在しない季節でも完全には溶け切らずに残り続けるのだ。

それを俺は新たに使えるようになった氷魔法で作った氷で保存しておくことにした。

といっても、俺だけが氷を作れるわけではない。

なぜなら、俺がカルロスから名付けを受けて以降、俺の子関係にあたるバルカ姓を持つ者も氷魔法【氷槍】を使えるようになっているのだから。

こうして、バルカでは一年を通していつでも氷を作り出し、保存しておくことが可能になったのだった。

◇◇◇

「しかし、アルス殿。この氷室は必要だったのでござるか？　バルカの名を持つ者なら自分で氷を出すことができるので、わざわざ保存しておく必要などないように思うのでござるが」

「何言ってんだよ、グラン。この氷は食べ物の保存のために用意したんだよ」

俺がわざわざ倉庫として氷室を作った理由。

それは最初から食料の保存にあった。

俺が作りたかったのは氷を保管する場所ではない。

冷蔵庫を作りたかったのだ。

俺は自分で使ったことはないのだが、昔の冷蔵庫というのは電気などを使用しなかったという。

木枠で作った冷蔵庫の中に氷を入れて、その氷の冷気で冷蔵庫内部を冷やしたらしい。

それを再現したかったのだ。

だが、別に家庭用にしておく必要もない。

大きな倉庫として作り出した中に氷を保管しておき、それによって冷えた倉庫内に食料を保存しておくスペースも用意しておけばいい。

しかし、倉庫とは別に家庭用に木製の冷蔵庫を作るのも当然ありだろう。

俺がバルカ姓を与えたといっても、それは村人全員ではないので、氷を自分で生み出すことができない人には氷を売ることにしよう。

この氷室型冷蔵庫の登場によって、それまではあまり日持ちしなかったものもそれなりに日持ちするようになった。

今までは収穫直後にしか食べられなかった野菜などはもちろんのこと、たまに手に入る大猪の肉が保存できるようになり、俺の食生活はほんの少し改善したのだった。

◇◇◇

「アルス殿、ここに城は建てないのでござるか？」

「城を？　ここに？」

「そうでござる。せっかく南の川のそばに城を建てたというのに、今はほとんどここバルカにいるではござらんか。であれば、ここにも城を建てたらいいではござらんか」

俺が冷蔵倉庫を建てたのを見て建築欲が出てきたのか、グランがそんなことを言ってきた。

確かに川北の城はフォンターナの街との境に建てたものの、カルロスとの停戦合意によってその存在意義が薄れてしまった。

というのも、もともとカルロス側としてはあの城を俺に持たせたくなかったからだ。

だが、せっかく造った城をすぐに奪われてしまうというのも嫌で、俺も素直に渡したりしたくなかった。

そこで、交渉の結果、俺が城を所有することを認める代わりに、兵員を常駐させるのは必要最低限に抑えるようにと制限をつけられたのだ。

その結果、今ではほとんど街とバルカ村との関所兼宿場町のようになってしまっていた。

「でも、そんなこと言って結局はグランが城造りをしたいだけなんじゃないのか？」

「それは違うのでござるよ。城を造るというのにはいろいろな意味があるのでござる。その一つが権力を示すということにもあるのでござるよ」

「権力？　わざわざ俺がそんなもんを示しても調子に乗ってるとか思われないか？」

「そんなことはないでござる。むしろ絶対に必要でござるよ。アルス殿の強さはあの戦場にいた者ならみんな知っているでござる。しかし、逆にいえばそれ以外の者は知らないということになるのでござる。なかにはまだ子供であるアルス殿に税を払うのを嫌がる者も出てくるはず」

「……なるほど。つまり、税の取り立てを滞《とどこお》りなく行うためにも、見てわかる権力の象徴を造ろうってことか」

「そういうことでござるな。なので、ここバルカは川北の城のように防御力だけを考えず、装飾にも気を使ったほうがよいでござろう」

ふむ。

一理あるかな。

ただ、やはりグランが城造りをしたいという気持ちが大きいのではないかとも思う。

四キロメートルも壁で囲った土地を持ち、フォンターナ軍と直接戦って勝った俺に今更税を払いたくないとかいうやつもそうはいないだろう。

城造りが急務だというわけではないはずだ。

だが、このままでいいというわけでもない。

他の作業が一段落ついたこともあるし、ここらでひとつ、この地に手を入れておこうかと考え始めたのだった。

◇◇◇

まずは、現状を確認しよう。

もともと俺が生まれた村であるバルカ村。

このバルカ村の北には広大な森が広がっていた。

その森を俺がガンガン開拓し、その土地を壁で囲ってしまった。

その面積は一辺四キロメートル四方もある広さだ。

だが、開拓地だけではなく、開拓地から北東方面は木こりたちのための林業区として森林の管理地区として設定している。

まあ、端的にいってしまうと村から北側はバルカ騎士領となる前からほとんど俺の管理下にあったといってもいい。

バルカ村からまっすぐに南に進むとフォンターナの街があるが、その中間地点に川があり、その川北に城を建てた。

そして、バルカ村から南西へと進んだところにバルガスたちのいた隣村が存在する。

この三つをつなぐように敷設した道路を上空から見ると、二等辺三角形みたいにみえるのではないだろうか。

ここがバルカ騎士領として今、俺が治めている土地だ。

だが、考えてみればバルカ騎士領で一番の建物はなにかといえば川北の城になるだろう。

俺の土地に長い城壁があるとはいえ、完成された城のほうがインパクトがあると思われてもおかしくない。

もしかしたら、よそから来た商人なども城の方に土地を治める主がいると考えるのではないだろうか。

そう考えると、バルカ騎士領のトップがここにいると示す場所を造るという意味でも新たに城を建てるのはありかもしれない。

しかし、それならばもう一歩踏み込んでいってもいいのではないだろうか。

バルカ騎士領の中心地をつくろう。

現状ではバルカ騎士領の中核となる場所が存在しないことが気になる。

せっかく自由市を開いているのに、まだそこまで商人が集まってきていないというのもそこらへんが関係しているかもしれない。

そうだ。

いつフォンターナ家に呼び出されて、使い潰されるように戦場へと送り込まれるかもわからない俺にとって、真面目に土地を治めているだけでは刻一刻と死の確率が増すだけだ。

戦力を増やすためには、よそからも人を集めて定住させるほうがいいだろう。

ならば、人が自分からやって来たくなる街を作ろう。

こうして、俺は新たに土地の再開発を行うことに決めたのだった。

「よし、城下町を作ろう」

少し考え込んでいた俺はグランのいう権力の象徴たる城を造るだけにとどまらず、それに付随する街として城下町を作ろうと考えた。

かつて黙々と森を開拓して土地を広げていたときには、「ここは自分の土地だ」という思いがあり、あまり他の人を積極的に住まわせようとは思わなかった。

だが、今は状況が違う。

開拓地はたしかに俺の土地ではあるのだが、それ以上に広い範囲が俺の治めるバルカ騎士領として認められている。

であるのならば、この開拓地の土地だけにこだわる必要もないだろう。

むしろ逆転の発想として、積極的にこの地に住まわせてしまおう。

森から出てくる大猪の対処のために建てた壁にも手を入れて、壁の中に街を作り、人を住まわせる。

そうして、その住人を戦力としてバルカの地を守ることにしよう。

住人を守り、かつ、土地を守ることにもつながるのならばこれ以上のメリットはないだろう。

そうと決めた俺は、早速行動を開始したのだった。

◇◇◇

一辺四キロメートルの壁で囲まれた土地の中心に一辺一キロメートルの壁が存在している。

この壁は硬化レンガでできており、内壁と呼ばれている。

内壁内の土地には俺の家があり、基本的にはヴァルキリーの孵化と魔力茸の栽培を行っていた。

いずれはここにグランの言う権力を示すことができる城を建てることにしようと思う。

だが、まずは内壁と外壁の間の土地を再開発していく。

中心区から南に向かって伸びている道路の脇にはグランの家やバイト兄の家、行商人のおっさんの店などがある。

そして、その道路のあいた空間に許可制の店を出すことのできるスペースがあり、そこを自由市としている。

ついでにいうと、冷蔵倉庫などもここにある。

しかし、まだまだ土地が空いている。

この空きスペースに居住希望者を入れることにしよう。

時間ももったいないので碁盤の目のような道となる場所を設定しておき、一定の広さの土地に区切って売ることにしよう。

なんなら俺が建物をポンポンと建てておけば、扉さえ用意すれば即日入居も可能だろう。

南区と違って、北東区は木材関係の人間を集めることにする。

もともと、ここには開拓地から北東の森を保護地区として設定したときに、木材の集積場所としていたのだ。

そこに木こり関係の人間が住む家がある。

さらに木炭作りや鍛冶場もあるところにあわせて、紙作りと魔力茸の栽培所も設置しておく。

木に関係する仕事場とそこで働く人間を一箇所に集めておいたほうがいろいろと効率がいいだろうからだ。

西区は現状畑が広がっていて、主にヴァルキリーの食料となるハツカを育てていた。

だが、その畑の一部を潰してグラウンドにしておく。

いずれ、ここには兵士関連を集めたい。

西門は兵関係だけが使用するようにしておき、即座に出陣可能となるようにだ。

しかし、今はまだ常備軍のようなものを持てる段階ではない。

なので、父さんを中心とした治安維持隊を集めておくことにした。

彼らは魔法を手に入れて調子に乗ってしまった村人たちを取り締まる仕事をしてもらっている。

なので、ここには留置所も作っておこう。

ついでに裁判所みたいなものも造っておこうかな。

裁判を城でするのか裁判所でするのか微妙なところだが、まあ、軽犯罪程度ならここに作る裁判所でマドックさんたちに任せてもいいだろう。

まだまだ、空いている土地はあるが、とりあえずこんな感じの青写真でやっていこう。

いずれはハツカも税のひとつとして徴税していって、畑を減らして住居を増やしていってもいいだろう。

だが、この土地では条例を作っておこうか。

建物はすべて硬化レンガを使って建てることにしよう。

外壁を越えて侵入してきた軍がいたとする。

その時街にある建物はその軍の進行を遅らせる役割にもなる。

その進行妨害となる建物を強固な硬化レンガにしておけば、もう一段進行を遅らせられるのではないだろうか。

そう考えた俺は早速バイト兄の家から建て替え始め、南区を中心に建物を配置していったのだった。

◇◇◇

「すごいな、坊主。俺はこんな街を見たことないんだが」

「どうよ。気合い入れて作っただけあるだろ、おっさん」

「いや、なんつうか、フォンターナの街よりもすごいんじゃないか、これ」

とりあえず俺は南区に硬化レンガ製の建物を建てまくった。

その出来栄えを確認するために内壁の上へと登って、少し高い位置から街を見下ろしていたときのことだった。

たまたま近くにいたおっさんも俺と同行してその光景を眺めていたのだ。

俺が自分の作っている城下町を見て、うんうんと頷いている隣でおっさんは呆れ顔だ。

まあ、それも当然だろう。

俺は中心区から南区を真っ直ぐに通っている道路の両サイドを【整地】などの魔法を駆使して本当にきれいな碁盤目を再現したのだ。

しかも、その碁盤の目に沿って区切られた土地には同じ形状の家が等間隔に並んでいる。

建っている家は俺の家と同じものだ。

アーチ構造を多様して窓ガラスをはめ込んだ家を【記憶保存】していたので、それを量産したのだ。

全く同じ建売住宅が並ぶというのは前世でもみたことがあるが、この世界ではまず見かけないだろう。

それも大理石のようなきれいな硬化レンガで作られているだけあり、見た目も綺麗なのだから驚くなと言う方が無理だろう。

「これならよそから来た商人も驚くだろ、おっさん」

「……ああ、驚かないやつがいたらそのことに俺が驚くだろうな」

こうして、着々と街作りが進んでいったのだった。

第三章　城塞都市

バルカの街として作りはじめた城下町。

外壁内部の建物建設に一段落ついたあとは、別の作業へと取り掛かることにした。

それは壁そのものの改修工事だった。

川北の城を作ったときにも【壁建築】で作り出した壁を改修した。

それは俺の開発した【壁建築】では大猪の突進を防ぐことはできても、人間の軍隊の攻撃を防衛するには不向きだからだ。

ただ単に分厚い壁というだけでは攻城戦であっという間に突破されてしまうだろう。

なので、どうしても壁に手を入れる必要があったのだ。

本当ならば外壁もすべて硬化レンガ製の壁に変えてしまいたかった。

だが、いくらなんでも壁の距離が長過ぎる。

現状では【壁建築】という呪文で作れる壁というのは通常のレンガ製であり、硬化レンガで作るには俺が呪文に頼らずにやるしかないのだ。

それではいくらなんでも効率が悪すぎた。

なので、現状ではすでにある壁を改修するという作業に留めることにしたのだ。

川北の城ではぐるりと口の字型に囲う壁の角四つに壁よりも高い塔を建てた。

より遠くの敵をすばやく発見できるようにという意味もあるし、その塔から壁の上に出て移動できる出入り口も作りたかったからだ。

その塔をこのバルカの街でも作ることにする。

だが、川北の城はもともと百人が滞在する陣地を再利用して造った城でそこまで大きなものではなかった。

防衛力は水掘のおかげでそれなりにあると思うのだが、せいぜい数百人規模の軍が逗留《とうりゅう》する砦というか、出城みたいな感じでもある。

そのくらいの規模ならば塔を建てる数は別に四隅だけで良かった。

しかし、バルカの街は川北の城よりも遥かに広い土地だ。

四隅だけに塔を建てるわけにはいかない。

そこで俺は外壁に設置する塔の数を増やすことにした。

城下町を造ったときのように一定の間隔で全く同じ構造の塔を配置していく。

だいたい二百メートルごとくらいに塔がにょきにょきと壁に付け足されていく。

この作業は俺が一人でやっていった。

その間にほかの手の空いた連中などに壁の上の改修をしておいてもらうことにした。【壁建築】で造った壁の上部は平らになっているので、バルカ姓を持つ連中が造った硬化レンガを使って弓矢や魔法を防ぐための体を隠す壁を作っておいてもらう。

これは以前川北の城で造っただけあるので、わざわざ俺が指揮を取らなくともグランやバイト兄、バルガスなどに任せておいた。

ちなみにだが、俺たちが仮に今、防衛戦をすることになった際に使う武器は、壁の上からレンガを落とすという方法がメインになると思う。

もちろん、【散弾】や【氷槍】といった攻撃魔法を使ってもいいのだが、人間の魔力には限りがあるからだ。

その点、レンガならば平時から作り貯めしておいて保管しておくことができる。

作ったレンガを壁の上や塔にある部屋などに置いておくことを想定しているのだ。

もちろん、弓を使う人もいるが、今のところレンガの物量に頼ることになるだろう。

いずれは弓やその他の武器も増やしてまともな防衛戦ができるようにしなくてはならないが。

で、このレンガを壁から落として侵攻軍にダメージを与えるという方法を考えたとき、グランにはきちんとそれにあった防壁になるよう川北の城も改修しもらうことにした。

城壁の上から下に向かってレンガや弓を降らせやすく、しかし、下からの攻撃は当たりにくいように設計された壁。

少しだけ壁から出っ張った出窓のようになっていて、下にものを落とす隙間が空いている。

俺が塔を建築している間に、他の人たちにはこの壁上部の改修を進めてもらっていったのだった。

ひたすら魔力回復薬を飲みつつ、お腹がチャポンチャポンになって飲めないときにはヴァルキリーからの【魔力注入】で魔力を補給してもらいながら、外壁の改修をしていく。

そうして、俺は自分の担当である塔を建て終わると、今度は外堀づくりにも取り掛かった。

川北の城ではすぐ近くに川が流れていたため、水掘を作った。

だが、バルカ村の近くにはそこまでの水量のある川がない。

なので、仕方がないがただの空掘だけで我慢することにする。

本当は水掘のほうが雰囲気が出て好きなのだがしょうがない。

せっせと外壁のすぐ外側の地面に深さ十メートルほどの堀を掘っていく。

ただ、堀の幅は川北の城よりも広くとることにした。

そして、外壁の東西南北にある門へとつながるように橋を架ける。

馬車が並んで通ることができるほどの幅の跳ね橋を木こりたちと一緒に作って設置した。

これで街の中に入ろうとするものはこの橋を通らなければいけなくなるし、いざというときは橋を上げれば完全に籠城することができる。

敵が攻めてきてもここに【氷槍】を使える連中を集めて狙い撃ちすれば、それなりの戦果が得られることだろう。

こうして、バルカには三十メートル級の塔がいくつも並んだ城壁で囲まれ、深い堀に囲まれた街が出来上がったのだった。

ほかのみんなとの協議の結果、この新たな城塞都市はバルカニアと命名され、バルカ騎士領の中心地となったのだった。

◇◇◇

「だからさ、そんなんじゃ駄目だって。もっと攻撃しにいかないと勝てないだろ」

「いつまでそんなことを言っているんだ、バイト。俺たちは城を造る力がある。もっと守りに力を入れるべきだ」

城下町と外壁周りの工事を終えたあとのことだった。

今度はグランの言う権威を示すことのできる城のことを考え、どうするかを悩んでいるときに騒々しい話し声が聞こえてきた。

誰だと思って見てみると、バイト兄とバルガスがかなり白熱した様子で話している姿があった。

「どうしたんだ、ふたりとも」

「あ、アルスか。聞いてくれよ。もし今度戦があったらどう戦うかってバルガスと話してんだけど、こいつ守りがどうたらとかばっかり言うんだよ」

「何言ってんだ。大将からもバイトに言ってやってくれ。訓練してるときも突撃攻撃ばかりしようとして危なっかしいんだよ」

どうやら、ふたりは戦術の話をしているようだった。

このふたりにはいざ戦いが始まったときに隊長格を務めてもらうつもりなので、普段から農民たちを集めて訓練したりしてもらっている。

だが、そのふたりの考えが真っ向からぶつかっているようだ。

さすがにこれを放っておくわけにもいかないだろう。

俺はバイト兄とバルガスと一緒にテーブルで飲み物を片手に、話を聞くことにしたのだった。

◇◇◇

それぞれの話を聞いてみたところ、やはりバイト兄は攻撃重視で、バルガスの方は守り重視らしい。

実戦を何度も経験しているバルガスに比べて、バイト兄は危なっかしい感じがする。

というのも、バイトが攻撃にこだわるのにはこの間のフォンターナ軍との戦いが関係しているらしいのだ。

俺にとって初陣となったフォンターナ軍との野戦だが、それはバイト兄にとっても同じだった。

はじめての戦場は異様な雰囲気に包まれていた。

いつ誰が死ぬかが分からないという尋常ではない状況で、敵となった相手に武器を振るい切り捨てる。

このとき、相手のことをかわいそうだなどと思っている余裕はない。

おそらくそんなやつはあの戦いで死ぬか大怪我をしていただろう。

俺もそうだ。

最初の突進のときに異常なほどテンションが上がってしまった。

だが、それがあったからこそ前世では経験したこともない戦場でも臆《おく》することなく動けたのだと思う。

それは俺以外も同じであり、当然バイト兄も同様だったのだろう。

明らかに自分たちよりも実力も人数も多いという相手に対して、結果として勝利した。

バイト兄はこの勝利が成功体験として脳に刷り込まれてしまったのではないだろうか。

あのとき、突撃攻撃をしたから勝てた。

ならば、次も同じ攻撃をすれば勝てるはずだ。

そう考えるのはごく普通のことだろう。

なにせ、バイト兄も強いとはいえまだ子供なのだから。

しかしだ。

俺はそこまであのときのことを成功体験だとは思っていなかった。

ぶっちゃけてしまえば、人数差という不利を背負っての突撃攻撃なんて二度としたくない。

あのとき突撃攻撃をしたのはあくまでもそれでしか勝算がないと考えたからだ。

こちらに農民の集団でありながら全員魔法が使え、ヴァルキリーという隠し玉があるという条件。

人数差がある中で、その前提条件を駆使してたった一度の野戦で相手に大ダメージを与えるために、あえて危険な突撃を選んだだけだ。

なんとしても一回で相手の頭を確実に潰すためにとった行動、それが突撃攻撃だったというだけなのだ。

結果論だけでいえば、この選択は成功だったと思う。

無事に相手のトップであるフォンターナ家家宰のレイモンドを討ち取り、それが結果としてカルロスとの利害関係と一致して許されることになった。

あのとき、川北の陣地で籠城戦をしていたりするという待ちの戦術を選んでいたら、よくて相手の攻撃に耐えるだけで負けはせずとも勝てなかっただろう。カルロスとの交渉も実現しなかったか、実現してもまともに相手にされなかった可能性がある。

和睦できたとしても今と同じ条件というのはあり得なかった。

まあ、あとから考えたらあの突撃攻撃は間違った選択ではなかったということだろうが、何度もやりたい策ではない。しかし一方で、バルガスのいう守備重視も微妙な感じがする。

というのは、バルガスは短期間での城造りが可能なバルカ軍の特性を活かし、戦場でも築城を行い防衛に利用する前提の訓練をしたほうがよいという意見だったからだ。

だが、その選択はありえない。

俺がおかれた状況ではその戦術は戦略的にアウトだからだ。

カルロスとの直接交渉によって許され、あまつさえ配下としてバルカ騎士領を治める権利をもらったが、この立場は砂上《さじょう》の楼閣《ろうかく》といってもいいだろう。

基本的にはこれまでのフォンターナ家はレイモンド一派が勢力を占めており、カルロスの立場はまだまだ盤石《ばんじゃく》ではない。

一応まとまっているらしいが、フォンターナ家の家臣の中では俺はおそらく毛虫のように嫌われていることだろう。

いきなり出てきたポッとでの農民出身の騎士が一足飛びに領地を任され、でかい顔をしていれば当然だと俺も思う。

レイモンドと親密な関係があった奴らにしてみれば、憎《にく》き仇《かたき》というべき存在でもあるわけだ。

もし仮に、今フォンターナ家が他の貴族と戦闘状態に入った場合どうなるか。

カルロスは即座に招集をかけて戦を行うだろう。

そこには当然俺も参戦せねばならない。

もし、招集を無視しようものならそれを理由に今度こそ罰せられるからだ。

で、その戦場で築城を行って籠城しようとしたらどうなるだろうか。

はたして俺以外のフォンターナ家の騎士たちは籠城している俺を助ける動きをしてくれるだろうか。

正直なところ、そんな状況になれば見捨てられる未来しか見えない。

バルカ軍が防衛している隙をついて敵の背後を取ろうとしていました、と主張されてしまえばそれでおしまいだろう。

防衛戦ができるに越したことはない。

だが、防衛戦をメインに日々の訓練を行うのはナッシングだ。

そんなことをしていたら、いつか戦場で捨て駒として命を落としてしまう。

こう考えると、結構条件が厳しいな。

バルカ騎士領を手に入れてから、必要に迫られて経済改革や街作りをしていたが、もっと軍事方面にも目を向けておく必要がありそうだ。

俺は改めて、今後のバルカ軍についてどうするかをバイト兄とバルガスに状況説明しながら話し合うことにした。

俺がおかれた立場とバルカにおける戦力を考える。

まず、基本的なこととしては俺の意思というものがある。

こういってはなんだが、ぶっちゃけ俺にはそこまで領地欲や権力欲というものはない。

フォンターナ家と武力衝突まで発展した俺がこんなことを言うと文句が出るかもしれないが、あれはその場の流れに流されるままに事態が進行してしまったにすぎない。

実際、自分から他の領地を狙って戦争を起こしますか、と聞かれれば間違いなくノーと答えるだろう。

やはりここは前世の記憶が関係しているのだろう。

平和が一番だ。

だが、前世の記憶だけを理由に絶対に戦わないという不戦主義をとる気もない。

いつでも貴族連中がどんぱちやっているこの世界ではどうしたって戦わなければならない機会が来るだろうからだ。

そして、それはいつかというと、おそらくフォンターナ家絡みのことになるだろう。

フォンターナ家当主であるカルロスがどこかと戦闘状態になった際には、配下である騎士に招集がかかる。

この招集を無視はできない。

せっかく手に入れたバルカの地を取り上げられてしまうからだ。

つまり、俺が戦場へと赴《おもむ》くのはカルロスの配下たちと共同でということになる。

以前、捕虜にした騎士からフォンターナ家の戦力はだいたい五千人程度だと聞いた。

対して、俺たちバルカ軍はよくても三百人規模だ。

しかも、俺は他の騎士たちに嫌われている可能性が高い。

捨て駒のように放置されても生き残れる部隊とならなければいけないわけだ。

つまり、バルカ軍のとるべき姿はバイト兄の言うように突進力に特化したものでも、バルガスのいうような籠城特化というものでもいけない。

高度の柔軟性を維持しつつ臨機応変に戦場で対応できる部隊でなければならない。

……そんなものが可能なのだろうか。

「要するに大将の言うことは攻撃力も防御力もあって、どんな事態にも対応できる部隊を作ろうってことになるのか？」

「アルス、そんな難しいことができるのか？」

「う……ん……。難しいけど、やるしかないだろ」

こうして、作りたい部隊の方向性だけはなんとか決まったものの、その部隊を作り上げることに俺たち三人は頭を悩ませることになったのだった。

◇◇◇

「放て!!」

「「「「「氷槍」」」」」


バイト兄とバルガスと部隊の作り方を話し合ってから、新たな訓練が始まった。

それは本格的なヴァルキリーの騎乗訓練だ。

これまでヴァルキリーに騎乗することができるのは俺とバイト兄などごく少数だった。

それを改善するためにひたすら訓練を重ねている。

グランが主導していた鞍と鐙づくりによって用意された装備をヴァルキリーに装着させ、その状態で志願兵を乗せる。

【身体強化】の呪文を使って無理やり振り落とされないように乗りながら、毎日筋肉痛になるのを【瞑想】によって回復する日々が続いた。

そうして、徐々にだがヴァルキリーに騎乗することができる連中が現れはじめた。

俺が騎乗訓練用として貸し出しているヴァルキリーは角なしだ。

だが、騎乗している連中は手に武器を持っていない。

騎乗しながら武器を振り回すのは更に難しいというのもあるのだが、それ以外の攻撃方法の練習をしていたのだ。

それは騎乗しながらの魔法発動だった。

最初は命中力のある【散弾】を、そして、ある程度騎乗しながら呪文を使えるようになると【氷槍】を使うようにしている。

そう、結局俺が選んだ部隊作りはヴァルキリーに騎乗した状態で魔法を放つというものだったのだ。

俺の持つ戦力で最高のものはヴァルキリーが多数いるということだろう。

魔法を使える角ありと使えない角切りがいる。

その角切りに魔法兵として騎乗させ、俺が合図を出したタイミングで俺が狙ったものを同時に狙う訓練を始めた。

もう二度と突進攻撃をしたくないという思いのある俺は、ヴァルキリーによる高速機動でのアウトレンジ攻撃をメインにすることにしたのだ。

数が少ない俺たちがのこのこと武器を持って相手に近づいていくのはもったいなすぎるという思いもある。

魔法による集中攻撃はよほどヴァルキリーが移動できないような地形ではない限り有効だろう。

「ブヒー……」

バルカ軍の訓練相手には大猪がターゲットになった。

【散弾】では満足にダメージを与えられなかった大猪だが、【氷槍】の集中砲火ならば硬化状態であってもダメージが与えられたのだ。

この訓練は割とうまくいっている。

というのも、騎乗しているのが馬ではなくヴァルキリーだからだ。

俺が騎乗しているヴァルキリーが群れを自由自在に誘導するため、多少騎乗技術が低くともおかしな方向へと走り出す個体がいないからだ。

一つの意思によって統一された集団が動くと、あたかもその群れが一個の個体であるかのように思うほどだ。

　こうして、バルカ軍は魔法騎馬兵団として歩みはじめたのだった。

◇◇◇

「坊主、ガラスが足んねえぞ。追加で用意しておいてくれないか？」

「またか。結構作り置きしてただろ」

「しょうがねえだろ。お前が城下町に建てた建物は全部ガラスを使うんだから。それに商人にも買ってくやつもいるしな」

「は？　商人がか？　ガラスは売れなかったはずだろ」

「ま、今は物珍しさで買うだけだろうな。ただ、もしかしたら需要がでるかもしれないぞ」

「なんでだろ。今作っているのは窓用の板ガラスだろ？　フォンターナの街でも窓がある建物なんかないはずだし……」

「そりゃ、お前がこの街を作ったからだろ。実際に窓のある建物を見て、使えると考えたんじゃないか。レンガも山程売っているから新しい建物を造るついでにさ」

　バルカニアの財政をみてもらっているおっさんがやってきて、ガラスの追加発注をしていく。

　だが、その内容は俺が考えていないものだった。

　今までさっぱり売れなかったガラスを買っていく商人がいるのだという。

　まだその数は少数ではあるものの、もしかしたら今後増える可能性があるかもしれないらしい。

話を聞くと俺が造った城下町の建物がモデルハウスのような役割になったようだ。

行商をしていたおっさんの勘だから、無視するわけにもいかない。

俺はもう何年も前から魔法でガラスを作っている。

だが、そのガラスはとんと売れなかった。

あれがもう少し売れてくれていたらもうちょっと金回りも良かったのにと今でも思う。

しかし、そんな売れないガラスを今ではたくさん作るようになってしまった。

俺が城下町を作ってからだ。

俺が城下町を作るに当たって、なるべく統一性があったほうがいいかと思い同じ形の建物を魔法で建てまくったのだ。

【記憶保存】で脳に記憶したグランが作った俺の家を硬化レンガ製の建物として量産した。

この建物はなるべくレンガの数を少なく抑えながらも、空間を広く、建物の強度を高くするためにアーチ型の窓や扉を多用している。

つまり、建物を建てた分だけガラスも必要になってしまったのだ。

割と無意味に作りまくっていた板ガラスがどんどんと減っていく。

慌てて足りない分を作り足していくのであった。

◇◇◇

「うーん、どうしたものやら」

「どうかしたのでござるか、アルス殿」

「グランか。いや、今後ガラスの需要が増えるようならガラス作りも呪文化したほうがいいのかなって思ってさ」

「……魔法でござるか」

「ん？　なにか言いたいことがあるのか？」

「いや、大したことではないのでござるが、拙者は造り手ゆえに、なんでも魔法でものを量産するというのは好きではないのでござるよ」

「そうか？　レンガなんかは便利で助かってるけど」

「まあ、そうでござるが、レンガとガラスは違うでござろう」

「どういうことだ？　何が違うんだ？」

「アルス殿の作る硬化レンガは非常に使い勝手がよくて材料の面から見ても魔法での量産に向いているのでござる。しかるに、ガラスはどうでござろうか。窓用とは別に皿やグラスなどの食器など、いろんな形のものをガラスで作っていたではござらんか。まさか、それらを全部呪文化するというのでござるか？」

「いや、今のところ、窓ガラスがあればいいけど」

「駄目でござるよ、アルス殿。そんな気持ちでものを作るのはいけないのでござる。造り手たるもの、常に向上心を持たねばならないのでござる。呪文化してしまうと、そこからの発展がないのでござるよ。やはりガラスも人の手によって作ったほうがいいのでござるよ」

いや、そんなん言われても困るんだが。

俺はグランのような造り手ではないし。

けど、それもグランの言う通りかもしれない。

窓ガラスはたくさん用意するのが面倒ではあるが、わざわざ呪文化してバルカ姓を持つものみんなが作れるようにするだけの意味があるかは微妙だ。

ぶっちゃけ砂や石灰などの材料さえあれば魔法を使わずとも作ることができるからだ。

ただ、俺が作る窓ガラスは前世の記憶をもとに作り出したものだから、結構時代の先をいく発展したガラスだと思うが。

もっとも、俺がガラス作りを呪文化することで、今後バルカでは二度とガラスを手作りしてみようというやつが現れなくなる可能性もある。

技術の発展という意味では呪文化の悪影響はあるかもしれない。

「そんなに言うなら、グラン、お前がガラスでなんか作ってみてよ。ていうか、作れるなら作って欲しいものがあるんだけど」

「ほう、それは何でござるか、アルス殿」

「レンズだ。ガラスでできたレンズ。お前にできるかな、グラン」

こうして、俺は唐突にグランへとものづくりを依頼したのだった。

◇◇◇

「ふっふっふ。ようやく完成したでござるよ、アルス殿。これが完成品でござる」

「相変わらずものづくりになるとすげーな。ほとんどずっと寝ずに作業してたんじゃないのか」

「大丈夫でござる。拙者もバルカの姓を持つ身ゆえ、【瞑想】を使えるのでござる。寝なくても平気でござるよ」

いやいや、【瞑想】は無駄な魔力流出を抑えて疲労回復を早めるための呪文だ。

あくまでも寝る前に使って、寝ている間に体力を全回復させるためのものなのだ。

それが、グランは【瞑想】を使ったままずっと起きて作業をしていた。

割と効果があったというのだから驚きだろう。

「まあ、いまさらお前に言っても仕方ないか。じゃ、せっかくだしすぐに見させてもらおうかな」

俺がグランから受け取ったもの。

それは五種類のガラスレンズを使用したものだった。

正確に言うと、五種類のガラスを二組使用しているので十枚のガラスを使っているということになるのだろうか。

「おお、すげー遠くまで見える。精度もすごいぞ、グラン」

外壁の塔の一番上に登ってそれを使ってみる。

俺の両目に当てて覗き込むようにして使うもの。

それはグランに作ってもらったのは双眼鏡だった。

おぼろげに覚えていた双眼鏡の構造。

基本的には複数のガラスを使って、遠くのものを拡大してみることができる仕組みになっている。

だが、ただ単にガラスレンズを用意するだけでは作ることはできない。

五種類のレンズを筒の中に順番に配置して、適切な角度で光を屈折させ、対象の像を大きく見せる必要がある。

俺のあいまいな前世の記憶だけでは魔法を使ってもとうてい再現できなかったのだ。

それをグランは俺が紙に書いたおぼろげな記憶から掘り起こした双眼鏡の設計図だけをもとにして作り上げてしまった。

やっぱこいつハンパないくらい有能だわ。

塔の上からバルカ騎士領を見渡しながら、俺はグランの存在について改めて感謝したのだった。

◇◇◇

「カイル、どうしたんだ」

「アルス兄さん、見て。雪が降ってきたよ」

「お、ホントだな。もう冬になるしな」

カイルと一緒に窓の外を見ながら雪が降り続けているのを見ている。

こうして、ゆっくりと過ごせることになるとは思わなかった。

なんといっても、今年はフォンターナ軍とドンパチやりあったのだ。

最初に兵士に手を出したときには、もうこの村にはいられないかと思ったものだ。

それがこうして土地を治める騎士にまでなるとは考えもしていなかった。

結局、今年はカルロスからの無茶振りはなかった。

いや、何度か招集がかかったことはあった。

フォンターナ領にいる勢力のなかで当主であるカルロスに反抗的な態度をとった者がいたからだ。

カルロスは各地に人を出していて、反抗勢力が怪しげな素振りを見せたら即座に招集をかけてそこを叩きに行ったのだ。

当然、俺にも声がかかり、あちこちに出かけていった。

だが、ほとんどの場合は直接的な戦闘行為には至らなかった。

理由は、俺たちバルカ勢がかなり働いたことにある。

レイモンド一派をはじめとする反抗勢力のいる土地へと急行し、そこに至るまでの道を作り上げる。

さらに、相手の治める土地への要衝となる場所を陣取って僅かな時間で高さ十メートルの壁で囲まれた陣地を形成する。

続々と集まってくる兵と、日毎に大きくなる陣地。

そんなものを見せられてなお反抗しようとするほど愚かなやつはあまりいなかった。

まあ、中には例外もいたのだが。

だが、それはカルロスが陣頭に立って蹴散らしていた。

なにかあるたびに呼び出されてしまうのは考えものだが、悪い点ばかりではない。

というのも、こうしてフォンターナ領内に出かけていって道路を作ったおかげでかなり物の流れが良くなったからだ。

というか、今までが悪すぎた。

ろくすっぽ整備されていない道ばかりで、よほど大きな街と街をつなぐ道路以外は非常に移動しにくい道路ばかりだったのだ。

それが改善したおかげでフォンターナ領内の流通スピードが上がった。

結局、最終的には窓ガラス作りも呪文化した俺は、領内でレンガやガラス、魔力茸や紙などを販売して儲けを出している。

だが、あくまでも一番北の果てに存在するバルカ騎士領に商人は集まりにくかった。

いくら自由市を開いても最初におっさんが言っていたように移動時間と関所の通行料で大きな利益が得にくかったからだ。

しかし、反抗勢力がいた土地ではカルロスに従う条件として通行料を免除することを約束させた。

というか、俺がそうなるようにカルロスに頼んだのだ。

各地の道路の集合する場所はフォンターナの街になるので、カルロスの根拠地も絶対に儲かる、だからこの条件を守らせてくれと言って。

本当に効果が出るか疑わしそうにしていたカルロスだが、結果的に現在ではフォンターナの街は以前よりも活気に満ちている。

と、まあこんなふうに駆り出されるといっても道路工事くらいなもので、俺たちには被害というものが出ずに済んでいるのだった。

それもこの冬の間はなくなるだろう。

このあたりは冬になると雪が積もるし、食べ物も採れない。

冬を越すためにあらかじめ備蓄しておいた食べ物を使って、冬眠するかのように過ごすのが一般的なのだ。

軍事行動などもっての外である。

「あー、でもこういう気温になると風呂に入りたくなるよな。温泉でゆっくりしたい」

「風呂？　温泉？　アルス兄さん、それってなに？」

「ああ、カイルは知らないのか。【洗浄】を使えば風呂に入る必要もないもんな。温かいお湯に体を入れて温もりたいんだよ」

「ふーん、変わったことがしたいんだね」

ほっとけ。

前世の記憶があるからか、たまに無性に風呂に入りたくなるのだ。

といっても、この世界は生活魔法の【洗浄】があるためかそういう風習がないらしい。

まあ、必要ないし、俺もこれまで生きていくのに必死で風呂に入ろうなどとは思いもしなかった。

だが、こうして領地経営を始めることになっていろいろと気疲れも出てくるのだ。

ここらでひとつ、心の洗濯ともいわれるお風呂に入りたい。

「キュー」

「ん？　どうした、ヴァルキリー」

「キュー、キュー!!」

と、そこでヴァルキリーがいきなり変な行動に出た。

俺とカイルが話している間に割り込んできたかと思うと、いきなり鳴きながらその口で俺の服を引っ張るのだ。

なんなんだ、いったい。

「どうした？　なにかあるのか？」

「キュ？」

俺がヴァルキリーに尋ねると嬉しそうに首を縦に振り、足を曲げて姿勢を下げてきた。

もしかして、乗れってことだろうか。

そう思った俺はヴァルキリーの体をなでながら、さっとその背にまたがる。

「うーん、この寒いのに走りに行きたかったのか、ヴァルキリー」

「キュキュー」

俺が背に乗ったことを確認するとヴァルキリーが嬉しそうにしながら起き上がり、移動を始める。

いったい、どこに行こうというのだろうか。

俺は雪が降るなか、ヴァルキリーに連れられて走り始めることになったのだった。

◇◇◇

「どこに行くのかと思ったら川に来たかったのか。でも、ヴァルキリー、この寒いのに水浴びはしないぞ」

「キュキュー」

「ん？　なんだ、あそこは」

ヴァルキリーに乗せられてやって来たのはバルカニアの南にある川だった。

といっても、川北の城というわけではない。

そこから少し距離の離れた地点の川岸。だが川のそばまでやって来て、俺はあることに気がついた。

このクソ寒いのに水浴びでもさせようとヴァルキリーが考えているのかと訝《いぶか》しんだが、どうやら違うらしい。

「けむり……じゃないな、あれは湯気か。もしかして、ここの水って温かいのか」

川のそばへと到着した俺が眼にしたものは、水面からゆらゆらと立ち上る湯気だ。

魔力が湯気のように立ち上ることを見ることはあるが、どうやらそれとは違うらしい。

間違いなくこの寒さに対抗するようなお湯による湯気が川の水から立ち上っている。

「お、温泉か。こんなところに温泉があったのか」

俺はヴァルキリーがここまで連れてきてくれた意味をそのときになってようやく理解したのだった。

◇◇◇

「なるほど、フォンターナ軍との野戦のとき、お前たちはここから川を渡ったんだな」

改めて川の付近を確認していると気がついたことがある。

それは川そばの地面にわずかながら残る獣道のようなものだ。

だが、本来細かったであろう獣道がその横幅を広げるように押しのけられて移動した形跡がある。

おそらくこれは野戦のときにヴァルキリーたちの群れが迂回作戦をしたときに通ったあとなのではないかと思う。

現に広がった獣道はその形跡を少しずつ消している最中という感じだったからだ。

それは広げられてから時間が経過したことを意味する。

ヴァルキリーたちはここから川を越えて軍の横腹をつくように攻撃を仕掛けた。

そのときに、ここの川の水が温かいということに気がついたのだろう。

今回、俺がカイルと風呂の話をしているのを聞いてヴァルキリーがそれを思い出したのかもしれない。

相変わらず賢い子である。

そのヴァルキリーの頭を優しくなでながら、再び俺は湯気の立つ川の水を見ていた。

「でも、ヴァルキリー。こんなところで天然温泉に入ったら湯冷めして風邪引いちゃうよ」

「キュー……」

温泉を見つけてくれたヴァルキリーには感謝しかない。

しかし、さすがにこんなところで体をぬらしたら間違いなく体調を崩す。

入りたいのは山々だが、その気にはなれなかった。

仕方がないので足だけをお湯に突っ込んで、足湯をしてから帰宅したのだった。

◇◇◇

「バルガス、隣村の空いている土地をもらうぞ」

「え、どうしたんですかい、大将。そりゃまあ、使ってない土地が村にはあると思うけど、バルカニアもまだ土地が余ってるはずじゃ」

「いや、隣のリンダ村まで川から温泉でも引こうかと思ってな。温泉に入って一泊できる温泉宿みたいなものでも作ろうと思う」

「宿ですかい。よくわかりませんがいいんじゃないですかね」

「じゃ、隣村の村長にもお前から伝えておいてくれ」

足湯をして帰った翌日、俺は温泉宿を作ることを思いついた。

あのとき、軽く調査しただけだが川から出てくる温泉のお湯は結構熱いというのがわかったからだ。

場所によっては熱湯と言って差し支えないほどのお湯が噴き出ている。

この熱湯を利用することにしたのだ。

噴泉池から北に向かって行くとある隣村。

そこまでお湯を引く計画を立てた。

やり方はこうだ。

地中にお湯を通す筒状の硬化レンガを埋め込み、噴泉池から隣村までつなぐ。

俺の魔法で地中の噴泉している場所から直接パイプをつないで運ぶようにすれば、お湯の温度を維持しながら村まで引っ張ることも可能だろう。

そして、隣村に温泉を流し入れる風呂を用意して、更に宿を設置する。

これは寒い冬でもそこに行けば温泉に入ることができ、そのまま宿で泊まることができるようにという思いからだ。

雪が降りはじめたこの時期のうちにさっさと作業を終わらせておかねばならない。

俺は早速その作業に取り掛かることにしたのだった。

まずは噴泉池の地面に魔力を流し込んで地中の状態を把握する。

なるべく土砂が入り込まないように地中まで伸びるパイプを作って、温泉のお湯だけを流れ込むようにしておく。

あとはひたすら隣村に向かって地面を掘り、硬化レンガのパイプを敷いていく間に農作業もなくなった連中に湯船を作らせる。

だが、風呂を知らない連中に風呂作りを任せたのはまずかった。

やつら屋外プールみたいなものを地面に作っていたのだ。

まあ、仕方がない。

露天風呂だと思うことにしよう。

すぐそばに宿屋を設置しておけば、それほど湯冷めすることもないだろう。

地中を通ってきた高熱のお湯も隣村まで届けると熱めのお湯くらいにまで下がっていた。

温度調整できないのでちょうどいいだろう。

設置された露天風呂にお湯が流れ込むようにする。

一応お湯の流れを止められるようにしておけば、【洗浄】できれいにすることも可能なようにしておいた。

さらに排水溝も設置する。

湯船に注ぎ込んだ温泉は更に北に送るようにしておく。

その先は我が街バルカニアの外堀である。

こうして空堀だった城塞際の外堀に水が引かれることにもなった。

湯船の種類は後々増やしていこうと思う。

露天風呂だけではなく、いろんなものがあってもいいだろう。

「アルス兄さん、わざわざ川から温泉のお湯って引く必要あったの？」

「え？　だって、バルカには温泉て他にないだろ？」

「お風呂に入りたいってだけなら、井戸水でも汲んでお湯にすればよかったんじゃないかな？」

「……いや、ちが……。温泉はべつなの。成分が違うから。入ったら疲れが取れるんだって」

「【瞑想】を使って一晩眠れば大抵の疲れなんてとれると思うけどなー」

だが、俺が大工事を終えて一服しているとカイルから冷静なツッコミが飛んできたのだった。

風呂に入りたいという気持ちだけで、結構なことをしていたことにこのときになって初めて気がついたのだった。

い、いかん。

このままではかわいい弟に変な兄貴だと思われてしまう。

そんなことは許せない。

せめてカイルにはかっこいいところを見せておいてやらねばならない。

そう考えた俺はさらなる温泉の活用について考えを巡らせることにした。

わざわざ川から温泉を引いてくるという行為を正当化できるだけのことをしなければならない。

お湯を沸かせば入れる風呂という代わりがきくものではなく、あえて温泉を引いてきただけの価値があることをしなければならないということだ。

だが、そんなことが可能なのだろうか。

俺は自分の持つ知識を総動員して、温泉活用法に頭を悩ませたのだった。

◇◇◇

「大将、今度はこの村に何を作ろうってんだ？」

「ふっふっふ。いいものだよ、バルガスくん。かねてより温めていた計画をこの温泉の存在によって実現に移すのだ」

「なんだよ、その喋り方。まあ、大将の作るものが何かは知らないが、もうすぐ寒さが一段とひどくなるからな。早いところ済ましちまおうや」

考えすぎて多少テンションが変になった俺を見ながら、バルガスがサラリと流して話を進める。

俺は再び隣村へとやって来ていた。

川から引いてきた温泉のさらなる活用をこの隣村で行おうと考えたからだ。

俺は温泉を川にある噴泉池から直通でこの村まで引いてきていた。

そして、硬化レンガを使って地中を通ってやって来た温泉の湯をこの村でプールのように広い湯船へと注ぎ込み入浴することに成功している。

今回はそのパイプから流れる温泉の一部を別のパイプへと通して活用することにしたのだ。

まずは建物をいくつか作る。

これは普通の建物ではない。

というか、おそらくこの世界には存在しないであろう建物を造り出した。

硬化レンガを材質とした格子状の柱をいくつも建てる。

そして、その格子にはめ込むように板ガラスを設置していった。

そのガラスは建物の側面だけではない。

天井にまでガラスをはめ込み、建物の反対側や空すら見ることのできるガラスの建物を作り出したのだ。

俺が作ったのはガラス温室と呼ばれるものを模した建物だった。

このあたりの気候では冬は雪が降り積もり、基本的に作物が育てられない。

この世界に生まれてから俺は冬でも食べ物を得られないかと悩んでいたのだ。

だが、それは無理だった。

いくら魔法を使っても雪の中ではなかなか育てられなかったからだ。

ならばガラスを使ったらどうだろう。

そう考えたことがあった。

ガラス製の建物を作れば日中は普通に太陽の光が当たることになる。

だが、ガラスの屋根があるため雪などの影響を受ける心配はない。

そう思った俺は以前にも小型のガラス温室を作ったことがあったのだ。

だが、これは失敗に終わっていた。

どうも後でわかったのだがビニールハウスのような温室とガラスの温室では決定的に違うことがあるらしい。

ガラスの場合、熱が逃げやすいのだ。

日中であれば太陽の光で温室内の温度は保たれるのだが、夜になるとほとんど外の気温と同じになる。

つまり、極寒の気温にさらされることに変わりがないため、ガラス温室を作っても冬場はまともに作物を育てられなかったのだ。

しかし、今回温泉が見つかったことで状況が変わった。

温泉の蒸気を利用してガラス温室の内部に熱を供給する。

こうすればたとえ太陽が沈んだあとの極寒の夜も温室内の温度は高い状態で保たれるはずだ。

湿度がすごそうとか、いろいろ問題点も出てきそうだがそのへんはやってみなければわからない。

半分実験的な面が強いと言えるだろう。

俺はたくさん作ったガラス温室の中に温泉の熱が立ち込めるように硬化レンガのパイプを通していった。

完成した温室に入ってみると、冬場にお風呂に入ったあとの浴室内くらいの温度になっているように感じた。

雪が降るこの時期にこの温度を保った空間を作り出したというのは、なかなかの成果ではないだろうか。

あとはこの状況できちんと育つ作物があれば最高なのだが。

「バルガス。この村の人に温室内で食べ物を作るように言っておいて。うまくいけば、冬の食糧事情が大幅に改善することになるぞ」

「ははっ、さっすが大将だな。まさか、こんなもん作り出すとはな。いいぜ、村の連中にはちゃんと世話するように俺から言っておいてやるよ」

「頼んだ」

こうして隣村では温泉宿の他に、新たにガラス温室という異質な建物が増えることになったのだった。

◇◇◇

「ヴァルキリー、お前は本当にすごいやつだな」

「キュイ?」

雪が降り積もりはじめた冬の季節のこと。

俺はヴァルキリーの真っ白な体毛をなでながらつぶやいた。

首を曲げて俺の方を見ながら、どうしたのだろうといった感じでヴァルキリーの目線が動く。

俺はそれをなんでもないよ、と言いながら更に毛づくろいを続けていた。

うちの子であるヴァルキリーは本当にすごい。

大人を背に乗せて走っても疲れ知らずに走り続けることができる。

さらにそんな高機動のヴァルキリーは魔法まで使えるのだ。

今のところ俺が使える魔法をすべて使いこなしている。

多分そのへんの農民などよりも遥かに魔力量が多いはずだ。

そして、そのヴァルキリーのすごいところリストには今年も新しい項目が追加された。

それは温泉の発見によるものだ。

いや、温泉を見つけたこともすごいのだが、今言いたいのは別のことだ。ヴァルキリーの温度に対する耐性の高さがわかったのだ。

川に噴泉している温泉の影響で、熱いところでは熱湯に近いレベルのお湯が噴き出していた温泉地だが、ヴァルキリーはその高温の湯の中に平然と入る事ができたのだ。

熱によるタンパク変性とかは起こらないのだろうか？

俺はあんな熱湯の中に入ることは不可能だろう。

入ったら間違いなく釜茹《かまゆ》での刑みたいになってしまう。

異常といっていいほどに熱に強いヴァルキリー。

だが、それは高温に強いというだけではなかった。

ヴァルキリーは寒さにも強いのだ。

雪の降る中でも平然としており、普段どおりに行動することが可能だ。

これまでの寒い時期も寒さをものともしないヴァルキリーがいたから、俺はそれにへばりつくようにして暖を取っていたりしたものだ。

寒さにも暑さにも強いというのはそれだけでも生物的な強さにつながると思う。

生存エリアが極端に広いということになるからだ。

もっとも、食べ物の関係で冬場はあえて自分から動き回ったりはしないようだが。

「坊主、そんなところでヴァルキリーにへばりついて何やってんだ。そろそろ出発するんだろ?」

「ああ、準備できたのか。じゃあ、いっちょ出かけますか」

俺がヴァルキリーの素晴らしさに感激しているところへ声がかかった。

俺に声をかけてきたのはおっさんだ。

これから俺と一緒に出かける手はずになっていたのだ。

「よっしゃ。くそさむい冬でも一稼ぎといきますか」

そう言って俺はヴァルキリーに騎乗したのだった。

◇◇◇

雪というのは人の行動を大きく制限する。

これは俺の記憶にある前世でもそうだった。

ものすごい性能を誇る科学の力があっても雪の上ではツルツル滑るのが当たり前だったからだ。

そしてここの科学技術は前世と比べて大きく劣る。

雪が降り積もるこの時期にわざわざ移動しようなどと考える者などいないだろう。

だが、それが商機となる。

人がしないことをしろ、というのが商売の鉄則だ。

誰も動いていないこの時期だからこそ、俺は商売をして儲けることに決めたのだ。

移動手段は冬でも問題なく動けるヴァルキリーだ。

ヴァルキリーが荷物を引いて街まで売りに出かける。

売るのは俺が新しく作ったガラス温室で無事に育ったハツカだ。

他にも育つものがあるという報告もあったが、【土壌改良】を使うと数日で食べられるものにまで育つハツカを売ることにした。

通常、俺が作ったハツカは品種改良しているとはいえそこまで高値で売ることはできない。

原種のハツカよりもかなり味は良くなったとは思うが、それでもまだ自ら望んで食べたいと思うほどのうまさはなく、むしろまずい。

さらに言えば、家畜が食べるものというイメージが根本にあるため、いざというときの非常食という認識なのだ。

そのため、通常時ではわざわざ売りに出すほどの値段にはならない。

だが、この冬という時期ではそれも変わってくる。

この世界の冬は本当に厳しい。

冬の間は一切の作物が穫れなくなるため、食料がなく死んでいく人が多数いるのだ。

農村部では冬を前にすると人減らしが行われる。

長男などの家を継ぐ人間以外は自ら仕事を求めて街へと出かけて、なんとか冬を越そうとする。

しかし、大半のものは街に来てもまともな仕事もなく、野垂れ死ぬことになるし、なんとか食いつないでいるものも冬は仕事がなくなり食べられなくなる。

いや、貧乏人に限った話でもない。

よほどの大金持ちでもない限り、みんな食べ物には困っているのだ。

あったとしても塩漬けにしたような保存食だろう。

たとえハツカだとしても新鮮な穫れたて野菜ならば確実に売れる。

そう考えた俺は温室育ちのハツカを冬の街へと売り出しに出かけることにしたのだ。

それが可能になったのはヴァルキリーの存在と俺が作ったソリだ。

ハツカを積むのは通常の荷車ではない。

車輪の代わりに大型のソリを作って、そこにヴァルキリーをつないで移動する。

多少重くなってもヴァルキリーの力ならなんの問題もなかった。

こうして、俺は冬の間中、バルカ騎士領からフォンターナの街までハツカ輸送部隊を動かし続けることにしたのだ。

大猪の毛皮で作ったコートを来た俺がトナカイのような角をもつヴァルキリーが引くソリに乗っているのを見たら、知る人が見ればサンタクロースの再現をしているのかと思われたかもしれない。

なお、プレゼントを贈る相手はいなかったので、通常の数十倍の値段でハツカを売りさばき、それなりの稼ぎになったのだった。

◇◇◇

「あれが噂の農民騎士か」

「本当に子供ではないか。あれにレイモンド殿が負けたなどとは信じられんな」

「聞いたか？　冬の間は貧乏人用のクズ野菜を売り歩いていたそうだぞ」

「なぜ当主様はあのような卑しいものに領地をお与えになられたのだ。領地を得るべき功績のある騎士など他にいくらでもいるだろうに」

「いや、そうバカにはできんぞ。やつはフォンターナ家とは別系統の魔法が使えるようだ。先日の動員時に見たが、みるみるうちに陣地が作られていった。恐ろしいものを見たぞ」

「きっとどこかの貴族の紐付きに違いない。私から当主様には一度ご進言しておかねば」

どうやら俺は結構な注目を集めているらしい。

周りにいて俺を観察している連中は普段見る農民などの一般人ではなかった。

そのすべてが騎士という立場にあり、庶民とは違う特権階級に所属する人間だ。

騎士になるには戦場での働きが必須であり、その点では出自は関係ないといえる。

だが、実際には親が騎士である者のほうが騎士へと取り立てられる可能性が高いらしい。

やはり普通の農民ではまともな武器もなく、日々食べていくだけでも精一杯なのだ。

親が騎士であったほうが英才教育できるという面で大きな違いがあるのだろう。

そんな騎士にとって急に出てきた俺という存在は注目に値するし、目障りでもあるのだろう。

あまりいい雰囲気ではなかった。

だが、それでも不用意に難癖をつけてくるようなやつはいないようだ。

あくまでも遠目に見ているといった感じだろう。

なぜ俺が騎士連中に見つめられることになっているのか。

それは年が明けたからだ。

どうやらこのあたりの貴族の風習でも新年を祝うらしい。

騎士に叙任されたものは年が明けると領主のもとへと挨拶にやってくるのだ。

当然、新参といえども俺もその行事に参加しなければならない。

知らされていた日付にフォンターナの街にあるカルロスの居城へと赴いたのだ。

ちなみに俺は冬の間でもヴァルキリーのおかげで移動することができる。

だが、他の騎士たちはそうもいかない。

なので、全員というわけではないが、雪が降りはじめた時期になると領地持ちの騎士はフォンターナの街へと集まってくるのだそうだ。

街の中には貴族街もあり、冬の間はそこに滞在し、新年を祝う。

むしろ自身の領地には代官を置いて街で生活している騎士のほうが多いのかもしれない。

雪が降り積もる中をフォンターナの街にやって来た俺はカルロスの居城へと上がっていく。

外壁のあるフォンターナの街の中心部にある居城は丘の上にあるため、他の建物よりも一段高いところにある。

その造りは俺が作った川北の城のように砦という意味合いよりも、やはり権力者が住まう建物としての意味合いが大きいのだろう。

真っ白な壁に青の屋根と高い塔が接続したような、どちらかというと豪華な造りの大規模な洋館といった感じだった。

内部には広い玄関ホールがあり、騎士の間などがあるようだ。

そこで一時待たされ、名を呼ばれるとカルロスの待つ当主の間へと案内される。

カルロスはきれいな絨毯《じゅうたん》がしかれた当主の間の奥に、これまた豪華なイスに座っている。

新年を祝いにきた騎士が当主の間へと入るとカルロスの前に整列し、一人ひとり挨拶をしていく。

新参者の俺はその順番は最後だったようで、ひたすら待たされて、長い時間をかけてようやく謁見を終了した。

だが、それで終わりではない。

今度は宴の間へと移動して、立食パーティーが始まったのだった。

そこで改めて俺は他の騎士からあれこれ言われながら観察されることとなったわけである。

「うーむ、アウェー感がすごいな。知り合いがいないのがつらすぎる」

カルロスの居城にやってきてからあまりにも疎外感を感じてしまい、つい独り言を言ってしまった。

バルカの姓を持つ者も一般的には騎士と見なされるが、あくまでも俺の配下であり、カルロスから騎士へと叙任されたのは俺だけだ。

そのため、この城の中にまで来たのは俺だけだった。

本当ならここで色んな人と話でもしておいたほうがいいのだろう。

だが、レイモンドと関係のあったであろう騎士も多くいるようで敵意むき出しといったタイプの奴らもいた。

わざわざ話しかけてトラブルを呼び込むこともしたくない。

しょうがないので、俺も騎士たちを観察することで時間を潰そうと考えた。

用意された食事を食べながら騎士たちを見ていく。

当然、ただ見るだけではない。

魔力を眼に集中させて観察していった。

やはりか。

俺はこれまでほとんど知り合うことのなかった騎士たちを見ながらある一定の法則に気がついた。

それは明らかに戦場慣れしていそうな連中のほうが魔力の質がいいというものだった。

魔力の量が多くとも質が低く、俺の瞳には薄い魔力のもやしか見えない連中もいた。

おそらく、そういった連中はかつてレイモンドに従って魔力パスの上位へと上げられたようなやつではないだろうか。

だが、戦場慣れしていそうな奴らは魔力の量が少なくとも質がいいようだ。

きっと、戦場で磨き抜かれた経験から自然と質を上げる方法をとっていたのだろう。

それでも俺のほうが魔力の質はいいと思う。

これは結構大きな情報だと思う。

バイト兄に言って、訓練は肉体トレーニングだけではなく魔力トレーニングも付け加えるようにいったほうがいいかもしれない。

後で考えてみよう。

「ん？　何だあいつ」

だが、そんな中に一人だけ異彩を放つ人物がいた。

俺の目に映る魔力が他の騎士とは全く違う。

質が高いというのもあるだろう。

しかし、それ以上に違ったのが魔力の偏在だった。

すらっとした体でとても戦場に出たようなことがあるとは思えない肉体の持ち主。

なんならそいつは騎士ではなかった。

宴の間で開かれている宴会に出される料理を運ぶ給仕として仕事をしている人物。

その人は魔力のすべてが頭だけに集中していたのだった。

「魔力を集中させるとあんなふうに見えるのか。結構違和感があるもんだな」

騎士たちはすべて全身に魔力を纏っており、偏在していないからこそ余計におかしく見えてしまう。

あまりにも他とは違うその人物が気になったので、俺はこの宴会に参加して初めて自分から声をかけにいったのだった。

◇◇◇

「ちょっといいかな。聞きたいことがあるんだけど」

「はい、なんでしょうか。何なりとお聞きください」

「君、名前は？　どこに住んでるの？　ちょっといろいろ教えてほしいだけど」

「あ、あの、お客様、困ります……」

「いや、ほんと、ちょっと聞きたいことがあるだけだから。別に変なつもりで聞いているんじゃないから大丈夫だよ」

「あ、あう……」

「アルス、貴様新年そうそういいご身分だな。まだ子供のくせに早速女を口説《くど》いているのか」

俺が宴の間で給仕をしている人物へと近寄っていき、話しかけているときだった。

後ろから近づいてきて、フォンターナ家当主であり今回の宴の主役であるカルロスが声をかけてきた。

なにやら変なことを言ってきている。

「カルロス様、違いますよ。別に口説いているわけではありません。ちょっと話がしてみたかっただけです」

「よく言う。他の騎士たちには話しかけもせず、給仕をしている女に声をかけるとは恐れ入ったよ。英雄、色を好むというやつか」

「だから違いますって。別に彼女が女性だから声をかけたわけではありません。気になることがあったからってだけですよ」

「ふむ、よほどリリーナのことが気に入ったようだな。よし、リリーナよ。アルスを別室に案内してやれ。ついでに話し相手にもなってやるんだな」

「あ、あの、カルロス様。わ、わたしは、その……」

「お前はいつも本ばかり読んでいるからな。いい機会だ。しっかりと客人をもてなせ」

「は、はい。それではアルス様、こちらへ」

うーむ。

俺は単に頭に魔力を集中させていたのを見て声をかけただけだったのだが。

カルロスが変に気を利かせてくれたようだ。

そう、俺の眼に止まった人物というのは女性だったのだ。

名前はリリーナというらしい。

みた感じ十五、六歳といったところだろうか。

俺はそのリリーナに案内されて別の部屋へと行くことになったのだった。

「リリーナはカルロス様とどういう関係なの？　結構、カルロス様は君のことを気にかけていたみたいだけど」

「はい。わたしはカルロス様と血がつながっているのです」

「え、姉弟ってことなの？　そのわりには他人行儀だったけど……」

「カルロス様は先代の当主様と奥様との間にお生まれになったお方ですが、私の母はこの館でメイドをしていたのでございます」

「ああ、なるほど。母親が違うのか。そう言われるとよく見るとちょっと似てるね。髪の毛の色とかそっくりだ」

どうやら、リリーナはカルロスとの異母兄弟というやつらしい。

どことなく似ている気がする。

だが、野心に燃えてギラギラしている雰囲気のあるカルロスと違って、リリーナはおとなしい雰囲気があるため言われるまではっきりとはわからなかった。

しかし、改めてよく見てみるとちょっと見ないレベルの美人さんだ。

カルロスも結構な美男子なのだが、おそらく先代もそうだったのだろう。

その先代が目をつけたメイドさんとのハイブリッドであるリリーナがきれいだというのはある意味で当然なのかもしれない。

◇◇◇

「でも、なんで当主と血のつながっているリリーナが給仕なんてしていたの？」

「ええ、それは割とよくある話です。貴族や騎士の家に生まれた女性はお客様をもてなすものです。幼い頃から行儀見習として給仕をすることもあるのですよ」

「うん？　別にリリーナは幼いってことないでしょ？　実はもしかして俺より年下って話だったりするの？」

「ち、違います。私はその、今まであまりこういったことをせずにいて……。本ばかり読んで生活していたので、それを見かねたカルロス様が今年は新年の祝いでお客様をもてなすようにとおっしゃられたのです」

「ってことは、今年になってようやく行儀見習を始めたってことか」

「そ、そうです。も、もういいでしょう、私のことは。それより、なにかお聞きになりたいことがあったのではないのですか？」

「ああ、そうだった。実は宴の間にいる人を観察していたんだけどさ。その中で君が他の人とは違っていたから気になってね」

「私が他の人とですか？　もしかして、なにか粗相《そそう》をしていたのでしょうか？」

「いや、違うよ。俺はあそこにいた人の魔力を観察していたんだよ。そしたら、君を見つけてね。リリーナは魔力をすべて頭に集中させているでしょ。それって誰かに習ったの？」

「ま、魔力をですか？　さあ、特に習ったわけでもなく、むしろ、今まで気にしたことがありませんけれど……」

俺の質問に答えるリリーナ。

別に嘘をついているような素振りもなく、素直に聞かれたことに答えてくれている。

ということは、本当に無意識にやっているのだろうか。

頭に魔力を集中させることができ、しかも、他の人よりも魔力の質もいい。

俺の経験上、魔力を肉体の一部に集めると、その部位の機能を大きく向上させる事ができる。

バイト兄は全身に魔力を満たして肉体を強化することができるが、バルガスは皮膚表面に魔力を集めて防御力を大きく底上げすることができる。

それと同じく、頭に集中させると記憶力や判断力、思考能力が大きく跳ね上がる。

俺が使う【記憶保存】もそれの応用だ。

リリーナもそれと同じことをしているということになる。

だが、俺が気になったのはその魔力の質が非常に良さそうに見えるからだった。

宴の間にいた騎士たちは魔力量が多くとも、質は希薄な者もいた。

戦場に出て経験を積んだ者はそれ相応に魔力の質もよい者がいる。

しかし、今までろくに行儀見習もしていなかったというリリーナの魔力はそれらの騎士たちよりも良かったのだ。

ある意味、これも才能なのかもしれない。

俺はますます彼女に興味を持ち、いろいろと話を聞くことにした。

「リリーナは本ばかり読んでいるって言ってたね。ここにはどんな本があるんだ？」

「そうですね。あまり多くはありませんが、歴史の本などがありますよ」

「ふーん、小説とかじゃないんだ？」

「小説、お伽噺《とぎばなし》などでしょうか？　本は高価なものばかりですからね。あまり子供向けのものはないと思いますよ」

「あ、そうか。羊皮紙だけでも結構高いもんね。本になると高級品扱いになるのか」

「はい。ですから、どの本も難しい書き方ばかりで……。一冊の本を読み解くのに時間がかかってしまうんですよ」

なるほど。

そういえば前世でも昔は本というのは貴重だったという話を聞いたことがある。

内容が難しいというのもわからなくもない。

おっさんに聞いた話では貴族あてに書く手紙などもかなりもったいぶった言葉で相手のことを褒めないといけないのだとか。

多分、単純に字がかける、読めるというレベルでは駄目で、辞書がほしいレベルの難しい字や修飾語が散りばめられているのだろう。

これは俺が本を見せてもらって読んでも理解できないかもしれない。

事前知識なしで古典を読めというレベルの話になりそうだ。

「そうか、そんなに難しいのか。なら、リリーナ、俺に本の内容をわかりやすく教えてくれないか？」

「え、本の内容をですか？　私が？」

「そうそう。歴史の本があるって言ってただろ。俺はあまり歴史のことを知らないからさ。頼むよ、リリーナ」

「わかりました。それではどこまでご説明できるかわかりませんが、お話いたします。……き、緊張しますね」

「まあ、そんなに意識しなくてもいいよ。とりあえず、質問してもいいかな。貴族をまとめる王家はなんで衰退したのかって知ってる？」

「王家の衰退、ですか。ええ、もちろんわかります。それではご説明いたしますね」

こうして、俺はリリーナから歴史の授業を受けることになったのだった。

◇◇◇

俺たちが住む土地は広い。

だが、その土地は周りを囲まれていた。

北は広大な森が広がり、東には天を貫くほどの高い山。

そして西と南には大地の割れ目かというほどの渓谷と湿地帯が存在している。

俺たちが住むのはそんな自然に取り囲まれた土地だったのだ。

大自然に囲まれ、外敵の心配が少ない土地だが、いつしかその中をとりまとめる人が現れた。

それが王家の始祖だった。

初代王は他を圧倒する魔法を持ち、周りのすべてを従えて、土地の支配者へと上り詰めた。

そこで活用していったのが教会の魔導システムだ。

各地に点在する魔法使いたちを配下に加えながら自身を強化して、絶対的な王者として君臨していったのだった。

初代王をトップに魔法使いたちが支配者層として君臨し、長い年月が経過した。

だがある時、王家の支配にほころびが出てしまった。

それまで王家を支えるために貴族となった魔法使いたちの子孫の一部が、王に離反したのだ。

当然、王は激怒した。

離反した貴族を断罪し、粛清していったのだ。

だが、これが初代王のしたことなら良かったのだろうが、当時の王と初代王では決定的な違いがあった。

それは当時の王は純粋な意味での魔法使いではなく、初代王の力を受け継いだ継承者でしかなかったということだ。

「当時、貴族に離反された暴君ネロは自身の力を過信していたのです。貴族を粛清《しゆくせい》しても問題ないと考えてしまいました」

「どういうこと？　王の力の源って名付けのことだよね。魔法を授ける代わりに親子関係になって親が子から魔力を受け取るっていう」

「そうです。貴族を粛清したネロ王はそれによって力が激減したのです」

「激減？　そんなに大量に貴族を殺して回ったのか、その王様は」

「いえ、それほど大量にというわけではなかったようです。しかし、その粛清によって王の位階が低下してしまったのです」

「位階の低下……」

「はい。初代王が統一する際に用いた王だけが持つ大魔法が粛清によって失われてしまったのです」

「大魔法？　そんなのがあるのか。いや、あったのか……」

「そうです。一説には大魔法を一度行使するだけで街ひとつを消し去ることができたと言われています」

「そりゃまた、一回使うだけでも大量の魔力を使いそうだな。……ああ、なるほど。魔力使用量のバカでかい魔法が仇になったのか」

そういえば、パウロ司教も言っていたな。

俺に命名してから魔力量が増えて位階が上がり、回復魔法が使えるようになったと。

フォンターナ家と揉めた俺に手を差し伸べてきたのもその位階が失われないようにという思いがあったはずだ。

俺という魔力供給源がいなくなれば、位階が下がり、回復魔法が使えなくなる。

王家のした失敗はそれと同じことだったのだろう。

おそらく王家の持つ大魔法とやらは途方もないほどの魔力を使用したのだと思う。

だが、それは決して悪いことではない。

ある意味、当然とさえいえるだろう。

名付けを行うと上位者である親が使える魔法は子も使えることになる。

バルカ姓を持つものが【散弾】や【氷槍】といった攻撃魔法を使えるようになったのも、俺が持つ魔法や、俺の親であるフォンターナ家の魔法による影響だ。

しかし、これは問題点もある。

誰もが【散弾】や【氷槍】といった攻撃魔法を使えると危険だというものだ。

この攻撃魔法の伝達の危険性を下げるために、半ば暗黙の了解として信用が置ける者を騎士として取り立ててから名を授けるという仕組みができた。

だが、そのほかにも不用意に魔法を伝達しないようにする方法というのは存在する。

それは名を授けた相手が使用不可能なほど魔力消費量の高い魔法を用意するという方法だ。

一般的な騎士や貴族でも使えないほどの魔法。

そんな大魔法とも呼べる魔法があればどうなるか。

親は子から魔力を受け取るが、子は親の持つ大魔法を使うことができない。

魔導システムによる魔力パスの最上位者である王家だけが使用可能なほどの大規模魔法があったとすれば王家に逆らう者はいない。

いってみれば王家だけが爆弾を持っているようなものだろう。

逆らえば住んでいる街ごと消されるとなれば、おとなしく従うほかない。

だが、長い歴史の中で王家はそのことにあぐらをかいてしまった。

大魔法があることが当然だと考えてしまったのだ。

貴族を粛清した結果、大魔法が失われて初めてことの重大さに気がついた。

もう取り返しがつかないということに。

リリーナが語るには暴君ネロは恐ろしいまでの圧政を敷いていたようだ。

大魔法が失われた王家は慌てて貴族とのつながりを再構築しようと考えた。

だが、多くの貴族がそれを良しとしなかったという。

それまでは大魔法を使えるからこそ王家には逆らわずにいた貴族たちが、大魔法を使えなくなった王家におとなしく従うはずがない。

むしろ、圧政を防ぐためにも王家からの名付けを辞退するに至った。

こうして、王家の力は大魔法を失い、他の貴族と同程度のものにまで落ち込んでしまったのだ。

だからといって、平和が訪れた訳ではない。

結局、圧政を敷いた王家が取り除かれたら、今度は各貴族が私利私欲のために領土争いを始めたのだ。

教会は設立当初から攻撃魔法を持つことを禁じていたということもあり、王家の代役にはならなかった。

そのせいでさらに長い年月が戦争に費やされてしまったのだった。しかし、この世界の歴史もろくなもんじゃないな。

「ふーむ。ここまで詳しく話を聞けるとは思わなかったよ。いい勉強になった。ありがとう、リリーナ」

リリーナは自分の知る知識を語るのが楽しいのか、どんどん話してくれる。

臨場感に溢れながら、しかし、ちょっと話が脱線したときにはコロコロ笑いながら、彼女の知る知識を惜しげもなく披露してくれた。

こうして、俺はリリーナから王家以外の話もたくさん聞くことができたのだった。

◇◇◇

「姉さん、入るよ」

「リオン、どうしたの？」

「ここに姉さんがいるって聞いたから、って、そちらの方は？」

「あ、申し訳ありません。アルス様、こちらは私の弟のリオンです。リオン、この方はアルス・フォン・バルカ様よ、ご挨拶なさい」

「申し遅れました。リリーナの弟であるリオンです」

「ああ、アルスだ。よろしく。って、リリーナに弟がいたのか？　ってことはリオンもカルロス様と血がつながっているのか？　たしか、フォンターナ家には男児はカルロス様だけだって聞いたんだけど」

「あ、いえ、違いますよ、アルス様。リオンはカルロス様とは血がつながっていないのです」

「え？　どういうこと？　弟なんでしょ、彼は」

「はい。母は先代様との間に私を産んだあと、父と結婚してリオンを産んだのです。私とカルロス様は血の繋がりがありますが、リオンにはありません」

んん？

なんだそりゃ。

カルロスの親父はとんだスケベだったんじゃないかと思ってしまう。

城のメイドに手を出した責任を取らなかったんだろうか。

リリーナたちの家庭環境が不穏すぎる気がするのは俺だけなのだろうか。

まあ、それぞれを見ていると特別仲が悪いというわけでもなさそうだけど。

「姉さん、すごく仲良さそうだね。姉さんがそんなふうに男の人と話しているのなんて初めて見るよ」

「ちょ、何言っているのリオン。変なこと言わないで」

「ははは、顔が真っ赤だよ、姉さん」

「もう、リオンのバカ」

リリーナをからかうリオンとそれに顔を真赤にして怒るリリーナ。

なんとも仲の良さそうな姉弟だ。

二人の姿を見ていると気持ちがほっこりしてくる。

「アルス様。姉はご迷惑をおかけしていませんでしたか？　なにせ、普段から人見知りをするもので」

「いや、全然そんなことはなかったよ。今、リリーナからいろんな本の話を聞いていたところだ」

「そうですか。今後も姉をよろしくおねがいします」

「ん？　ああ、わかった。こちらこそよろしく頼む」

俺がそう答えるとリオンは一度頭を下げてから部屋を出ていった。

特に要件があったわけではなかったのだろうか。

それにしても、リオンか。

あいつやばいな。

リリーナよりも魔力の質が高い。

しかも、俺と話している間、眼に魔力を集中させていやがった。

俺のことを観察していたんだろうか。

リオンの年齢はカルロスより少し下くらいだろう。

バイト兄よりは少し上に見えたから十三、四歳くらいか。

だけどバイト兄よりも遥かに大人びて見える。

あいつとももう少し話してみたかったなと思ってしまったのだった。

◇◇◇

「アルス、貴様の結婚が決まったぞ」

「は？　今なんと？」

「結婚が決まった。相手はリリーナだ。雪解けを待って春には式を挙げる。いいな」

「いや、よくないいんですけど。なんでそんな話が急に出てきたんですか」

「なにを言っているんだ。貴様がリリーナを気に入っているのは百も承知だ。わざわざ俺が気を利かせてやったんだ。もっと喜んだらどうなんだ」

「カルロス様、私はまだ今年で十歳になる子供ですよ。結婚なんて早すぎでしょう。それにリリーナの気持ちも、相手の親のこととか、いろいろあるでしょう」

「貴族ならそのくらいの年齢で結婚しても不思議ではない。それに貴様の立場はまだ微妙だ。一応俺との血の繋がりのあるリリーナと結婚すれば、その地位も固めやすくなるぞ。結婚しておいて損はないはずだ」

おいおい。

いったいこいつは何を言っているんだ。

急に結婚がどうこう言い出したと思ったら、地位の話が出てくるとか。

もしかして、これは政略結婚とかいうものじゃないだろうか。

「それにリリーナには親はいない。すでに死んでいるからな」

「え、そうなのですか」

「ああ、だがリリーナの身内であるリオンに確認をとったら結婚に賛成していた。というか、リオンは貴様に姉を頼むと言ったら快諾してくれたと言っていたぞ」

「あ、姉を頼む？　あれはそういう意味だったのか？」

「どうやら、心当たりがあるようだな。まあ、どのみち反対意見など聞くつもりはない。さっさと心を決めておけ」

むちゃくちゃ言いやがるな、こいつ。

つうか、この流れは明らかにおかしい。

もしかして、あのとき部屋にリオンは用なく訪れた訳ではなく、すでにこういう話が出ていたからなのではないだろうか。

はめられたかもしれない。

……まあ、別にいいか。

悪い話ってわけでもない。

リリーナはかわいかったし、カルロスとの直接の縁ができるっていうのも悪くない。

ちっとばかし早すぎる気もするが、貴族というのはこんなものだと言われたらそれまでだ。

いいさ。

俺も覚悟を決めてやろう。

こうなったら、早速結婚の準備でも始めようじゃないか。

こうして、俺の人生に早々と一大イベントが到来したのだった。

第四章　権威付け

「はぁ、結婚だぁ？　アルス、お前、俺より先に結婚するってか」

「そういうことになったみたいだ、バイト兄」

「ふっざけんなよ。しかも、貴族のお嬢様とかお前どんだけ勝ち組だよ」

「そういや、バイト兄はお姫様を助ける英雄になりたいとか言ってたことあったな」

「そりゃあ、男の夢だろ。あーあ、やってらんねー」

「多分リリーナと一緒にメイドさんなんかもバルカに来るみたいだから、いい人見つかるかもよ」

「バカか。俺はこれからもっと手柄を立ててとびっきりの美女と結婚してやる。みてろよ、アルス」

フォンターナの街での新年の祝いを終え、バルカニアに戻ってきた俺は家族に結婚話を伝えた。

それを聞いてバイト兄がプンプンと怒っている。

だが、他の家族は割と寛容にこの結婚話を受け入れてくれた。

というか、農民出身でいいところの女性と結婚するというのはやはり大手柄だと考えるようだ。

まだ俺が子供だということをすっ飛ばして、みんな喜んでくれたのだった。

「でも、てっきりお前は結婚とかしなさそうな感じもしてたんだけどな。どういう風の吹き回しだよ、アルス」

「ん？　リリーナはいい子そうだったしね。それにやっぱり結婚の利益が大きそうだってのもあったからな」

「利益？　なんかあるのか？」

「ああ。前からグランとこのバルカニアには城を作ろうって話をしていたんだよ。けど、どういう城にするかは決めかねてた。それがこの話で前に進みそうだからな」

「なんで結婚が城造りと関係しているんだよ。前も川のそばに城を造ったんだし、好きに造ればいいんじゃないのか？」

「今度バルカニアに造ろうと思っている城は権威を示すために豪華さを出そうかって言ってたんだよ。ただ、あまりにも豪華な城を造るとなると主家であるフォンターナ家に気を使うってのがあってな」

「それがこの話で進むのか」

「そうだ。フォンターナ家の当主と血の繋がりがあるリリーナを嫁に迎えるんだ。実家みたいなボロい家に上げるわけにはいかないだろ。リリーナを迎えるためにバルカが持てる力を使って最高の住居を用意する。っていう理由でならちょっと豪華な城を造っても文句でないだろ」

「なるほどな。いちいち面倒くさいんだな、貴族との関係ってのも」

「ま、それもこれで終わりだ。これからは好きなようにできるってことさ」

こうして、俺はしばらく放置気味だったバルカニアの城造りに取り掛かることにしたのだった。

◇◇◇

「して、アルス殿。どのような城造りにするかは考えているのでござるか？」

「ああ、俺なりにこれまで考えてみた。で、やっぱり、ここに建てる城はバルカという土地を象徴するものにしたいと思っている」

「象徴となる城でござるか。いいでござるが、具体的にはどのようなものを考えているのでござるか」

「今度造る城のテーマはガラスだ。ガラスを活用した城にしたい」

「ガラスでござるか？」

「ああ、そうだ。城下町を作ってからガラスの需要ができたのは知っているだろ。実際に街にある建物に窓ガラスが使われていて、それを見た外から来た商人が驚いていた。他の土地ではまず見ない建物だからな」

「確かにほかの土地の建物は窓などないでござるからな」

「だからガラスを有効利用できれば、他の土地では絶対に見たことのない城になる。印象付けとしても十分だし、権威付けにもなるんじゃないかと思ってな」

「うーむ。言いたいことはわかるのでござるが……。ガラスといっても窓に利用するくらいしかないでござろう。城を窓だらけにしたとしても、そんなに印象とやらが出るとは思えないのでござるが」

「ふっふっふ。ただの窓ガラスを使うんじゃないさ。今回城に使うのはステンドグラスさ」

最初にグランに権威付けのための城造りの話をされてから、ずっと考えていたこと。

それは建物そのものにどうやって権威を付けるかというものだった。

一番簡単なのは高さを出すことだろう。

基本的に高い建物というのは普通には必要ないもので、それをあえて造るというのは権力を示すことにもつながる。

だが、だからといってあまりに高い建物を造る気にはなれなかった。

何故かというと、人手が足らないからだ。

もともとが村という小さな集団で住んでおり、俺が開拓した土地をこうして街にまですることができた。

だが、俺の家に住んでいるのは基本的に俺と弟のカイルくらいであとは知り合いに家事を助けてもらったりしていたのだ。

これはあくまでも実家の家長は父さんであり、その後継は長男のヘクター兄さんだからだ。

俺は実家を出て新たに家を造ったということになる。

つまり、あまりに高く大きな建物を造っても管理が面倒くさいということもある。

【洗浄】という生活魔法があるおかげで掃除しやすいのだが、それでも大変なのだ。

そのため、単純に構造物の規模で権威を示すのではなく、なにか別の方法はないものかと思っていたのだ。

そして、そこからたどり着いたのが光を利用するというものだった。

前世の記憶でこんな話を聞いたことがある。

神や仏というのはたいていその姿に後光が差しているものだ。

人の後ろから光が差していると、あたかもその人物も神聖なものかのようにとらえてしまうことがあるらしい。

これを利用してあえて後ろから光を当てることで、その人のイメージアップにもつながることがあるというものだ。

バルカニアに訪ねてきた人が俺と新しい城にある謁見《えっけん》の間で会う。

そのとき、俺の背後はステンドグラスでできた大きな窓がたくさんあり、そこに光が差し込みキラキラとしていたらどうだろうか。

おそらく、そんなものを見たことのない人はそのきれいな光の印象を俺に重ね合わせるに違いない。

権威付けにはぴったりだろう。

こうして、俺はグランとともにステンドグラスを用いた建物造りをすることにしたのだった。

◇◇◇

「城っていうより大聖堂みたいな感じになりそうだな」

グランと二人で頭を突き合わせて新たな城造りについて考えていた。

バルカで作られている植物紙を惜しげもなく使い、ひたすら図面を描き込んでいく。

定規やコンパスを使って、メートル法という共通の基準をもとに結構詳細な建築図を描いていった。

ステンドグラスを用いて権力の象徴とする。

この案は当然前世の記憶をもとにひねり出したアイデアである。

そして、俺の貧相な脳みそではその完成予想図は城というよりも大聖堂をイメージするしかなかった。

俺の頭の中にある記憶では、奥行きのある部屋の奥面と側面に縦長の窓がありステンドグラスがはめ込まれている。

そして、奥の一番上のあたりには雪の結晶のような、万華鏡を覗いたときに見えるようなステンドグラスもあるというもの。

あまり色んな色が散りばめられているよりもある程度統一された色のほうがいいかもしれない。

いろいろと考えた結果、魔力の色にあわせて青色を基本として使うことに決めた。

俺が大雑把なイメージを伝えながら適当なイメージ図を紙に描く。

それをもとにグランが更に詳細に壁の大きさや窓の大きさを数値とあわせて描き込んでいく。

そうして謁見の間だけの設計図が出来上がった。

「アルス殿、このステンドグラスとやらは日光のあたる角度によって見え方が変わるのでござるか？」

「ああ、そうなるな」

「そうであるならば、建物の向きも考えて作らねばいけないのでござる」

「そう言われりゃそうだな。あとからは変えられないから今のうちからよく考えておかないと」

「それとこの城はガラスを多用する関係からどうしても防衛力が弱くなるでござるよ」

「うーん、それは仕方ないかな。どうせ、内壁の中に造るんだし、街としての防衛力は外壁に依存するだろうし」

「それはそうでござるが、万が一攻められたらというのも考えておくべきでござるよ」

「なら、隠し通路でも造っとこうか。いざというときの逃げ道を用意しとくってのはどうだろ」

「なるほど。それはいい考えでござるな」

こんな感じであーだこーだと言いながら、設計図を完成させたのだった。

◇◇◇

さて、設計図が完成したあとは着工となる。

バルカニアの内壁の中にある土地に新たに城を建てるわけだ。

一応、この世界の城としてカルロスの居城も実際に見た。

基本的な作りは当主が住む建物であり、守りの要であり、権力の象徴でもあり、いろんな人が訪れる場所でもある。

バルカ騎士領のトップである俺が住む居住区と城の維持管理のために雇う従業員たちのスペース、さらにステンドグラスがはめ込まれた謁見の間。

そうして、主要メンバーと会って話し合いなどをする会談の間や応接の間なども用意する。

要するに、俺の家であり、仕事場でもあり、シンボルマークでもあるということだ。

すでに建材については用意してある。

冬の間は農作業をできない期間が長かった。

だが、城造りをするというのは決まっていたので、することがない冬にも領民たちに硬化レンガ作りを続けさせていたのだ。

すでにそのレンガが大量に積まれている。

設計図を手にしたグランがその硬化レンガを使って、基礎から建物を建てはじめた。

俺はそれをみながら別の作業へと取り掛かる。

俺が作るのはステンドグラスの部分だ。

青色を基本としたステンドグラスを用いて雪の結晶のような形を作る。

側面の縦長の窓部分にはモザイク状のステンドグラスを採用する。

この部分を担当するのだが、いきなり大きいのを作るのではなく、まずは魔法でミニチュアサイズのものを作ってみることにした。

頭の中のイメージをもとにステンドグラスがはめ込まれた状態の小さな壁を造り上げる。

そうしてできたものを実際に光を当ててどう見えるかを確認するのだ。

粘土細工を何度も潰しては作り直すように、試行錯誤をしながら満足する出来のミニチュアを作り出した。

「完璧だ。これなら誰もが驚くに違いない」

「アルス兄さん、すごいねそれ」

「カイルか。どうだ、変なところはないよな？」

「うん。すごいね。ちっさいのに本物の建物みたいだよ」

「そうだろ。子供のおもちゃとして売り出したら売れるかもな」

「はは。子供じゃなくて貴族様が欲しがるんじゃないかな。それで、その建物をおっきくして造るの？」

「ああ、これをグランに見本として渡してあとは実際にステンドグラスを作ってはめ込むって感じかな」

「え？　兄さんてたまに建物そのものを魔法で造ってるでしょ？　なら、それも魔法で造ればいいんじゃないの？」

「ん？　でも建物そのものを魔法で造ろうとしたら結構魔力を使うからな。いきなり城を造ったりはできないんだよ」

「いや、だからさ。そのステンドグラスがついた壁の面だけを魔法で造ればいいんじゃないの？」

……え？

カイルのやつ、今なんつった？

城の建物の壁だけを魔法で造るって言ったのか？

確かに考えてみればそれも可能かもしれない。

俺が魔法で建物を建てるとき、建物の構造を【記憶保存】していれば無駄な魔力なしで建築できる。

だが、イメージだけでは建材のない空間すべての容量を魔力消費して建築してしまうので、あまり大きな建物が建てられない。

しかし、それが壁だけだったらどうだろうか。

建物自体を一度にすべて造り上げようとせずに、壁面だけを魔法で造ればそれも魔力消費を抑えることになるのか。

いや、考えてみれば初めて魔法で建物を造ったときの隠れ家は壁を四つ、くっつけるようにして造ってたっけか。

最近は一回の魔法で建物を造り上げることが多かったのですっかり忘れていた。

「ナイスだ、カイル。ちょっとグランと打ち合わせしてくる」

こうして俺はグランと協議の結果、ステンドグラスのはめ込んだ壁部分だけは魔法でちゃちゃっと造ってしまうことに決めた。

魔法で造った壁にあわせてグランの指揮のもと、建材を積み上げて城全体を完成させる。

この結果、予定よりも更に早い期間で新しい城が完成したのだった。

◇◇◇

「アルス様、バルカ騎士領にこのような城があるとは知りませんでした」

「そりゃそうだよ、リオン。この城はつい先日完成したんだからな」

冬が終わり、バルカニアに新たな城を造り出して少ししてからのことだ。

俺の結婚相手であるリリーナの弟であるリオンがバルカニアへとやって来た。

どうやら、結婚についての話の最後の詰めとして現地を見に来たのだろう。

そのリオンがバルカ城を見て驚いている。

バルカニアという城塞都市の真ん中に新たに造った城をバルカ城と名付けた。

この城はなかなかの出来だと思う。

硬化レンガで組み上げた城はまるで大理石で作られたような色合いでこの世界において一般的なレンガ作りの建物とは一線を画している。

さらにその硬化レンガでできた城は無駄に高い尖塔が左右に二つ付いており、その中間に大きな入口となる門がある。

これから城へと入ろうとするものはまずその高さを見上げて感心するだろう。

入り口をくぐると中は広いホールのようになっており、真っ直ぐ進むと階段がある。

この階段を越えて更に進むと謁見の間が存在するのだ。

謁見の間自体も広く造っている。

おっさんが取り寄せた絨毯を敷いており、その絨毯の上を歩いて奥に進むことになる。

左右は大きく高い縦長の窓があり、ステンドグラスがはめ込まれている。

青を基調として様々な色がモザイク状になっているステンドグラスには光が差し込んでいる。

そのステンドグラスにも驚くだろうが、さらにその奥に目を引くものがある。

まるで雪の結晶を思わせるような複雑な模様をした円形のステンドグラスがデカデカとあるのだ。

ここは特に採光がよくなるように建築段階から設計している。

光を浴びた青のステンドグラスがキラキラと輝いてるその光の下に、俺が座るイスがドンと置いてあるのだ。

完璧だった。

ここへと訪ねてきた人はまず間違いなく驚くに違いない。

この城を見て俺に権力がないなどと言うやつなどまずいないだろう。

完成したバルカ城を見て、俺とグランは笑いが止まらなかったくらいだ。

「バルカ騎士領はもともと村二つだけの小さな土地だからな。いいとこの生まれのお姫様を迎える

ならこれくらいの城は造っとかないとな」

「いえ、姉さんはカルロス様と血の繋がりはありますが、正式にはフォンターナ家に仕えるグラハム家の娘です。姫とは言えませんよ」

「リリーナが先代様と城で働いていたメイドとの子供だってのは聞いていたけど、完全に別の家なのか。というかグラハム家ってのはなんだ？」

「グラハム家は昔からフォンターナ家に仕えていた騎士の家です。かつては領地を持ち、グラハム騎士領というのもあったのですよ」

「あった？　今はないのか？」

「はい。グラハム家は私の父が急死した際にレイモンド殿に領地を没収されてしまったのです」

「レイモンドか。この間までフォンターナ家を仕切っていたやつだな」

「そうです。アルス様とも因縁浅からぬ相手でしたね。もともと父もレイモンド殿とは政敵関係にあったのです。急死した際に狙い打たれたように領地を取られてしまいました」

「まじかよ。もしかして親父さんの死にもレイモンドが関わってたんじゃないのか？」

「わかりません。今となってはすべて闇の中です」

「……それならカルロスに直訴してみたらどうなんだ？　奪われた領地の奪還を頼むとか」

「おそらく難しいでしょうね。父はもう何年も前に亡くなっています。領地も分割されて今はいくつかの騎士家が保有する形となっています。それを取り上げるのはまだ当主になったばかりのカルロス様にとっては難しいでしょう」

「……そうか。騎士の家っていうのも大変なんだな」

「そうですね。でも、過去のことばかりを考えているわけにもいきません。今できることをしなければいけないと思います」

「すげーな、リオン。うちのバイト兄と違って大人すぎるぞ」

「ありがとうございます。そこでアルス様にお願いがあります。私をアルス様のもとで働かせてはもらえませんか？」

「うん？　うちで働く？」

「はい。グラハム家を再興するのは私の悲願ですが、実はまだ私は戦場に出たことがないのです。家を再興するためなら手柄を立てるのが一番なのです」

「それなら、カルロスに頼めばいいだろ。戦場での一番槍をって」

「領地を失った我が家にはまともな戦力がありません。現状では戦場に立つだけの勢力すらないのが実情なのです」

「うーん、そんなことといってもうちも人に貸せるほど戦力があるわけじゃないからな。難しいと思うが……」

「あ、いえ、戦力となる人を貸してほしいというわけではないのです。アルス様に私を使ってほしいのですよ」

「リオンを使う？」

「はい。領地を失ったと言ってもグラハム家は少し前まではきちんと騎士領を持つ騎士の中の騎士です。グラハム家が取り立てた者たちを自領の騎士として取りまとめてもいたのです。亡き父からも戦場での戦い方を学んでいました。きっと戦場ではアルス様の役に立てると思います」

なるほど。

要するに指揮官になったり、作戦を立てたりできるってことか。

俺がカルロスに呼ばれて戦場に出ることがあれば、それについてきて俺に作戦を立てる。

そして、それが成功して勝利に導くことが何度もあれば、それを手柄として主張することもできるだろう。

それなら自前の兵を持たなくともできるか。

なんといっても俺の弟となる存在なのだ。

ほかの連中もリオンの言うことをないがしろにしたりはしないだろう。

「よし、わかった。リオン、お前は俺のもとで働いてもらうことにする」

「ありがとうございます、アルス様」

「ただし、お前の仕事は俺の補助全般だ。戦場での働きだけじゃなくて、普段から働いてもらう。騎士としての教育を受けてたってことは字も書けるし、計算もできるってことだろ？」

「はい、もちろんです」

「なら、バルカ騎士領の運営も手伝え。ああ、そうだ。グラハム家で働いていたやつとは連絡がとれるのか？」

「え、当家で働いていた者ですか？　領地を失ってからはほとんど離散していますが……」

「もし、自由が利くのやつがいるなら呼び出してバルカで働くように言ってみろ。領地経営していた経験があるやつならうちは大歓迎だし」

「あ、ありがとうございます。すぐに探し出して呼び寄せます」

よっしゃ。

これまではバルカ騎士領の経営はド素人の集まりが意見を出し合ってやってきていた。

だが、経験者がいるならよりよい意見が聞けるようになる。

リオンを始めとしてうちで働いてくれるのならばものすごく助かる。

こうして、リリーナとの結婚を前に、離散して各地に散らばっていたグラハム家の関係者たちをバルカ騎士領へと集めることになったのだった。

◇◇◇

「まったく、このような建物を建てていながらなんという品性のなさですの。正気を疑いますわ」

「何を言うでござるか。拙者の作ったものに対してケチをつけようというのでござるか」

「ふん。あなたのようなどこの馬の骨とも知らないものが作ったのですか。それならこんなことになっているのもうなずけますわ」

「な、どういうことでござるか。拙者はともかく一緒にこの城を造ったアルス殿を侮辱するようなら許さないでござるよ」

「そこです。この城はあなたではなくこのバルカ騎士領の当主であるアルス様がお造りになったのですわ。その城がこのような有様ではアルス様の感性が疑われると言っているのですわ」

俺はリオンに城内を案内して一周りし、謁見の間に戻ってきた。

そこで何やら大声で言い争いをしているのが聞こえてきた。

普段あまり聞かない口調の二人が面を向かい合わせて言い合っている。

というか誰だろうか、あの、ですわ口調の女の子は。

「クラリス、何をしている。アルス様の前で失礼ですよ」

「あ、アルス様、リオン様。申し訳ございません」

「はじめまして、クラリス。俺はアルスだ。で、そこのグランとなにやら言い争っていたみたいだけど、どうかしたのか？」

「はい。恐れながらアルス様に進言したいことがあるのですわ。よろしいでしょうか？」

「俺に言いたいこと？　なんだろ」

「このお城に置いている調度品を変えることをおすすめしますわ。このままではアルス様は貴族の皆様がいらっしゃると恥をかくことになりますの」

「調度品を変える？　城を造ったときにグランがいろいろ追加で作っておいたんだけど、なんで変える必要があるんだ？」

「そうでござる。みんな拙者の力のこもった一品ばかりでござるよ。どれも見事なものでござろう」

「甘いですわ。確かに一つ一つの品を見れば、手を抜かずに作ったことは認めます。ですが、どれも主張が強すぎるのですわ。このような品をアチラコチラに置いているようであれば、アルス様はご自分を大きく見せようと虚勢を張っていると思われても仕方がないのです」

「……ああ、なるほど。要するに成り上がりものが成金趣味を出しまくってる感じになっているのか」

「さすがアルス様。そこの造り手はこのことをまったく理解しませんでしたので困っていましたの。そのとおりですわ。もっと城との調和を考えて調度品を置くべきですわ」

「い、異議ありでござる。この城は拙者とアルス殿が創り上げた作品でござる。いきなりきたものにとやかく言われる筋合いはないのでござるよ」

「グラン、ストップだ。そういえば、クラリス、君はいったい誰なんだ?」

「申し遅れました。わたくし、リリーナ様の側仕えをしておりますクラリスと申します。リリーナ様のご婚姻前の準備にリオン様とこちらに伺いましたの。以後、お見知りおきを」

「すみません、アルス様。この城の見事さに見とれている間にクラリスが勝手な行動をしていたようです」

どうやら、このクラリスという若い女性はリリーナの身の回りのことをする人のようだ。

グラハム家が騎士領を失ったあとも仕え続けていた人なのだろう。

それが今回ここに来て、城を見て意見を言い始めたようだ。

ちょっと唐突だったが悪い人ではなさそうだ。

それにしても、そんなにセンスが無いように見えるのか。

ぶっちゃけ、俺はグランが次々に作っていった作品を適当に見繕ってあっちに置いて、こっちに置いてと振り分けていっただけだ。

だから、城全体を見てトータルバランスを整えるようなセンスは一切発揮されていないと言われればそれも間違いないだろう。

だが、仕方のない部分もある。

この城は今までにないステンドグラスを全面に押し出すようにして造った城なのだ。

それに合わせる調度品としては城のコンセプトを理解したグランの作品が合うと考えたのも決して間違いではないとおもう。

「いいえ、アルス様。アルス様がご存じないだけで、この城の魅力をもっと引き立てる調度品というのはたくさんあります。アルス様、ぜひこのわたくしめに調度品の選定をまかせてくれませんか」

「君に？」

「はい。かならずや、アルス様とリリーナ様のご結婚とその後の生活を最高のものにする空間づくりをしてみせますわ」

なかなか、押しの強い女の子だ。

だが、それもいいかもしれない。

どうも俺とグランは必要なものや新しいものを造る情熱はあるものの、それは実用性や機能美といったものに偏りがちだからだ。

単純な審美眼や配色、位置取りといったものや、小物選び的なセンスはあまり高くないといえそうだ。

であればクラリスに任せてしまってもいいかもしれない。

リオンを始めとしたグラハム家に仕事を任せるという話もあったたし、その第一号となってもらうことにしよう。

こうして俺とグランが造った城はクラリス先生によって、美しさの採点と選定が行われることになったのだった。

「でも、どうするつもりなんだ、クラリス。グランが作った品以外を置くといったって、木こり連中に木工作品でも用意させるのか？」

「アルス様、何を寝ぼけたことを言っているのです。もちろん、よそから職人を呼び寄せるのですわ。名工アルマーリやバーバラなどといった一流の職人を呼び寄せて、この城にあったものを作らせるのですわ」

「いや、ちょっと待った。今から余所の土地の職人を選んで呼び寄せて、それからこの城にあう調度品を作るってか？　リリーナとの結婚までそんなに時間はないから無理があるぞ」

「そうでござる。どうしても気に入らぬというのであれば拙者に言えば、それに沿ったものを作るのでござるよ」

「グランさんは黙っていてくださいませ。アルス様、このお城のステンドグラスというのはわたくし初めて見ましたの。それはもう心をときめかせてしまいましたわ。この感動をさらなる高みへと昇華させるにはやはり調度品も一流の職人の作品を用意すべきです」

「そんなこと言ったってな。時間的に無理なら諦めるしかないだろ。妥協案としては一流の職人とやらが作った既存のものを買い取るくらいか」

「それはこのお城にあったものを新たに作らせるのではなく、すでにある作品を用いるということですの？　ここは少々奇抜な作りになっておりますので、合うものを探すには直接見るしかありませんが……」

「それでいいんじゃないのか？　商人に言って調度品を集めさせよう。そうだな、おっさんに頼んでひとつのイベントみたいにしてしまおうか」

「アルス様、イベントというのは？」

「バルカニアに来ている商人たちにこう言うんだよ。この城にあった調度品を集めてきて、それがクラリスのお眼鏡に適えばそれを買い取るときに表彰でもしようか。目利きの実力のある商人だと格付けチェックする行事にしてしまおう。俺たちバルカはともかく、グラハム家は一応歴史ある騎士家だ。そこから目利きの腕を認められるとあれば、商人たちもやる気を出して品を探してくるだろう。どうかな？」

「それは、……いいかもしれませんが気になる点もありますわ。先程も言ったようにこのお城はわたくしも見たことがないものです。それに合う調度品を、その……なんと言っていいのか、ここに集まる商人たちに集めることなどできるのでしょうか」

うむむ。

そう言われるとそうだな。

一応自由市にしてから商人がぼちぼちと来てくれてはいるが、貴族家と関わり合いのあるような力のある商人はいないかもしれない。

というか、おっさんが知り合い関係に声をかけて来てもらっているという面もある。

おっさん自身も俺のヴァルキリーを取り扱うまでは貴族との伝手なんかなかったと言うし、クラリスのいうセンスのいい調度品選びができるかどうかなど分からない。

だからといって、なんでもいいからもってこいと命じることもできない。

なんでも買い取るなんてことは金額的にも無理だが、商人側も嫌がるだろう。

なんだかんだ言ってこのご時世に高価な調度品を持って移動していたら盗賊などに狙われて命を落としかねないのだから。

売れるとわかっていれば多少の危険を冒しても、護衛でもつけて運ぶことはできるが、売れるかわからないのであればそれも難しい。

せめて、これなら売れるという確信を商人側に持ってもらえなければ調度品を集めるのも難しいのかもしれない。

「うーん、それならこれを使うか。これをおっさんを通して商人に渡そう。こいつがあれば、どんな調度品が城に合うか、判断材料になるだろうしな」

「あ、アルス様、これはいったい何なんですの？　まさか、このようなものが……」

「ん？　この城を造る前に試作として造った小型模型のバルカ城だよ。ほら、こうして端を引っ張ると左右で分かれるんだ。さらに光にかざすと、謁見の間のステンドグラスの光加減も再現されてるんだよ。すごいだろ」

俺がクラリスたちに見せたのはバルカ城の実物を縮小させたかのようなミニチュア模型の城だった。

真ん中で左右に分かれるというギミック付きで、結構精巧にできていると思う。

これをおっさん経由で商人に渡せば、実物と見紛うほどのミニチュアと見比べながらこの城に合う調度品を選ぶことができるだろう。

商人としての格付けをされるとあれば、結構必死になって探して、売れると思うものを運んできてくれるのではないだろうか。

「す、すごいです、アルス様。このようなものがあるなんて……。あ、あの、あとでその模型を頂いてもよろしいですか。リリーナ様にお見せしなければ」

「ああ、いいよ」

「アルス様、よろしいのですか？　城の構造はあまりみだりに不特定多数の眼に露見しないようにしたほうが良いのでは？」

「その心配はないよ、リオン。これはあくまでもステンドグラスの再現をメインに作った模型だからな。外見と謁見の間は正確に造ったけど、それ以外は簡略化もしてあるから」

「そうですか。ですが、念の為に用心はしたほうがよろしいかと。この模型は貸出ということにして、調度品を集める際には回収するほうがいいでしょう。返さない者がいればそれなりの対処が必要かと思います」

「わかった。ならそうしようか。じゃあ、この模型をいくつか作っておっさんに商人へ渡すように言っておくよ。集まった調度品を見て、この城に適切だと思うものをクラリスが選んで配置する。グランもそれでいいな？」

「く、それなら拙者も調度品の審査には参加させてもらうのでござる。新品でないのであればどのような不良品があるかわからないのでござるよ。クラリス殿が見た目だけで判断して、使い物にならないものを買い取ることがないようにチェックするのでござる」

「ああ、それならグランも審査をよろしく」

こうして、バルカ城はクラリスとグランによって完成されていった。

それまでの、これ見よがしにおかれた品々は取り除かれ、落ち着いた気品ある品が必要最低限だけ、必要な場所に置かれるようになったのだ。

今までは城ができた直後の興奮もあり、気にならなかったが、確かに調度品が一新されたことで城の中が落ち着いたリラックスできる空間へと変わったように思う。

ちなみにバルカ騎士領ができてからはじめた金策で貯めたお金が、この一件で再び底をつきかけたのは言うまでもないことかもしれない。

結婚が無事に終わったら、また稼がなければならない状況になってしまったのだった。

◇◇◇

「おっさん、マドックさん、商人たちの格付けはこれで全部かな？」

「ああ、これで全部のはずだ。ようやく終わったぜ」

「本当に大変だったのう。お主もよくこんな面倒くさいことに引き込んでくれたものじゃ」

「マドックさんも付き合ってくれて助かったよ。おかげで変な商人たちは除外できたし」

「ふふ、そういうのであればうまいもんでも食わせてくれるとありがたいのう」

クラリスとグランの言い争いから始まったバルカ城の調度品の再選定だが、俺はそれをひとつのイベントにしてしまった。

城に合う調度品を商人たちに集めさせるために、持ち寄った商品から商人たちの審美眼、及び実力を格付けするというものだった。

これが思いもよらぬ反響を呼んだのだ。

原因は俺が作ったバルカ城のミニチュア模型だったりする。

俺にしてみればミニチュアといえば玩具にカテゴリーしてしまうものだが、現実はそうではなかったらしい。

カイルやクラリスも驚いていたが、やはり実物の城を縮小したような精巧な模型というのは非常に珍しかったのだ。

しかも、そこには見たことのない様式のステンドグラスというガラスがはめ込まれている。

そのミニチュア模型を見た人はこう思ったのだろう。

こんな城を造った騎士というのはさぞかし金払いがいいだろう、と。

そうして、フォンターナ領以外の土地からも続々と商品が集まってきたのだ。

我こそはという自慢の一品を持った商人たちの手によって。

おかげでバルカ城に用いる調度品はいいものが揃ったとクラリスも満足顔だったが、実際に大変だったのはその後のことだった。

クラリスとグランのお眼鏡に適う品を持ってきた商人はその実力を認めて格付けするという作業が必要だったのだ。

俺はこの格付けを行商人として各地の商人のことをいろいろと知っているおっさんと木こりであるマドックさんとも一緒に行うことにした。

なぜマドックさんがいるのかというと、格付けにもう一つチェック項目を追加したからだ。

それはマドックさんの今の主な仕事、裁判官という立場を通して商人をチェックするというものだった。

バルカ以外の土地では各土地や各物品ごとにいろんなギルドという商人の集まりが管理している。

俺はこのギルドを既得権益のかたまりだと判断し、その影響力をなくして自由にものの売買が行われるようにと考え、ここバルカでは自由市を開くことに決めた。

これはバルカの領民が物々交換という取引方法を脱却して、お金による経済感覚を身に着けてほしいと思ってのことだ。

だが、実際のところ、ギルドは悪ではない。

俺にとってデメリットが大きく映る存在ではあったが、メリットもあった。

それは商人たちに一定の基準が作られたという点にある。

ものを売り買いするというのは単純ではあるが、それゆえに騙しやすい。

お金を儲けるということだけを考えると、人を騙して金を巻き上げるほうが手っ取り早く儲かるのだ。

本来は安いものをさも高級品であるかのように高額な金額で売り払う。

あるいは、貴重なものであるにもかかわらず価値の無いものだと言って安く買い取ってしまう。

もしくは、本来の性能を満たさない不良品を不良品とわかって売ってしまう。

その他、いろいろな不正行為が存在する。

自由市にするとそういう不正行為をする人間は一定程度出てきてしまうのだ。

さらにいえば、自由市といえど売ってはいけないものもある。

人や土地に悪影響を与えるものなどを扱ってはいけないと決めているのだ。

もし、そのような規制が一切なしで完全な自由市を開けば、バルカ騎士領はあっという間に暗黒街と化してしまっていただろう。

要するに商人の格付けチェックには審美眼の有無と、商品の質そのものと、これまでの不正行為などの有無を項目としたのだった。

裁判官として働いてもらっているマドックさんはこの不正の情報についてを集めてもらい、今回の格付けチェックを手伝ってもらったということになる
「じゃあ、三つの項目すべてを満たした商人を三つ星、二つなら二つ星、一つなら一つ星として貼り出そう。あと、今回の購買イベントで不正したやつらは全員留置所送りでよろしく」

「なるほど。星の数で格付けを出すのか。それならひと目で分かるな。どうせなら店先でもその星の数がわかるようなものを坊主から進呈するっていうのはどうだ？」

「ああ、そうしようか。ついでに格付けの順位で自由市での出店場所も変えるようにしてみようか。

優良店は一箇所に集めておいたほうがいいだろ」

「それだと三つ星商人の影響力が大きくなりすぎるのではないかのう。お主はそういうのを嫌がるのではないのか？」

「あー、そうだな。ギルドがないのに三つ星商人がでかい顔してたら意味ないかもな。なら格付けは定期的にチェックするようにしたほうがいいかもな」

こうして、これまで玉石混交といった様相を呈していたバルカ騎士領の自由市はある程度の質が保たれた商品が集まる場所へと変わっていったのだった。

◇◇◇

「はあ、なんとか無事に結婚式が終わった……。こんな大騒ぎになるとは思わなかったけどな」

「アルス様、お疲れ様でした。よろしければ、お飲み物はいかがですか？」

「ありがとう、リリーナ。いただこうかな」

なんだかんだといろんなことがありながらも、リリーナとの結婚式が無事に終わった。

いや、本当に大変だった。

俺の中での結婚式と思っていたイメージと実際の結婚式が違ったことにある。

新しく建てたバルカ城にフォンターナの街から輿《こし》入れしてきたリリーナ。

彼女を城に迎え入れ、謁見の間を利用して祝言をあげた。

当然、結婚の誓いについての宣誓の儀を執り行ったのはパウロ司教だ。

パウロ司教が読み上げる誓いについて、俺とリリーナは同意し、口づけを交わす。

それを見届けた関係者が大いに拍手をする、という流れだった。

これだけなら、俺のイメージどおりであったといえるだろう。

だが、違ったのがここからだ。

結婚した俺とリリーナに祝いの言葉を言いに、人々が列をなして並んでいるのだ。

それも身内である父さんや母さん、バイト兄たちやカルロスやリオンといった関係者だけではない。

調度品を持ってきていた商人たちや、俺と一緒に戦った農民、さらには全くみたこともない連中までやってきていたのだ。

理由は食事だった。

結婚式に参加したものには食事を振る舞うのがマナーである、というのがこのあたりの風習らしい。

これは庶民レベルでも同じだったが、貴族でも同様だそうだ。

だが、俺は騎士でもあり、農民出身だったため、いろんな身分のものが割とフランクに式に参加してきたのだ。

しかも、料理を担当したのはリリーナの実家であるグラハム家の人間であるため、農民では普段食べられないような料理が出てきた。

それを聞いた連中は我も我もと城へと押しかけてきたのだった。

◇◇◇

合計三日もの間、俺が自分の結婚式のために料理を振る舞い続けるというイベントが開かれた。

当然、酒を飲んで暴れるようなやつもいないでもない。

なかなかにカオスなことになっていたのだった。

「まあ、よいではありませんか。アルスの結婚式を私が挙げることができ、嬉しく思いますよ」

「パウロ司教、わざわざありがとうございました。最近はフォンターナ領の各地を移動して回っていると聞きましたよ。忙しいんでしょ？」

「いえいえ、アルスが領内に道路を造ってくれているおかげで、移動そのものはかつてほど大変ではありませんよ」

「結構あちこちに作りましたからね。だいぶ通りやすくなりましたもんね」

「はい。大したものです。それにこの城もすごいですね。わたしはここまで神聖な結婚式をあげた経験がないと思ったほどです。見事なものです」

「ありがとうございます」

「ですが、ひとつ気になっていることがあるのですよ、アルス」

「気になることですか？　なにか変なところがありましたか？」

「ええ、実におかしなことがあります。このバルカニアの城下町の中には教会がひとつも見当たらないのですが、どういうことでしょうか？」

「えっ？　あ、そういえば確かに教会はなかったかも……。い、いや、でも、もともとのバルカ村にはまだ教会が残っていますよ、パウロ司教」

「ほう、つまり、あなたはこの街の中には教会が不要だとおっしゃるのですね？」

「滅相もない。実は教会を造る場所は確保してあるんですよ。そうだ、南東エリアがいい。あそこならすぐに造ることができると思います」

「そうですか。アルスのように信心深い者がいて神もお喜びでしょう。ぜひ、お願いしますね」

「サー、イエッサー！」

「ああ、そうだ。アルスは知らないかもしれませんから一応伝えておきましょう。街にある教会にはぜひ孤児院も併設しておいてください。大きな街にある教会はだいたいそうなっていますので」

「孤児院ですか。わかりました」

「頼みましたよ。それではわたしはこれで失礼します。アルス、リリーナ様、二人のこれからが幸せなものとなることを祈っています」

「ありがとうございます、パウロ司教」

そういって、パウロ司教が部屋を出ていった。

しかし、教会か。

完全に忘れていた。

◇◇◇

「アルス様、いい人でしたね、あのパウロ司教というお方は」

「そうか？　まあ悪い人ではないけど」

「良いお方だと思いますよ。あのようにアルス様に足りないものを遠慮なく言ってくださる方は大変貴重だと思います。今後も何かあれば相談されると良いと思いますよ」

そういうもんだろうか？

どっちかというと弱みを握られている分、いつ脅されるのかとヒヤヒヤしているのだが。

だが、教会を造るという話自体は悪いことではない。

パウロ司教は別にタダ働きしろと言ってきたわけではなく、教会建築の費用を置いていってくれた。

結婚式関係で金欠気味になっていた俺のお財布にはありがたい申し出だともいえる。

いや、本当に俺の財政事情を把握しているのではないかというくらいありがたいタイミングだった。

さらにいえば孤児院の併設が必要というのも知らなかった。

だが、確かにあったほうがいいだろう。

そうだ、孤児院を造るならついでに学校みたいなものでも造ってしまおうか。

グラハム家の人間を雇い入れたはいいが、それでも事務仕事を任せられる連中が少ない。

最低限の教育機関くらいあってもいいかもしれない。

そう考えた俺は、バルカニアの南東区に教会と孤児院、学校、さらには職業訓練所も造ることに決めた。

◇◇◇

こうして、結婚式直後から俺はバルカニア内の開発を再び行うことになったのだった。

「てっきり新しい神父様でもやって来るのかと思ってたんですけど、新しい教会はシスターに任せられることになったんですね」

「はい。私もこの度司祭となりましたので。新しい教会が建つと聞いて嬉しく思います」

「城を造ったときの建材が残っているからそんなに時間はかからないと思いますよ。教会と孤児院は行き来しやすいように作るってことでいいんですよね？」

「はい。ここバルカではあまり孤児はいないので、当分は私一人で切り盛りすることになると思いますから」

「なら、屋根のある渡り廊下みたいなものでつないでおきます。完成楽しみにしておいてください」

「よろしくお願いしますね、アルス様に神のご加護を」

バルカニアに新しい教会を造ることになった。

その教会にはもともとパウロ司教と一緒にバルカ村の教会を運営していたシスターが行うことになったらしい。

おおよその様式などが決まっているようなので、それに沿って教会と併設する孤児院を建てることにした。

場所はバルカニアの外壁内の南東地区である。

南地区の中央には大通りがあり、自由市があり、その周辺は住宅地になっている。

そこから少し距離のある場所なので、多少スペースをとって教会と孤児院を建設していく。

そして、その建築作業を指示しながら、俺は新たな施設も造ることにした。

それは学校と職業訓練所の二つだった。

◇◇◇

もともと、バルカ村やその隣村では貧乏な農民しかおらず、基本的にまともに字をかける人材すらいない。

そんな土地で農民出身の俺がバルカ騎士領としてこの二つの村を統治、運営することになった。

だが、それをまともに運営することは俺一人ではとうてい無理な話だった。

だから、行商人のおっさんを金庫番として雇入れ、バイト兄やバルガスに農民たちの訓練を任せ、あとは適当なものを割り振って仕事をさせて俺がそれを見て回るという運営方法になっていた。

しかし、これがなかなかきつい。

まともに文字を書けないため、仕事内容を確認するには実際に働いているところを見て、本人たちから直接口頭で報告を受けなければならないのだ。

だが、せっかく新しく植物紙まで作り出したのだ。

報告くらいは口頭でも構わないから、簡単な記録くらいは各自でつけておいてほしい。

そう思うのは当然のことだろう。

だから、俺は各自に字を覚えるように言っておいたのだ。

実はこの文字の習得について、俺は軽く考えていた。

なんといっても、【記憶保存】という魔法があるのだ。

覚えさせたい文字を書いて、魔法を使って覚えれば間違いなく記憶することができる。

覚える時間が多少かかろうとも、全員が字を使えることができるようになると思っていたのだった。

しかし、この考えは少々甘かったと言わざるを得ない。

というのも、【記憶保存】というのはあくまでも写真のようにその時見ていたものなどを正確に記憶するという魔法であって、別に頭が良くなるものではなかったからだ。

教えたことはきちんと記憶している。

だが、それを活用できるかどうかというと話は別だった。

単語はきちんと覚えて書くことができるようになっても、読みやすい文章が書けるとは限らなかったのだ。

試しに書いてもらった報告書も、覚えたいくつかの単語を羅列してなんとか意味を伝えようとしているものの、かなり読みにくい。

要するに単語を覚えることはできても、文章の法則である文法を理解してわかりやすい文を書いたりできなかったのだ。

これは数字を覚えても計算できないということにもつながる。

正直物足りない。

やはり、もう少しまともな学力がある人材がほしい。

そのための学校造りだった。

「というわけで、学校を造ることにしたから頼んだぞ、カイル」

「えっ、ボクがやるの？」

「ああ、お前には期待している」

「何言っているの。ボクはまだ子供なんだけど。教えてほしいことがあるのはこっちの方だよ」

「いや、お前にしか教えられないことがあるんだよ。頼むよ、カイル」

この学校には俺の弟であるカイルを送り込むことにした。

といっても、俺よりも年下のカイルにすべてを任せるつもりはない。

基本は村にいる物知り老人に頼んで子供にいろいろと教えてもらうことにする。

教会と孤児院のそばに造った学校はお昼前から開校することになった。

昼飯を無料で食べさせてやるから勉強しに来い、というスタンスの学校である。

授業は昼飯を食べる前にやって、勉強したあとに飯を食ったら解散だ。

基本的には老人が昔話をしながら、かつてあったことなどを教えている。

その中に、商人たちが臨時講師となって字と計算を教えてくれることになった。

そして、そのなかにカイルの授業があった。

だが、カイルが教えるのは文字の書き方でも歴史や地理でも、計算でもない。

魔力の使い方だった。

かつて俺が教えた魔力の使い方。

バイト兄はそれをもとに肉体を強化して、まだ子供ながらに戦場でも活躍できる強さを手に入れることができた。

だが、魔力には別の使い方もある。

それは頭を良くするというものだ。

バイト兄のように筋力に魔力を振り分けるのではなく、頭に魔力を集中させるようにする。

そうすると、集中力や判断力、記憶力などが劇的に向上するのだ。

俺はこの魔力操作をカイルに教えたことがある。

この結果、カイルは幼いころからいろんなことを勉強して、かなり頭脳明晰になっていたのだ。

実はバルカ騎士領の事務仕事の多くをカイルにも手伝ってもらっていたりする。

まだ子供のカイルがそこまでできるのであれば、他の子供にできないはずもないだろう。

勉強そのものを教えるのではなく、頭の回転そのものを向上させる方法をカイルを通してバルカの住人たちに教えることにしたのだ。

こうして、バルカでは魔力トレーニングの方法が広まり始めたのだった。

◇◇◇

「グラン、頼むから上手に教えてやってくれよ」

俺はグランの背中を遠くから眺めながら、祈るようにつぶやいた。

今、グランはバルカニアの南東地区に造った職業訓練所にいる。

当然、グランは訓練される側ではなく、教える側だ。

教会や学校などと一緒に造ったこの職業訓練所ではものづくりについて教えることになっていた

からだ。

なぜ、そんなものを作ることにしたかというと理由がある。

それはバルカニアに移り住んできた者たちに仕事を与えるためだ。

もともと、このバルカニアという新しい街は俺が北の森を開拓した土地に作ったもので、まともな住人というのは俺と身内数人くらいのものだった。

だが、俺がバルカ騎士領の統治をするようになってから、他の住人も住むことを認めることになったのだ。

このとき、バルカニアという城塞都市の内部に居住するようになったのはバルカ村に住んでいた人と、隣村で俺と一緒に戦いバルカ姓を持つもので自前の農地を持たない連中だった。

彼らは俺が硬化レンガ作りと魔力茸の栽培をするように言った結果、それなりの収入を得るに至った。

そして、お金を持つ者が増えてきたおかげで、一部の商人たちもバルカニアに建てた建売住宅を購入して住み始めたのだった。

しかし、問題となるのはそれ以外の人間だった。

実はバルカ姓を持たず、それ故魔法を使うこともできず、商人たちのようにそれなりの貯蓄があるわけでもない、貧乏で無教養な人たちがいるのだ。

何故そんな連中がいるのかと言うと、単純に食うに困った奴らがバルカニアに集まってきたためだ。

かつて俺はフォンターナ家と野戦を行い、それに勝利した。

その時、すぐに俺のもとにやってきて傘下に加わり魔法を授かった奴らもいる。

そいつらは非常に運がいいことに、バルカ姓をもらい魔法を使えるようになったにもかかわらず、一度も戦闘することなく停戦合意にこぎつけているのだ。

その話がおかしな伝わり方をしたようだ。

なぜか、バルカニアに行けば自分たちも魔法が使えるようになる、という都市伝説じみた話が広まってしまったらしい。

こうして、ほかの街や村で食うに困ったような連中が一縷《いちる》の望みをかけてバルカニアへとやってきたのだった。

だが俺としては別にこれ以上、無秩序にバルカ姓を与える気はなかった。

一応フォンターナ家とは穏便に話がついた上に、名付けを勝手にしていたという教会に対する負い目もある。

それらを忘れて、新たな人間にホイホイと魔法を授けるという行動には出られなかったのだ。

だが、そんなことはここに来た奴らにとっては「聞いていた話と違う」ということになるのだろう。

わざわざ遠いところまでやってきて、何も得るものがないと呆然とするしかなかった。

俺の気持ちだけでいえば、そんな連中のことなど知ったことではない。

聞いていた話と違うなどと言われても、俺がそんな話を広めたわけではないのだ。

事実と違うということがわかったら帰ってほしい。

そう思っていたが、そうは問屋がおろさなかった。

もともとが、食うものもなく自分たちの土地もなく、街に出ても仕事にありつけないような連中がここまで来たのだ。

彼らは魔法が得られないとわかったところで、それが引き返す理由にはならなかった。

魔法がないならないで、ここでなんとか食っていこう。

そう考えて城壁の外の土地で勝手に住み着こうとし始めたのだ。

この報告を受けた俺は焦った。

そりゃそうだろう。

このまま、勝手に住み着いたやつらを放置しておけばどうなるか。

想像するのも恐ろしいが、間違いなくスラムが出来上がってしまうだろう。

俺ががんばって創り上げた街の外が早々とスラムになるなど許せるはずがない。

なんとかしなければならなかった。

しかし、だからといって排除することもためらわれた。

別に彼らが今、なにか悪いことをしでかしているわけではないのだ。

これを強制的に、武力でもって排除するのは気が進まない。

できたばかりのバルカ騎士領の悪い噂が広まるなんてことがあっても困る。

そう考えた俺は外に住み着こうとした連中に簡単な仕事を与えることにしたのだ。

それが硬化レンガを使った建築だった。

ちょうど、移住者の問題がではじめたのが外壁工事をしていたタイミングだったので、バルカ姓を持つ者が魔法で作った硬化レンガを使ってする城壁改修を手伝わせたのだった。

バイト兄やバルガスらに押し付ける形で作業をさせて賃金を与える。

そして、この仕事を真面目にこなせば城壁内に住む許可も与えるとしたのだった。

ほとんどの者はこの条件を聞き、真面目に働いた。

おかげで外壁の改修は問題なく終わり、冬を越した際には城造りも手伝わせてそれも完成した。

だが、ここからが問題だった。

このままずっと建物造りだけをする日雇い仕事を続けることはできない。

なぜなら、そこまでの仕事がこのバルカニアにはないのだから。

今のうちに彼らには手に職をつけてもらわなければ困る。

そういう理由でこの職業訓練所を作ることになったのだった。

覚えてもらいたいものづくりというのは意外とある。

森林保護区から伐採した木材で作る家具作り。

木炭作りもまだ少しなり手がいてもいい。

ヴァルキリー用の鞍や鐙というのも造り手がいる。

さらに作ってほしいものというのは木材加工だけに限らない。

ガラス製品も欲しかった。

窓ガラスは呪文化してしまったので手作りしなくとも問題ないのだが、ガラスの皿やグラスなどは造り手がいてもいいだろう。

バルカ城にステンドグラスを採用したことで、バルカのガラス製品は割と評判になっているからだ。

だが、それ以上に造り手として育ってほしいのはガラスのレンズを作れる人間だった。

それもこれも全部グランが悪い。

グランは非常に優れた造り手で、俺が依頼したものをいくつも作ってくれて、それは非常に助かっている。

だが、グランは新しいものや難しいものづくりに情熱を燃やすタイプであり、自分が創り上げたものをその後も作り続ける気はサラサラなかったのである。

開発能力は高いものの、生産能力のまるでない人材だったのだ。

ようするにこの職業訓練所はグランが創り上げた新たな商品を劣化コピーでもいいから作ることができる人を増やしたいという思いがあった。

俺はグランがものづくりについて熱い想いを語るのを引き気味で聞いている移住者たちを見ながら、なんとか脱落せずに技術を習得してこの街に根付いてほしいと祈り続けるのだった。

◇◇◇

「大将、ちょっと相談したいことがあるんだがいいか？」

「どうしたんだ、バルガス。なんかあったのか？」

「だいぶ畑の麦が育ってきているんだが、それがちょっと気になってな」

「麦がどうしたんだ？　俺が見る限り不作ってことはないはずだけど」

「逆だぜ、大将。豊作すぎるだろ、ありゃ。あんなに麦ができるってのは嬉しい話だが、収穫するとき大変だろ」

「そりゃあ大変だとは思うけど不作よりはいいだろ。そんなことで文句言われても困るんだけど……」

「そりゃあ文句は言いたくないが愚痴《ぐち》くらい言わせてくれや。俺は収穫した麦の脱穀《だっこく》作業ってのが嫌いなんだよ。それがあんなにあると思うだけで、今からもう気が重くてな」

「ああ、なるほど。脱穀のことか」

冬になる前に畑にまいた麦の種。

それがようやく実りはじめたころのことだ。

バルガスが麦の収穫について話しかけてきた。

どうやら、収穫した麦の脱穀作業のことが今から気を重たくさせているらしい。

まあ、わからなくもない。

なんせ、今までの麦よりもはるかに大量に収穫できそうなのだから、その作業量は桁違いに増えることになる。

このあたりは農業技術があまり発展していなかった。

もともと、なんとか開拓した土地に麦をばらまいて、それが育ったものを収穫するだけという本当に簡単な農業方法をとっていたのだ。

理由は長い戦乱にある。

男手が戦に持っていかれることが多いため、農作業のない時期には人がいなくなることがよくあるのだ。

畑を丁寧に草むしりするよりも、なんとか農地を広げて種をまける土地を維持するほうが収穫につながるといった有様だったのだ。

だが、その状況が急激に変わった。

理由は俺がバルカ姓を与えたことにある。

それまでとは比較にならないほど簡単に手間暇をかけずに【整地】と【土壌改良】の呪文だけで畑の状態を良くすることができるようになったからだ。

当然、そこで育つ麦の量も大幅に改善した。

その結果、バルガスが引くほどの量が収穫できる見込みになったのだ。

しかし、魔法によって農業の効率化が行われただけで農業技術そのものが変わったわけではない。

実は収穫した麦を脱穀する方法もこのあたりでは実にシンプルなやり方をしていたのだった。

乾燥した麦から手や棒で実を落とすようにしていたのだ。

この方法でも麦の実は取れるのだが、量が多くなればその分手間がかかる。

バルガスが嫌がるのもわかるというものだ。

「しょうがない。脱穀機でも作るか」

こうして、俺は脱穀作業の効率化を行うことにしたのだった。

◇◇◇

脱穀と聞いて一番最初に何を思い浮かべるか。

俺の場合は千歯扱《せんばこ》きという道具だった。

大きな櫛《くし》のような形をしているもので、金属でできた棒と棒の間に麦を差し込み引っ張ると実が落ちる。

麦でも稲でもできる上に単純な構造で実現できるすぐれものだ。

実は俺はこの千歯扱きをすでに作っていたりするのだ。

もともと、俺が生まれたバルカ村の家も貧乏な農家で父さんが戦に駆り出されていなかったときもあった。

なので、家に残った母さんと子どもたちで脱穀作業をしていたのだ。

やはり、最初は俺もバルガスと同じように脱穀作業の面倒さに嫌気がしたものだった。

手作業の脱穀は結構な時間がかかる上に本当に面倒なのだ。

こどものときから畑で自作の野菜づくりの実験をしていたこともあり、無駄な時間をへらすためにも作り上げたのが千歯扱きだった。

だが、金属がないので適当な木をそれっぽくしたもので代用していた。

これでも作業時間は減ったのだったが、不満は残った。

木で作った千歯扱きは耐久性が低かったのだ。

できればもっといいものがほしいとずっと思っていた。

この千歯扱きを硬化レンガで作ってしまおうか。

そう考えたのも自然な流れだっただろう。

だが、その考えにブレーキがかかった。

というのも、千歯扱きは確かに便利なのだが、ベストの選択というものではない気もしたからだ。

確かに今までの原始的な脱穀方法と比べると千歯扱きは格段に進歩した発明品だ。

だが、それよりも更に発展したものがある。

前世でどこかの博物館みたいなところで見た道具を思い出す。

確か、回転式脱穀機というものがあったはずだ。

千歯扱きを過去のものとして駆逐したさらなる発明品。

しかも、それも古くから使われていたが非常に優れていたため、現役で使う人もいるという話だった。

それを作ってみることにした。

記憶の片隅から回転式脱穀機についての情報を拾い上げる。

あれは確か、回転する筒の外側に逆V字型の突起がついていたはずだ。

その突起のついた筒に麦を当てながら筒を回転する。

すると突起が麦の実を落としてくれるという仕組みだったはずだ。

回転させるだけなら手でやってもいいのだが、実物は足で操作していたように思う。

脱穀機についたペダルを足で踏むと筒が回る仕組みだ。

問題はどうやってペダルを踏んだら筒が回転するのかをよく覚えていないという点にある。

「ってわけで、グラン、お前の出番だ。こんな感じのもので回転する仕組みってできるはずなんだけど、わかるか？」

「ふむ、踏んだら回転する仕組みでござるか……」

「多分だけど歯車を使うんだと思うんだよな」

「歯車でござるか……。なるほど、ではこんな感じではどうでござろう？」

「あー、なんかそれっぽい。よし、じゃあ試作してみようぜ」

こうして、ペダルを踏んだ縦の運動を歯車を利用して筒を回転させる横の運動へと変換する回転式脱穀機が出来上がった。

今まで手作業でやっていたのが馬鹿らしくなるほどの圧倒的スピードで脱穀が終わってしまう優れものだ。

おかげで大量に収穫した麦をこれまでにない短時間で処理することができるようになったのだった。

「しかし、脱穀機まで作ってほかがないっていのも片手落ちって感じだな」

「お、なにか他にもいい道具を考えついたのか、大将。どんなやつなんだ？」

「えらく食いつきがいいな、バルガス」

「そりゃそうだろうよ。大将が作った脱穀機ってやつを試させてもらったが、あれはいいものだ。それで今度はあれと同じようないいものを思いついたってことだろ？　気にならねえほうがおかしいってもんさ」

「そうか。ただ今回のは本当に思いつきだよ。実際に作れるかどうかはわかんないからあまり期待しすぎるなよ」

「はっはっは。大将のことだからな。きっといつもみたいに変なことをしでかすだろ。楽しみにしてるぜ」

いや、ちょっと待ってよ。

俺ってそんなふうに思われてたのか。

結構ショックなんだが……。

まあ、いいか。

それよりも早速脱穀機の次の道具について思い出してみよう。

そう考えて、俺はテーブルの上に紙を広げて適当な絵を描き始めたのだった。

◇◇◇

「うーむ、わからん」

「どうしたの、アルス兄さん?」

「カイルか。いや、ちょっと建物の設計をしようと思ってたんだけどな。予想以上に難しくてさ」

「へー、また何か建てるんだね。ちょっと見てもいい?」

「ああ、いいよ。ほら、これなんだけどな。風車っていう大きな羽がついてる建物なんだよ」

「……また変なもの造ろうとしてるんだね。なんでこんな羽が建物に付いてるの？　もしかしてこの風車ってやつで空でも飛ぶ気なのかな、アルス兄さん？」

「そうじゃねぇよ。こいつは収穫して脱穀した麦を製粉するための建物だよ。風の力で羽を回して、製粉するための石臼を回すんだよ」

「へー、そんなことできるものなんだね。すごいな」

今回俺が造ろうとしているのはカイルに説明したとおり、風車と呼ばれる建物だった。

回転式脱穀機という道具を作って収穫した麦の処理能力を高めたものの、脱穀しただけでは食べることはできない。

あくまでも脱穀した麦を製粉してやらなければパンにすることもできないのだ。

では製粉作業はどうやるのかというと、これまた人力である。

石臼についた取っ手のような棒を手にしてグルグルと回して製粉していく。

これがまた実に地味ながら重労働なのだ。

せっかく脱穀作業を効率化して短期間で終わらせることができるようになったのだ。

それなら製粉作業も短縮したい。

そう思った俺が目をつけたのが風車だというわけだ。

ちなみにだが製粉作業は水車でもできるはずだ。

川北の城はすぐ近くに川が流れているのでそちらに水車を作ろうかとも思った。

だが、バルカニアからは少々距離がある。

せっかくならばここバルカニアでも製粉できるものがほしい。

そう思って今回は水車ではなく風車を作ってみたいと考えたのだ。

高い建物に大きな羽を取り付けて、その羽が風で回る動きを歯車を使って石臼へと伝え、石臼を回す原動力とする。

構造そのものは多少複雑になるがグランと一緒に脱穀機の歯車も作ったのだ。

やれないことはないと思う。

「じゃあ、アルス兄さんは何に悩んでいるの？」

「いや、それが聞いてくれよ、カイル。風車の羽が回るかどうかは風が当たる向きによって変わってくるんだよ」

「そうなんだ。で、それがどうかしたの？」

「だからさ、風車っていう建物は風が吹く方向に羽の向きを臨機応変に変えるようにしないと駄目なんだよ。そのやり方がさっぱり分からなくてな」

確か何かのＴＶ番組で見たときにそんなことを言っていたはずだ。

風車は風向きを追いかけるようにして羽の向く方向を変えることができると。

だが、そのための構造がどうだったのかはまったく覚えていない。

どうやっていたのだろうか。

俺の記憶にある風車の形は二つだ。

ひとつは風力発電にも使われている細い棒のようなてっぺんにプロペラのような三枚羽がついた

タイプ。

もうひとつがオランダとかにある印象の普通の建物や塔のような建物に板のような羽がついたタイプだ。

多分、製粉所として歴史的に使われてきていたのは後者のほうだと思う。

つまり、ドン・キホーテの物語に出てくるような風車の建物でも羽の向く方向を変える仕組みがあったはずなのだが……。

「別にそんな仕組みいらないんじゃないのかな？」

「なんでだよ。話を聞いていたのか、カイル。風向き次第では風車の羽が回らないから製粉できないことになるんだぞ」

「別にいいと思うけど。一年中いつでも製粉しなきゃいけないってわけでもないんだし。もしそうなら、それぞれの方角を向いた風車を四つ作ったらいいんじゃないの？」

「え……、四方向それぞれの風車を作る？」

「そうそう。どこか一つの風車が動けば製粉できるし、それでいいと思うけどな」

……そう言われるとそうかもしれない。

なんというか、俺の中では時間がもったいないから常に動いていないといけないという強迫観念じみたものがあった。

だが、別にそういうわけでもないのか。

今よりも製粉作業が早くなるなら、失敗ではないのだ。

無理に思い出せない風車の仕組みをこの世界で再現しなくともいいのだ。

なんなら、とりあえず今作れる形の風車を作って、改善案をグランに渡してあとは丸投げにしてもいいしな。

カイルのアドバイスを受けた俺は風向きを変えることはできない単純な風車を作ることにした。

バルカニアの東西南北四つの区に一つずつ風車を作る。

無風ではない限り、どこかの風車は動かすことができるだろう。

少々、効率面では悪いがそれでも今まで人力で製粉していたことを考えれば、大幅な時間短縮が可能となった。

こうして、バルカニアは俺の魔法で増えた収穫量でも問題なく脱穀・製粉することができるようになったのだった。

第五章　丘争奪戦

「失礼いたします。アルス様、カルロス様よりお言葉をお伝えに上がりました」

「カルロス様はなんと？」

「はい。アルス・フォン・バルカへ、カルロス・ド・フォンターナが命じる。速やかに兵をまとめて参集するように、とのことです」

「わかりました。すぐに馳せ参じるとお伝えください。それにしても、またどこかが反抗的な態度でもとっているんですか？」

「いいえ、フォンターナ領内のほとんどは昨年のうちにカルロス様にてまとめられています。今回の招集は別のことであると思われます」

「別のこと？　ということは、もしかして……」

「はい。私が耳にしたところでは東の地に動きがあるとか。おそらくはそれが原因ではないかと思います」


なるほど。

俺がカルロスの配下となってから、これまで何度か招集がかかったことがあった。

そのときは、カルロスが治めるフォンターナ家の領地内での反抗勢力があったため、それを抑えに行ったのだ。

俺もそれに何度も参加して、主に道路造りと陣地造りをしてきた。

だが、どうやら今回の招集はそういう流れにはなりそうにないらしい。

東の地、すなわち、フォンターナ家とは別の貴族家が治める土地で動きがある。

となれば、いよいよ戦になるのか。

あまり気は進まないが、行かないという選択肢は取れない。

俺はすぐに兵を集めるように指示を出して、フォンターナの街へと向かうことにしたのだった。

◇◇◇

「東か……。ウルク家とまた戦になるんだろうな」

「父さん。またってことは以前もあったの？」

「そうか、アルスはまだ小さかったから覚えてないのか。昔、お前がまだ小さかった頃にな、フォンターナ家とウルク家で大きな戦があったんだよ」

バルカ騎士領から男手を集めて軍を作る。そのバルカ軍というべき集団を率いてフォンターナの街に向かっているとき、隣にいた父さんがポツリとつぶやいた。

「あー、なんとなく覚えているかも。確か、それを見て俺も自分の武器がほしいと思ったんじゃないかな。その後にお金稼ぎでサンダルを作ったんじゃないの？」

「ああ、そうだったかもしれん。懐かしいな。今はサンダルを作るどころじゃなくなったが、確かにその頃だな、お前が金・金・金って言い出したのは」

「なんだよ、ちゃんと稼いでたんだからいいだろ」

「いやー、今だから言うがな、まだ名前も付けてもらってない年齢のお前が金のことを言い出して、いろいろやりはじめたのを見て母さんと驚いていたんだよ」

「もうそんな昔のことは言いっこなしだよ。今、こうしてみんなが無事に暮らしているんだから許してよ」

「許すもなにもないさ。あの頃はこんなふうになっているとは思わなかったが、生活は確実に良くなったからな。お前には感謝してもしたりないくらいだよ」

「そんなことないさ。感謝するのは俺の方だよ、父さん。いろいろ好き勝手やってる俺やバイト兄のケツを拭いてくれてるんだから。でも、そうか。あのとき戦に参加したってことは父さんはウルク家と戦ったことになるのか」

「そうだな。といっても、あのときは一般兵だったからな。騎士と直接戦うようなことなんてなかったが、遠目で見ていてもすごかったぞ」

「そんなにすごいのか、ウルク家の魔法は」

「ああ、もともと東西で隣接しているからフォンターナ家とウルク家は仲が悪いんだよ。犬猿の仲とかいうのがピッタリじゃないかな。フォンターナ家の使う氷の魔法とは正反対の魔法をウルク家は使ってたよ」

「氷の正反対、火の魔法か。それがウルク家の魔法なんだね、父さん」

「それは違いますよ、アルス様」

「ん？　リオンか。違うってのはどういう意味だ？　ウルク家は火の魔法を使うって聞いていたんだけど……」

「そうですね。確かにウルク家が使う魔法には炎を生み出すものがあります。しかし、その本当の力は別の所にあるのですよ」

「別のところ？　火の魔法じゃないけど炎を出す魔法ってなんだよそれ」

「ウルク家の使う魔法は獣化の一種である、と言われています。奴らは狐に化けるのですよ」

「狐に化かされるんじゃなくて、狐に化ける？」

「そうです。獣化の魔法を使う貴族家はいくつかありますが、その中のひとつがウルク家です。狐に獣化したウルク家の騎士たちは【朧火《おぼろび》】という魔法を使います。ですが、単純に獣化そのものも厄介なのですよ」

「もしかして、獣化すると身体能力も上がったりするのか？」

「そのとおりです、アルス様。狐に獣化した騎士はとにかく厄介になると言われています。気をつけてください」

まじかよ。

しかし、魔法っていうのはそんなことも可能なのか。

てっきり、俺は自分が土の魔法しか使えない上にフォンターナ家が氷魔法だけだったので、そういう系統ばかりなのかと思っていた。

だが、実際には獣化する魔法なんてのもあるのか。

というか、もうちょっとそういうことを勉強しておくべきだった。

バルカ騎士領の領内の経済改革や街づくりに熱中しすぎてしまったかもしれない。

「おい、リオン。その獣化っていうのはどんな姿になるんだ？　全身毛むくじゃらの獣の姿になるのか？」

「それは違いますよ、バイトさん。獣化といっても狐そのものになるわけではありません。あくまでも人間の体に狐の特徴を現すだけだと聞いています」

「あん？　もしかして、獣化しても基本的には体は人のものってことか？」

「はい。具体的には頭に狐の耳とおしりに狐の尾がつくということになります」

「キタコレ！　リオン、その話は本当なんだろうな。ケモミミってやつか。ケモミミが実際に見られるのか！」

「わっ。急に大きな声を出さないでください、アルス様。私の乗るヴァルキリーが驚いてるじゃないですか。そうですよ。ウルク家の魔法が発動すると、その人物の頭には獣耳が現れます。……って、そこまで嬉しそうな顔をするようなことですか？」

いや、嬉しいだろ。

まさか、そんなファンタジーなことが存在する世界だったとは。

まだまだ俺の知らないことが多いものだ。

それにしてもケモミミか。

できればおっさん連中ではなく、リリーナのような美少女の頭に狐耳があるところを見たい。

俺はこれから戦があるかもしれないにもかかわらず、頭の中で妄想するだけでもワクワクしてしまった。

そんなふうにウルク家のことについてあれこれとリオンに聞きながら、カルロスの待つフォンターナの街へと向かっていったのだった。

招集令を受けた俺がフォンターナの街に着いた。

街が近づいて来るごとに見える風景として、それまで何度も見たフォンターナの街はやはりこれから戦があるということからか、普段とは様相が違っていた。

街は城塞都市であり、周囲をグルリと壁で囲まれている。

かつて新たな城塞の建築のためのレンガ特需があり稼がせてもらったこともあったが、今はそれも終わりすべて万全の状態だ。

その城塞の外にいくつものテントがはられており、そこに出入りしている人間が多数いるのだ。

どうやらフォンターナ領内から集められた兵が街の外に陣取っているらしい。

バルカ騎士領からやってきた兵士たちも外で待つことになる。

なんといっても、俺はいまだにフォンターナの街に自分の土地を持っていないのだから。

「よっしゃ、ちゃっちゃと準備しますか」

「アルス、お前は先に兵士たちの休む建物を建てといてくれ。あとの陣取りは俺たちでやっておくよ」

「わかった。ありがとう、父さん。俺は建物を建てたらカルロス様に挨拶に行くから、みんなをよろしく」

「任せておいてくれ。リオンくん、アルスをよろしくお願いするよ」

こうして、俺はちゃちゃっと適当に建物を建ててそこに兵士を押し込め、カルロスへの挨拶に行ったのだった。

◇◇◇

「これより、ウルク家に正義の鉄槌を加える戦いに赴くことになる。やつらはもともとフォンターナ家の領地であるアインラッドの丘を不当に占拠している。その奪還が目的だ」

俺がフォンターナの街についてから数日して、さらに続々と兵が集まってきた。

そして、ほとんどのメンバーが集まったと判断したのか、カルロスは配下の騎士を自身の居城に集めて今回の戦の作戦について説明する。

東のウルクと西のフォンターナは長年領地争いをしている間柄である。

その両者は領地の接する場所のあちらこちらでぶつかり合うのだが、その中でも長年争いの種になっている場所があるという。

それが、先程カルロスの話の中に出てきたアインラッドの丘というところだ。

かつて何度も奪い奪われるといった係争地であるアインラッドの丘。

山というほどではない場所だが丘という場所も相手に陣取られるとなかなか崩しにくい場所である。

この丘を制するものは相手の領地も制する、という認識が双方にあるようで、相手に奪われても諦めずにすぐに反攻作戦を実施してきたらしい。

だが、それも近年ではウルク家の勝利が続いていた。

かつてあったというウルク家との大きな戦にフォンターナ家は敗れたのだ。

そのとき、丘を奪われ、それ以後なかなか奪還しきれずにいる。

丘を奪われたものの、なんとか周辺の領地の切り崩しだけは防ぎつついたらしいが、それも限界が来ていた。

そして、さらに状況に変化が訪れたという。

それは昨年の出来事だった。

何を隠そう、俺が首謀者となったバルカの動乱でフォンターナ家家宰が死んでしまうという事件が起こったのだ。

それまではまだ幼い少年を当主の座に置いて、レイモンドという家宰がフォンターナ領の一切を取り仕切り、統治を行っていたのだ。

そのトップの突然の死。

周囲に動揺が走る、というか動揺しないわけがない。

あまりの出来事に周囲の政治的緊張は弾けんばかりとなった。

だが、フォンターナ家はその政治的な空白を見事に短期間で解決してしまった。

レイモンドというフォンターナ家の大黒柱がいなくなった数日後にはまだ若い当主であるカルロスが即座にまとめたのだ。

しかも、肝心のレイモンドを亡き者とした人物を懐に入れ、それを飼いならしてしまっている。

周囲の眼はそれをどのようにとらえただろうか。

緊急事態故に仕方のない判断として、獅子身中の虫と知りつつ当主が自勢力へと取り込んだと見るか。

あるいは、このバルカの動乱は最初からカルロス当主の主導のもとに行われた権力奪還ショーだと見るか。

急展開を迎えたフォンターナ領の動向を見守る流れになったのだ。

結果としてみると、周囲の眼には後者であったと映ったのかもしれない。

なにせ領内をまとめたカルロスは俺に指示を出して領地中に新たな道路を敷設し、レイモンドの死によってフォンターナ家から離れかけた連中を引き締めにかかったのだ。

その手際は鮮やかだった。

さらにレイモンドを倒し、農民上がりながら未知の魔法を使うバルカの新騎士たちは、おとなしくカルロスに従っている。

普通は自分の力を示して領地を得るほどになったものは、さらなる栄光を求めるものなのだ。

フォンターナ領内の平定にわざわざ動員されたにもかかわらず、道路造りなどという重労働を押し付けられて戦場にて活躍することもなく帰っていくバルカ勢を見て、やはりあれは当主カルロスの手駒だったのか、と判断された。

極めつけが当主と血の繋がりがあり、かつてレイモンドの政敵としての地位のあったグラハム家の娘との婚姻。

フォンターナ家の混乱は最初からカルロスが権力を握るために一連の事件を起こしたのだ、と解釈されたのだった。

しかし、実際はそううまくいくことばかりではなかった。

やはり、どれほど短期間で事態を収めたと言っても、敵対する貴族の動けないスキを見逃すほどウルク家も甘くはなかったようだ。

すでに陣取っている丘を拠点として、その周囲の村などを奪い取られていた。

この地は両家ともに南への交通の要衝として位置づけている場所だけあり、その行動はカルロスも無視できない。

故に、今回の作戦が実行されるに至ったというわけである。

◇◇◇

「それで、その動乱の首謀者さんは今また道路造りばかりをさせられている、と」

「なんだよ、バイト兄。不満そうだな」

「そりゃそうだろ、アルス。せっかく、戦に来てんのに戦いもせずに道路ばっか造ってたって仕方ないだろうが。俺はもっと戦いたいんだよ。活躍して、みんなに俺の力を見せたいんだよ」

「そう考えるのは結構だけど、勝手に兵を動かしたりはするなよ？　それに補給路の確保は戦う上で大切なことだよ。今、俺たちがやってる作業も十分戦いのために役立ってるさ」

「は？　去年のアルスはどこにいったんだよ。あのときのギラギラしたお前なら真っ先に敵に突撃して行ってただろ。もっとやる気出してくれよ」

「あの時とは状況も違うさ。それにいずれは嫌でも出番があるよ。それまでは守りを固めてるのもいいだろ。ほら、さっさと作業に戻る」

「ちぇっ、わかったよ。指揮官の言うことには従うさ」

フォンターナの街に集まった俺たちがカルロスの指揮のもとにアインラッドの丘に進軍していった。

そして、これも毎度おなじみとなってしまった感があるのだが、俺たちバルカ勢は道路整備に勤しんでいた。

アインラッドの丘にはすでにウルク家によって防護壁などの防御陣地が築かれており、ちょっとした要塞と化している。

なので、まずは直接丘を攻めるのではなく、奪われた村などを奪還すべく、その手前に陣地を張っているのだ。

周囲の土地を奪い返して、改めて万全の状態で丘の攻略に取り掛かる。

そのための陣地とそこに至る補給路を俺たちが先行して作り上げているところだった。

陣地に建てた塔の上で作業風景を見ながらバイト兄の不満を聞きつつ作業を促す。

俺としては戦わなくてもいいこういう作業を任されたほうが楽でいいと思うのだが、やはり戦いたいらしい。

バイト兄は平和な時代に生まれていたら社会に馴染めなかったのではないかと思ってしまうくらいやる気に満ちているが、俺はそこまで好戦的ではないんだけどな。

「ん？　なんだあそこは……。なんか違和感があるな……」

「どうしたんだ、アルス？」

「バイト兄、あっちを見てくれ。なんかこう、おかしくないか？」

「ちょっと待て、俺にも双眼鏡を貸してみろ。……どこだ？　別に気になるところは見当たらないけど」

「俺の気のせいかな？」

不満を言っているバイト兄をうまく追い返そう。

そう思ったときだった。

俺の視界の端でなんとなく違和感を覚えた。

塔の上から遠くの景色を見ていて、何か気になるところがある。

だが、双眼鏡を用いて周囲を確認してみても、俺もバイト兄もその違和感の原因がわからない。

「……って、そうか。魔力だ。あそこの森に魔力が集中している。あれはおかしいぞ」

しかし、更によく見ようと双眼鏡を覗き込みながら眼に魔力を集中させたときだった。

俺の視界にその違和感の原因がはっきりと映った。

それは森の中から立ち込める魔力の靄。

その魔力の靄の量もそうだが、場所も問題だった。

魔力の立ち上る位置が移動し続けているのだ。

「バイト兄、敵襲だ。森から敵が来ている。急いで迎撃に行くぞ」

「おい、ちょっと待てよ、アルス。そんな急に出られるわけないだろ。まだ準備もできてないぞ」

「急げ、バイト兄。どんどん近づいてきている。あの速度的に使役獣に騎乗して移動してきているかもしれない。かなりの数の敵が奇襲しに来たんだ」

のんびり陣地造りをしていたらいいと思っていたが、どうやら考えが甘かったようだ。

塔の上から敵兵の魔力を感知した俺は即座に塔を駆け下り、敵を迎え撃つため、バイト兄を置き去りにする勢いでヴァルキリーに騎乗して走り始めたのだった。

◆◆◆

「よし、このまま森を突っ切ってフォンターナの連中に打撃を与えるぞ」

収穫時期が終わったタイミングでフォンターナが動いたという報告が来た。

大方の予想通りというところだろう。

昨年になってフォンターナに権力争いが起こったのだ。

結果としてそれまでのレイモンド派が一掃されて、当主であるカルロス派にまとまった。

となれば相手の動きは読みやすい。

領内をまとめたらしいが、内心では面白く思っていない者も多いのだ。

その不満を抑えるためにも、自領の外へと目を向けさせるのが一番だ。

ウルク家を共通の敵として改めて戦い、自領内の勢力を安定化させることを考えるに違いない。

まさしくフォンターナの動きはそのとおりとなったのだ。

「キーマ様、もうすぐ森を出ます。物見の報告では進行経路上に敵影なしとのこと。このまま、フォンターナの陣地へと攻撃を仕掛けることが可能です」

「よし、このまま速攻を仕掛けるぞ、爺や」

「はい、それがよろしいと爺も思います。まだ、フォンターナがこちらに到着してすぐです。おそらくは移動の疲れをとるために一息ついているところでしょう。その隙を突けば戦果をあげられましょうぞ」

兵を率いる俺を補佐する爺《じい》やが話しかけてくる。

かつてウルクの猛将《もうしょう》として知られ、俺の教育係となった爺やがそばに居てくれるだけでも心強い。

長年戦い続けてきた爺やが今回のフォンターナとの戦いで選んだのは、速攻だった。

以前の戦いからアインラッドの丘をウルク家のものとして維持してきたおかげで、こちらが攻めることのできる場所と相手からの攻撃ルートをすべて把握している。

その上で、この奇襲を進言してきた。

フォンターナが陣取りした場所に急襲することができる。

ここでやつらに損害を与えて出鼻をくじけば、あとは丘を要塞化しているこちらが圧倒的に勝ちやすくなる。

故にこの攻撃を成功させなければならない。

「キーマ様、森を出ます。このまま作戦の通りに」

「よし、騎兵隊の兵士たちよ、このままフォンターナのやつらを血祭りにあげるぞ」

森を抜けるタイミングで俺が声を上げる。

この攻撃のためにアインラッドの丘に陣取るウルクの騎兵部隊を連れてきている。

そのすべてが獰猛で力と硬さのある騎竜たちだ。

全身を鱗に覆われ二本足で走る騎竜に跨がりながら、我がウルク軍が敵陣目掛けて疾走する。

「……なに？　それは本当か？」

「はい、間違いありません。敵に動きあり。こちらを察知し、迎撃に向かってきているようです」

「爺や、どうした？」

「はっ、キーマ様、只今連絡が入りました。フォンターナの一部の部隊がこちらの動きに気づき、迎撃の準備に入ったようです」

「なんだと？　こちらの動きは察知されないのではなかったのか？」

「そのはずだったのですが……。しかし、問題ありますまい。その部隊も他の作業をしていた最中のようで、少数が慌てて飛び出てきただけのようです。このまま進んで押しつぶせばよいかと」

「わかった。では、このまま進軍だ。行くぞ」

愚かな。

少数で何ができるというのか。

こちらは最強の騎竜部隊なのだ。

倍の数を持ってきたとしても敵うものではない。

いいだろう。

このままそいつらを蹴散らして、その勢いを利用して敵本陣に襲撃してやろうではないか。

俺は全軍にそのまま進軍の指示を出して敵陣に向かって進んでいったのだった。

◆◆◆

「キーマ様、敵影を確認。しかし、あれは……」

「な……、あちらも騎兵なのか……。いや、それにしても人の姿が見えないが」

何だあれは？

進軍を続けるこちらの軍に対して向かってくる何かが見えた。

驚いたことにそれは人の姿ではなかった。

使役獣なのだろうか？

四足歩行する使役獣が多数、土煙をあげながらこちらへ向かって近づいてきている。

だが、おかしなことにその使役獣の上には人がいない。

あれでは騎兵ともいえないのではないか。

「白い四足歩行の獣。頭にはなにかあるようだが、あれは角か？　もしかしてあれが噂になっていた魔獣型か？」

去年隣の領地で唐突に起こった一大事件である「バルカの動乱」。

いきなりフォンターナの頂点に立っていたレイモンドが討ち取られた。

その報告はこちらもしっかりと調べている。

その中で信じがたい報告が混ざっていた。

レイモンドを討ち取ったのはまだ年齢一桁の少年であるという。

だが、それそのものは問題ではない。

注目を浴びたのはその戦力だった。

戦闘経験も人数差も有利にあったレイモンドを一撃のもとに討ち取った最大の要因は突如乱入してきた使役獣の群れだったという。

白の姿に角が生えた獣が魔法を用いてレイモンドの率いる軍を蹴散らしたというのだ。

魔獣型の使役獣。

それは本来恐ろしく貴重で高価なものだ。

そんな魔獣型を戦場に持っていくやつがいるはずがない。

だというのにバルカではそれが多数実戦に投入されたというのだ。

あり得るはずがない。

一頭死ぬだけでどれだけの金銭的損害が出るのか想像もできないからだ。

その話に聞いていたであろう魔獣型使役獣がこちらへと向かってくる。

ということは間違いなくあれはバルカに現れた白い魔獣なのだろう。

だが、正気か？

そんな奇策が通じるのは最初の一度きりだ。

すでに情報を掴んでいる我々に通じるはずがないだろう。

「爺や、全軍に伝えろ。あの白いのは魔法を使う。こちらも魔法が届く距離になれば魔法にて攻撃開始だ。盾の準備もぬかるなよ」

「はっ、かしこまりました」

「それにしても魔獣型だけか？　できれば何頭か持って帰りたいものだが」

「キーマ様、作戦実行中にあまり不用意なことを考えないように。何が失敗につながるかはわかりませんぞ」

「心配するな、爺や。そんなことはわかっているよ。ん？　先頭の魔獣型には誰か乗っているのか？」

「はて、本当ですな。あれは子供のようですが……」

「……子供？　まさかあいつがバルカに現れた大物喰らいというやつか⁉」

白の魔獣の群れがこちらに向かってくる中、先頭にだけ人影がある。

もしかしてあれが噂になっていたレイモンド殺しの張本人か？

そういえば、レイモンドとの戦いでも先頭に立って突撃してきたのだったか。

愚かとしかいいようがないな。

見たところ使役獣の数だけでもこちらが大幅に上回っている。

いくら魔法が使える魔獣型だと言っても準備を整えて進軍してきたこちらに単身で挑みに来るのは無茶を通り越して無謀というものだ。

やはりまだ考えの足らぬ子供なのだ。

前回の戦いで成功したことが今回も間違いなく成功するものだと思いこんでいるのだろう。

「いいだろう。ウルクの騎兵の強さを小生意気な子供に教えてやろうではないか。総員、槍の陣形をとれ。あの先頭の騎兵を中心に突撃するぞ」

「御意。全軍、槍の陣形だ。敵の魔獣隊を突破するぞ」

「「「「おう」」」」

こうして、我がキーマ騎兵隊はバルカの白い魔獣と激突したのだった。

「キーマ様、敵影近づいてきます。そろそろ魔法が届く距離に入るかと」

「よし、総員、魔法準備だ。先頭の敵騎兵を狙い撃て」

我ら千を超えるキーマ騎兵隊が一丸となって白の魔獣の群れへと突き進んでいく。

魔獣型の数は百か二百かというところか。

こちらのほうが圧倒的に数的優位にある。

いくらあの白いのが魔法を放てるといえども、数の有利は覆しようがない。

このまま押しつぶしてやる。

俺が騎竜を走らせながらそう考えていると、こちらの魔法が届く距離に入った。

「狐化《きつねか》・朧火《おぼろび》」

俺と声をあわせてこちらの騎士が魔法を発動する。

ウルクが誇る妖狐変化の魔法、【狐化】だ。

頭には狐の耳が飛び出し、尻には尻尾が生える。

フサフサとした金色の毛並みが突撃する騎兵に広がっていった。

その【狐化】を発動した状態でさらなる魔法である【朧火】を発動する。

これまで幾多の戦場で宿敵フォンターナの【氷槍】を撃ち落としてきた炎の魔法。

それが一斉に敵へと放たれる。

「散開、壁を造れ」

【朧火】が敵へと襲いかかる瞬間、俺の耳に声が聞こえた。

まだ少年の声だ。

少し高めの声を【狐化】によって鋭敏になった聴覚によってはっきりと聞き取ったのだ。

散開？

もしかして戦わずに逃げる気なのだろうか。

そうか、やつの狙いはもしかするとこちらの戦力を測るだけでまともにぶつかる気はなかったのかもしれない。

だが、逃がすはずがないだろう。

なんといってもこちらも速度のある騎兵隊なのだ。

背中を見せて逃げるようなことを許すはずがない。

「キ、キーマ様。前方に壁が出現しました！」

「は？　な、なんだあれは……」

だが、俺の予想は次の瞬間には覆されていた。

逃げる気なのかと思った敵がこちらの前方で左右に別れて横に流れるように進む向きを変えた。

しかも、ありえないことに左右に流れていく白の魔獣が通ったところに次々と壁ができていくではないか。

何だあれは？

「くっ、壁にぶつかるぞ。止まれ」

「いけません、キーマ様。前を進んでいる我々が止まれば後方の騎兵が後ろからぶつかります。止まってはいけません」

「ちっ、騎兵隊、急速旋回だ。壁にぶつからぬように大きく旋回しろ！」

最高速度で敵に突撃するために速度をあげていたのが仇となった。

こちらが走る目の前に次々と壁が出来上がり、左右に広がっていくのだ。

急停止しようと思ったが、確かに爺やの言う通り、止まれば後ろからぶつかりかねない。

ならばと、急激な角度で旋回を開始する。

こちらも先頭から左右に別れてグルリと回らざるを得なくなってしまった。

「なんだ、この壁は。朧火が当たっても燃えないところをみると幻覚の類ではないことは間違いないが」

「キーマ様、覚えておいでですか？　フォンターナの家宰であるレイモンドを倒して騎士になったというアルスは築城を得意にしているということを」

「築城？　まさか、やつは戦いながら城でも造る気だというのか？」

アルス・フォン・バルカは築城をはじめとする建築が得意だとは報告を受けている。

確かレイモンドとの戦いの前にも城を造ったという話だし、領地を与えられた際にも変わった城を造ったようだ。

後者の城はなにやら見たこともないような建築様式で評判になっていたのも知っている。

だが、まさか戦闘中に城を造るなどあり得るはずがない。

俺はいったい何を見せられているのだ……。

「くそ、忌々しい壁だ。……なんだ、今の音は？」

「キーマ様、後方の騎兵が状況を察知しきれず曲がりきれなかったようです。壁に激突したのかと」

「なに？　どうもこの壁は薄っぺらいものではないようだな。騎兵が衝突してもびくともしていない」

「そのようです。どうやら、この壁はこちらを取り囲むように造っているようです。早く後方の壁がないところから脱出するのが重要かと思います」

「わかっている。後ろの損害は気にせず止まらず進め」

お互いの騎兵隊が衝突しようとしていた直前に敵の魔獣型が左右に別れて壁を造り、それをそのままこちらを取り囲むようにされてしまった。

ほとんど真後ろへと戻るほどの角度で旋回しなければならなかったこちらの騎兵隊だが、その数の多さが仇となったようだ。

あまりの急角度の旋回だったため、判断の遅れた後方部隊の一部は曲がりきれなかったようだ。

しかも、突撃力のある騎兵がぶつかっても壁はほとんど崩れたように見えない。

もしかしたら、騎兵の突撃を想定して分厚い壁を造ることができる魔法なのだろう。

そのような魔法は今まで聞いたこともないのだが……。

「見えた。出口だ。あそこから脱出するぞ」

だが、ぶつかったのは後方のごく一部だ。

今はそのことに引きずられる訳にはいかない。

急旋回後に見えてきた今はまだ壁のない部分に向かって脱出するために騎竜を走らせる。

その時だった。

こちらを取り囲むように作られていた壁が左右から閉じられる前に、再び少年の声が聞こえた。

「槍、一斉掃射」

「な、なんだと？　……ひょ、氷槍が来るぞ。迎撃しろ」

左右に作られた壁からの脱出路。

そこへ目掛けて走っていたこちらの騎兵に向かって、出口部分の外側から魔法が放たれる。

あれは紛れもなくフォンターナ家が持つ氷の魔法、【氷槍】だ。

それが一斉に放たれたのだ。

慌ててその氷の槍を撃ち落とそうとする。

しかし、その動きが遅れてしまった。

最高速度で走っていたところに壁を造られて急速旋回した影響だ。

走っている騎竜から振り落とされかねないほどの角度で曲がったために、なんとか手綱を握りしめて姿勢を維持しながら走っていたのだ。

さらに隊列が左右に別れ、しかも縦に間延びしてしまっていた。

前方にある出口部分から一斉に放たれた【氷槍】を【朧火】で溶かし落とすにはこちらの手が圧倒的に足りなかったのだ。

先頭を走る騎竜に氷の槍が殺到する。

俺の声を聞き、かろうじて【朧火】を放ったものもいるようだが、その数は明らかに足りなかった。

鋭利な氷の槍が騎竜や騎士、兵士へと直撃する。

まるで時間が止まったのではないかと思うほど、周囲の動きがゆっくりとなる感じがした。

氷槍にて傷を負った騎兵が倒れ、そこに後方からついてきていた別の騎兵が衝突する。

ドンッという大きな激突音がしたかと思うと、ぶつかった騎兵が宙を舞う。

そうして倒れた騎兵を更に後ろからきた騎兵が乗り上げてしまう。

最悪の悪循環だった。

千ほどもいた騎兵が全て壁の中に取り囲まれたのだ。

そこから脱出するために、たったひとつの出口へと殺到する。

だが、それが悪かった。

ただ一点に集中したこちらの動きはたった一手で動きを完全に止められてしまった。

もはや分かっていてもこの流れを止めることは誰にもできなかった。

「こ、こんな馬鹿なことが許されるか。認めん、俺は認めんぞ。爺や、氷槍を無視して走り抜けるぞ。損害覚悟で脱出して、敵を、アルスを討つ。……爺や、どうした、どこだ、爺や？」

この流れを断ち切るのは不可能。

であるならば、やるべきことはひとつだ。

こうなったらこちらの損害は覚悟で敵の頭を潰すしかない。

そう判断した俺が爺やへと指示を出した。

だが、その返事がない。

まさか、と思い周囲を見回しても、それまで横につけていた爺やの姿はどこにもなかった。

「許せ、爺や。ウルクの英雄をこんな形で失うとは無念だ。だが、お前の仇は俺が討つ。皆のもの、俺に続け。なんとしてもアルスを討ち取るのだ」

「壁、閉じろ」

だが、俺の思いは届かなかった。

決死の覚悟で出口から脱出し、アルスを討ち取ろうといまだ氷槍を放ち続ける白の魔獣に特攻を仕掛けた瞬間、さらに少年の声を耳に捉えた。

爺やの無念を晴らそうと俺に続いてアルスへと突撃を仕掛けた残りの騎兵は残らず新たに現れた壁に衝突し、キーマ騎兵隊の動きは完全に絶たれたのだった。

◇◇◇

「おい、バカアルス。何一人で突っ走ってるんだよ」

「バイト兄か。遅いぞ」

「遅くねえっつうの。勝手に先に走っていきやがって。で、なんだこの壁は？」

「ぼさっとするなよ、バイト兄。フォンターナの本陣を狙っていた敵騎兵隊を迎撃したところだ。まだ壁の中に生き残りがいるはずだ。取り囲んで、壁の隙間から【氷槍】を叩き込め」

「ちっ、わかったよ。後で言いたいことはあるけど、今はそれどころじゃないみたいだしな。お前ら、聞いたな。この中にウルクの兵がいる。壁を囲んで、外側から攻撃しろ。絶対に逃がすなよ」

カルロスがフォンターナの騎士たちを招集して、アインラッドの丘への侵攻作戦を実施するために、丘の近くまでやってきてすぐだった。

先行して道路の敷設と陣地造りをしていた俺は運良く塔の上から敵の奇襲に気がつくことができた。

慌てて迎撃に向かう俺。

だが、こちらも他の作業に取り掛かっていて迎え撃つ準備が整っていなかった。

仕方がないので俺は他のみんなを置き去りにするほどの速さで出陣したのだ。

愛獣のヴァルキリーと魔法を使える角ありとともに。

ちなみにうちの戦力はバルカ姓を持つものでヴァルキリーに騎乗できるものは角なしに乗せている。

あとからバイト兄たち騎兵隊が追いかけてこられるように、角ありだけで出陣したのだ。

塔の上から見た敵の居所とそこから本陣を狙う進行ルートを予測し、そこに先回りするように角ありたちと急行する。

そうして、敵騎兵と接敵したのだった。

見た瞬間、ビビった。

どう見ても、こちらの角ありの数よりも向こうのほうが多いのだ。

遠目からも見える二足歩行するトカゲのような生き物に乗って走る兵士たちのプレッシャーはすごいものだった。

角ありヴァルキリーがいくら魔法を使えると言っても、あの騎竜部隊と真正面から衝突するようなことになれば勝ち目はない。

しょうがないので以前から考えていた策を使うことにした。

俺はバルカ軍を騎兵隊として運用しようと考えていた。

だが、いくらヴァルキリーに乗って魔法を放てるとはいえそれだけで必ず勝てるというものではない。

むしろ、まだまだ弱点だらけだといえる。

その弱点のひとつにバルカ騎兵団は防御力が弱いという面があった。

なるべく戦場を駆け抜けて、魔法による遠隔攻撃で一撃離脱という戦法で相手にダメージを与えるという考えなので、動きの遅くなる重量物となる装備を少なくしたかったのだ。

おかげで足であるヴァルキリーはほとんど防具らしいものはつけていないし、騎乗する人間も革鎧くらいしかない。

この状態では敵の魔法や弓による攻撃でこちらもダメージを受ける可能性がある。

それを防ぐためにどうしようかと考えていたのだ。

そして、そのときに思いついた方法のひとつに角ありヴァルキリーに防御を任せるというものがあった。

人が騎乗する角なしに伴走するように角ありを走らせておき、大量の弓による攻撃などがあった場合は【壁建築】を使って弓の攻撃を防いでもらおうというものである。

ちなみに騎乗している人間は【壁建築】はできない。

地面に触れていなければ【壁建築】の呪文が発動しないからだ。

それに対してヴァルキリーの場合は四本の足が地面に接しているからなのか、走行中でも【壁建築】ができるのだ。

そのことが頭にあった俺は大群の敵騎兵を前にして、ヴァルキリーたちに【壁建築】を発動させることにした。

しかも、移動しながら相手の周りを取り囲むように高さ十メートルの壁を作りあげていく。

さすがに騎竜といえどもこの壁に囲まれるとどうしようもなかったようだ。

慌てて急激な角度でUターンして壁のないところから包囲を脱出しようとした。

おかげで、相手が向こうから一箇所に集まるように殺到してくれたおかげで、今度は数の差による不利という状況が消えた。

俺とヴァルキリーが待ち受けるところに列をなしてやってくるのだから、その先頭のやつに攻撃を集中させるだけで良かったのだ。

結果として、この作戦はうまくいった。

あとからみてみると走りながら造った壁は互い違いになっているだけで隙間だらけなので、ストーンサークルのようになっていた。

冷静になれば騎竜たちも抜けられたかもしれない。

相手がパニック状態になっていたのが良かったのだろう。

冷静さを欠いて俺に向かって突進してきてくれたのが良かった。

俺が敵騎兵隊を閉じ込めてすぐ後にバイト兄たちが角なしに騎乗して駆けつけてくれた。

その後にリオンや父さんたちも兵を連れてきてくれている。

おかげで敵を閉じ込めたストーンサークルを囲んで一方的にボコることに成功している。

あとはこのまま囲んで攻撃の手を休めずにいれば、じきにこの戦闘も終わるだろう。

ほとんど損害も出さずに撃退できたのはまさに僥倖《ぎょうこう》だった。

◇◇◇

「それで、貴様はアインラッド攻略にやってきてすぐにキーマとミリアムを討ち取ったのか」

「カルロス様、そのキーマとミリアムというのは誰でしょうか？」

「キーマはウルク家当主の直系の子供で、ミリアムはその補佐を務める将だ。キーマはまだ今年で二十一歳ほどの若造だが、ミリアムは歴戦の猛将として有名なものだ。かつて、幾度も行われたアインラッドの丘の争奪戦でその名を馳せた人物で、フォンターナの騎士が幾人も討ち取られている。お手柄だったな」

「ありがとうございます」

俺が発見した騎兵隊との戦いを終えて、元の陣地に帰ってきてからのことだ。

後からフォンターナ本軍を率いて陣地に着いたカルロスと向きあって話をしている。

どうやら俺が戦った相手は名の通った者だったようだ。

「ただな、お前の手柄がでかすぎる。このままでは今度の戦の武功でお前に勝てる者がうちの騎士にいなくなる可能性がある。これから始まる丘の奪取にはアルス、貴様は参加するな。おとなしく陣地を造っているんだな」

「いいのですか？」

「ああ、かまわん。今回の戦いはレイモンド派だった連中が俺のためにどれほど働けるかをみるという側面もある。活躍すれば相応の手柄と地位の保証を、そうでなければ権益の縮小もあると伝えている。やつらのやる気を出させるためにもお前は後ろで見ているだけでいいさ」

「わかりました」

「ああ、それとこれはお前が持っておけ。今回の武功の報酬として先払いだな。キーマが持っていた魔法剣だ」

「え、いいんですか？　ありがたくいただきます。ちなみにどういう効果のある魔法剣なんでしょうか？」

「九尾剣というウルクの所有する剣だな。氷精剣のように魔力を込めると炎が剣の形に伸びるはずだ。なかなか見ることのできない一品だぞ」

「こんな貴重なものいいんですか？」

「かまわん。実はそれと同じものをミリアムも持っていたからな。そちらは俺がもらう。かまわんな？」

「もちろんです。ありがとうございます、カルロス様」

「ああ、では、この度の勝利、大儀であった。ひとまず、ゆっくり休むといい」

「はい、失礼します」

やったぜ。

勝手に戦闘してしまったからなにか言われるかもしれないと思っていたが、どうやらお咎《とが》め無しにしてくれるようだ。

それに、魔法剣までついてきた。

さらに、今後の丘争奪戦では戦場に立たなくともいいようだし、嬉しいことだらけと言えるだろう。

俺はカルロスからもらった九尾剣を手にして、ルンルンとスキップしながらみんなのもとへと戻っていったのだった。

◇◇◇

「アルス様、進言したいことがあります。よろしいですか？」

「リオンか。どうしたんだ？」

カルロスからウルクの魔法剣である九尾剣をもらって、スキップしながら自分の陣地に帰ってきた俺。

だが、その俺に対して意見を言ってきた者がいた。

今年俺と義兄弟の関係となったリオンだ。

「はい。このたびのアルス様の活躍によってアインラッドの丘の攻略は想像以上に早く進むことになると思います。ですが、それでもアインラッドの丘はすでにウルク家が占拠して数年たち、要塞化も進んでいます。簡単に終わるものではないと考えます」

「うん。そうかもな」

「流れとしては丘の周囲の村を奪還し終えたら、丘の攻略に取り掛かることになります。ただ、どれほど早くとも攻略できるまでは月の満ち欠けが一巡するくらいはかかることになるでしょう」

「まじか……。そんなに時間がかかるのか。俺新婚さんなんだけど」

「知っています。ですが、それは置いておきましょう。アルス様はカルロス様より攻略戦そのものは参加せずとも良いと言われたとか。それは確かですか？」

「ああ。そうだ。こっちは騎兵メインだから要塞化した丘の攻略なんて参加したくないしな。都合いいだろ」

「ですが、何もせずにいればいいというものではありません。まずはフォンターナ軍が丘の攻略に専念するためにも陣地を完全にしておくのが望ましいでしょう。そのうえでしておきたいことがあります」

「しておきたいこと？　なんだそれは」

「敵の増援を食い止めることです。ウルク家の戦力はこのアインラッドの丘だけにあるわけではありません。ここを要塞化した意味はウルク領からの増援が来るまで持ちこたえるためにあると言えます。必ず増援が来るでしょう」

「あれ？　増援を止める役割を与えられたやつは他にいるだろ。フォンターナの街から出発した兵はここだけに集まったわけじゃないぞ。増援を止める別働隊はすでにカルロス様が命じて出したはずだ」「そうですね。ですが、それはアインラッドの丘よりも北の街を攻撃してウルク家の目をそちらに向けるという意味も含まれます。増援を完全に防ぐことはできません。ですので対策しておくべきです」

「そうか。わかった。なら、増援を防ぐ方法も考えとくよ」

どうやらリオンは現在の状況を把握した上で、次に取るべき行動を考えていたらしい。

俺としては攻略戦に参加せずにいいと言われた時点で仕事終わりのサラリーマンのような気持ちになっていたのに、えらい違いだ。

だが、その意見は一考の価値ありといったものだった。

ウルク家からの増援部隊か。

確かに、増援がないと考えるのは間違いだろう。

必ず攻略されている丘を助けるために援軍がやってくることになる。

カルロスの打った事前の策では別の地点でも戦闘を起こして、助けに来る余力を奪うというものだった。

だが、それも現状では微妙な効果しか発揮しないかもしれない。

なんといっても、俺がすでに一戦おっぱじめてしまって敵将を討ち取ったのだから。

別働隊に目が向くかこちらに目が向くかは微妙なところだ。

やはり、敵増援が来たときのことを考えておくべきだろう。

俺はリオンの進言を受けて、その対策を考えることにしたのだった。

◇◇◇

「……アルス様。敵の増援を防ぐべきだ、といったのは私です。私ですが、まさか、こんなことをするとは考えもしませんでした」

「なんだよ。これなら敵増援を食い止められるだろ？　なんか問題あるのか？」

「いえ、問題はないのですが……。ちょっと自分で自分の見ているものが信じられないというか……」

「そうか。まあ、ちょっと大掛かりすぎたかなとは俺も思うよ」

「大掛かりという次元ではないと思いますよ。まさか、増援を防ぐために丘を壁で囲むだなんて、普通は誰も考えませんよ」

「まあ、バルカ軍は壁を作るのが仕事みたいなところがあるからな。だんだんみんな慣れてきたし、作業効率も上がってきた。いい傾向だよ」

俺がリオンに敵の増援を防げ、と言われたためその対策を考え、実行した。

それを見たリオンは口をあんぐりと開けて、ありえない、とつぶやいている。

まあ、それも当然かも知れない。

俺が取った敵の増援部隊を防ぐという方法は、現在攻略中のアインラッドの丘そのものを壁で囲ってしまうというものだったのだ。

周囲の村を押さえてから、いざ攻略戦にとなって、実物の丘を実際に見たのだが、俺からすると丘というよりも小さいが山という感じだった。

いくつかの丘を登るルートがあるのだが、それ以外は結構岩などが転がっていたりして登りにくくなっている。

登りやすいルートには検問となるように防御壁が作られており、そこに至る道は狭く、上から弓矢で攻撃されやすくなっている。

なかなか一筋縄では攻略できそうになく、時間がかかるというリオンの意見はもっともなものだと感じた。

やはり持久戦は避けられないらしい。

必ず増援はやってくるだろう。

それだけの時間をこの要塞化された丘は稼ぐに違いない。

だが、その増援を数の少ないバルカ軍が押し止めることは難しい。

であれば、敵増援部隊を迎撃するのではなく、増援が丘へとたどり着けない状況にすればいい。

そう考えて丘の周りに【壁建築】をしまくったのだ。

ウルク家が増援に来たときに通りそうなルートから壁を造り始め、最終的には丘をグルっと一周回るように壁を造っていった。

もちろん、完全に壁が囲っているわけではないのだが、こちらには俺が造る壁よりも高い塔と遠距離を見渡せる双眼鏡がある。

どこから増援がやってきてもひと目で見つけて、壁を利用しながら迎撃することが可能となる。

攻略する側も安心して攻撃に専念できることだろう。

「リオン、これで終わりじゃないぞ。あくまでもこの壁は増援を丘に入らせないためのものだからな。周囲の警戒もしっかりしとかないといけないぞ」

「周囲警戒ってバイトさんの巡回ですか。あれはどこまで行ってるんですか？」

「一応、日帰りでここに帰ってくることができるところまでだっていいつけてある。そんなに遠くじゃないだろ」

「日帰りといってもヴァルキリーに乗ってでしょう？　いったいどんな距離を走らせているんでしょうね」

壁がある程度完成してからは外にもバイト兄を出している。

バイト兄としては壁造りという作業は物足りないのだろう。

丘の周囲の村などに出かけて、ウルクの増援が来ないかどうかを確認しに行っている。

ヴァルキリーに乗って遠乗りすれば、多少は鬱憤も晴れるはずだ。

こうして、俺はカルロスがアインラッドの丘を攻めている間、周囲警戒を続けていたのだった。

◇◇◇

「坊主、言われてた通り、こないだの戦いで手に入れた騎竜は全部売り払ったぞ。これがその代金だ」

「ありがとう、おっさん。……やっぱ、結構良い金額になるんだな。使役獣を売るってのは」

「そりゃあな。使役獣で一番人気があるのは騎竜だしな。力もあるし、怪我もしにくい頑強さがあるからな。いつかは騎竜を買いたいって考えて仕事してる商人が多いんだぜ？」

「なるほどな。でも、軍隊の足として使うのは微妙じゃないのか？」

「なんでだ？　そりゃ、お前はあっという間にウルクの騎兵団を殲滅しちまったからそう考えても不思議じゃないけど、普通は騎竜兵団って言ったら恐怖の象徴だろ。あの数の騎竜が襲ってくるってだけでビビるぜ」

「うーん。まあ、騎竜が強いっていうのは否定しないんだけどな。でも、魔法が完全に通じないってわけでもないし、それになにより、騎竜兵団って言っても騎竜の種類が多すぎる。統一性がないんだよ」俺がウルクの騎兵団と戦って感じたことをおっさんに話す。

騎竜を使った軍を作るというのは確かに強い軍を作りたいという意志から出る当然のものだと思う。

俺も使役獣であるヴァルキリーを使ってそういう軍作りをしたのだから、そのコンセプトとしては間違いないものだと思っている。

だが、それはあくまでもヴァルキリーという存在がいたからこそだった。

しかし、ウルクの騎兵団には微妙に使いにくさがあるのではないかと思ったのだ。

それは一言で騎竜といっても実は色んな種類の騎竜がいたからだ。

同じ二足歩行するトカゲのような騎竜でも姿かたちが違うものもいれば、立つときは二足でも走るときには四足に、あるいはその逆にというタイプの騎竜もいたのだ。

これは使役獣の入手方法にあるのだと思う。

なんといっても使役獣を育てるには人の手によって使役獣の卵を育てなければならないのだ。

同じ人間からは同じ使役獣が生み出されるが、他の人はすべて違う使役獣となる。

つまりは軍団すべてを同じ使役獣で統一するということは非常に難しいのだ。

【魔力注入】という魔法が使える俺のヴァルキリーはその点で他の使役獣とはまったく違う。

ヴァルキリーにまかせておけば、どんどん同じ使役獣を増やしていけるのだ。

騎兵として使うならば使役獣の種類は統一しておいたほうが絶対にいい。

なぜなら種類の違う使役獣の走るスピードがどうしても違うからだ。

速いやつもいれば遅いやつもいて、どうしても遅い方にあわせて進軍することになる。

実際、俺が敵騎兵を壁で囲ったときには混乱が起こっていた。

急にできた壁に追突しないように走るコースを変えた際に、足の速さの違いから集団が渋滞を起こして縦に伸びる形になってしまったのだ。

そこを待ち受けていた俺に狙われたのだから、あそこまで一方的なことになってしまったとも言える。

やはり使役獣の種類は統一できるならしておいたほうがいいだろう。

では、ヴァルキリー以外の使役獣で統一してはどうか、とも考えた。

もともとヴァルキリーが【魔力注入】を覚えたのは、俺が名付けをした結果なのだ。

つまり、これはと思った騎竜に名付けを行い、魔法を授けた状態で使役獣の卵を孵化させればどうか、とも考えたのだ。

だが、この考えは実行しなかった。

何故かと言うと、騎竜が食べる食料に問題があると感じてしまったからだ。

どうやら、接収した敵の騎竜はどれも肉を主食とするようだったのだ。

よくもあれだけの数の騎竜を養えるだけの肉を定期的に確保し続けられたものだと感心してしまう。

そんな肉があるなら、俺が自分で食いたいくらいだ。

その点、ヴァルキリーは食料事情にも優しい。

【土壌改良】した畑で数日で収穫できるハッカを主食としてくれるヴァルキリーは数が多くともそれほど懐を痛めないのが助かる。

やはり、ヴァルキリーは最高の使役獣なのではないかと自画自賛してしまった。

「なるほどな。確かに食料まで考えると騎竜よりはヴァルキリーのほうがいいのかもな。ウルクの土地があってこその騎竜兵団ってことだな」

「……うん？　どういうことだよ、おっさん。ウルクの土地がってのは」

「あん。そりゃ、ウルク領の東側は山があるだろ。そこにヤギがたくさんいるんだよ」

「ヤギか。家畜化してるのか？」

「いや、別に家畜として育ててはいないな。山に勝手に住んでるんだよ。かなり数がいるらしくてな。騎竜の餌にするにはもってこいなんだろうな」

「ふーん。ヤギがいるのか。いいな。肉を食べることもできるし、ミルクも取れるんじゃないか？あと、ヤギっつったらカシミアとか取れるんじゃないのかな。ほしいな。手にはいらないかな、おっさん？」

「はあ？　ヤギを飼うのか？　坊主、お前、ヤギがどういうやつか知っているのか？　魔法を使うんだぞ、ヤギってのは」

え？

ヤギって俺の知っているやつじゃないのか。

そういえばヤギは悪魔のイメージをされたりもするらしいが、ここのヤギってのは本当に魔法が使えるのか。

でも、考えてみれば森に住む大猪も【硬化】の魔法が使えるのだ。

別段おかしなことではないのかもしれない。

俺は改めて、この世界の摩訶《まか》不思議さに気付かされたのだった。

◇◇◇

「おお、こいつがヤギか。こいつの毛は茶色なんだな。暖かい毛とかが取れればいいんだけど」

「おい、坊主、気をつけろよ。戦場にまでヤギを生きたまま持ってこさせるのは結構大変だったんだぞ。絶対に逃がすなよ」

「わかってるよ。それにしてもまさかヤギの使う魔法がこんなもんだったとはな。そりゃ、飼おうとするやつなんかいないだろうな」

俺がおっさんとの話でヤギに興味を持ってしばらくした頃のことだ。

おっさんがかなり頑張ってくれたようで、ヤギを調達してきてくれた。

商人というのはなかなか強《したた》かなものだ。

アインラッドの丘を攻略しているフォンターナ軍にやってきていろんなものを売りつけていく。

ついでにほしいものを伝えておけば、それを集めて持ってきてくれたりもする。

当然、危険を冒してのことなので割高ではあるが、なんとか無事にヤギを入手することに成功した。

この世界のヤギは魔法を使う。

そう聞いたときはいったいどんな凶暴なやつなのだろうと思ったものだ。

俺の中でのイメージは黒い二足歩行するヤギの角を持った悪魔のようなものが浮かんでいたからだ。

だが、実物を見るとそんな物騒なものでは全然なかった。

ごくごく普通のヤギの姿をしている。

体長一メートルもないくらいの大きさで、頭にはそれほど大きくないヤギの角がついている。

そして、俺と目を合わせて「メー」と鳴いていた。

どう見てもその姿は俺の知るヤギとよく似ている。

さらに、肝心のヤギの使う魔法だが、別に恐ろしいものではなかった。

ただ、厄介ではある。

というのも、飼育するには不向きそうな魔法だったからだ。

【跳躍】。

ヤギが使う魔法は「メー」という鳴き声を上げながら魔力を使い、恐ろしいジャンプ力を発揮するというものだった。

なんと驚くべきことにヤギは自分自身の身長の数倍の高さを跳躍するのだ。

これでは柵で囲んで飼育しようにも、簡単に逃げ出してしまう。

どうやら、危険な自然環境で生き延びるためにヤギは逃げ足を強化するという進化をたどったようだった。

「すげーな。バッタかよってくらいピョンピョン跳んでるぞ。けど、どうやら跳躍できる高さには限界があるみたいだ。さすがに十メートルを越えるようなジャンプはしないみたいだぞ」

「……本当だな。ってことは、壁で囲った中だったら放し飼いしていてもいけるのか」

「ああ、それに見てみろよ、おっさん。どうも、こいつはハツカの茎を食べるみたいだ。メーメー言いながらムシャムシャと食べてるよ」

「だったら、ヤギに食べさせるものも畑で作れるってことだな。坊主、意外とこのヤギはバルカでなら飼育できるかもしれんな」

「よっしゃ、やってみよう。うまくいけば肉を安定的に確保できるようになるかもしれない。大猪を家畜化しようとして失敗していたからな。こいつはぜひ成功させたいところだな」

ヤギの実物を見ながらおっさんと話し合う。

このヤギをぜひともバルカニアで増やしてみたい。

かつて大猪で失敗していた俺はこのヤギの家畜化に期待を寄せていた。

豚はイノシシを家畜化したものである。

前世での知識としてそれを思い出した俺はかつて大猪を家畜として飼えないかと考えたことがあったのだ。

成獣の大猪は始末し、子供だけでも残して飼ってみたこともある。

だが、その全ては失敗した。

なんといっても大猪は暴れん坊すぎたのだ。

何かと言うと突進攻撃を繰り返して人や物にぶつかるうえに、何でもかんでも食べては、気に入ったものをひたすら食い尽くそうとする。

子供のうちから牙を切り落としてやればいけるかとも思ったのだが、そううまくはいかなかった。

だが、このヤギならばいけるかもしれない。

【跳躍】という魔法は少々厄介ではあるが、基本的に臆病な性格らしく、こちらを攻撃してこようという意思は感じられない。

ジャンプしても【壁建築】で造り上げた壁を越えることができないのであれば、逃げる心配もいらないだろう。

さらに都合がいいのが食べるものだった。

商人が連れてきたヤギはハツカの茎を食べたのだ。

俺たち人間もヴァルキリーもハツカを食べるが、茎の部分は食べない。

あくまで地面の中で育つ塊の部分を食べるのだ。

茎を食べてくれるというのであれば、畑からの収穫物をより無駄なく使うことになるのでちょうどいいと言えるだろう。

しばらくは何頭かのヤギをバルカニアに送って試験的に育ててみよう。

当面はヤギの乳が目的となるだろう。

その後はヤギから取れる毛がきちんと有効利用できるかどうか。

最終的にはお肉として食卓に登ってくれることを期待しよう。

こうして、俺はヤギの飼育がうまくいくことを願いながら、檻に閉じ込めたヤギをバルカニアに送ることにしたのだった。

◇◇◇

「ウォオオオオオォォォォォォォォ」

「うわっ。なんだ今の？　どうしたんだ？」

陣地で夕食を終え、そろそろ寝ようかとあくびをしていた時、ものすごい大きな地響きのような大声が聞こえてきた。

あまりの大きさでちょっと体がビクッとしてしまった。

「……アルス様、どうやら我らの陣営がアインラッドの丘を攻略したようですよ」

「本当か？　そりゃよかったって言いたいところだけど、リオン、お前が言っていたよりも早いんじゃないか？」

「はい。思った以上に早く攻め落とせましたね。これもアルス様の働きによるものでしょう」

「相手の騎兵を打ち破ったのはそんなに大きかったのか？」

「それもあります。基本的に騎士というのは一般兵が束でかかっても敵いませんからね。初戦で敵の騎士を多数含んだ騎兵団を殲滅したのはものすごい働きですよ」

「でも、その前提があっての上で攻略までの時間を予想していたんじゃなかったのか？」

「そうです。ですが、そのあとのアルス様とバルカの兵たちの働きがこれまたすごいものだと言わざるを得ないと思います。なにせ丘そのものを壁で囲ってしまったのですから。丘の上にて防衛している敵兵は増援の見込みもなく囲まれてしまって、士気が低下していたのでしょう。それゆえに早々と決着がついたのです」

「そう言われても結果的にうまくいっただけって気もするな。完全に逃げ場を封じたから、死ぬまで戦う死兵ってやつにでもなられてたら反対に時間がかかったんじゃないかな」

「なるほど。そういうこともあるかもしれません。まあ、ネズミ一匹通さないほど完全に囲んでいたので、相手の気力が萎えてしまったのでしょうね」

「籠城戦か。やっぱり、負担が大きいよな。ただ、何にせよ丘争奪戦はこれで一段落だ。ようやく一息つけるな」

俺たちバルカ軍がアインラッドの丘の周りを壁で囲い、要塞化した丘の上から敵兵を逃さず、増援に来ようとする外からの部隊をヴァルキリーに騎乗した騎兵隊でひたすら攻撃し続ける日々がようやく終わりを告げようとしていた。

カルロス率いるフォンターナ軍がアインラッドの丘を攻略し、かつて奪われた土地を奪還したのだ。さすがに何年も前から防衛設備を整えていた丘は攻略するのに一手間かかったようだが、無事に終わった。

みんな喜びに満ちた顔をしている。

だが、俺からすると敵味方ともに大変な戦いだったと思わざるを得ない。

攻撃されている籠城側は来る日も来る日も攻撃され続けて肉体的にも精神的にも参ってしまったことだろう。

降伏して丘を明け渡すしかなくなったとしても仕方がないと思う。

しかし、攻撃側も無傷とはいかない。

防御を固めて弓矢などで迎撃している相手のところに自分から飛び込むように攻撃しにいかなければならないのだ。

絶対に損害が出る。

目の前で倒れていく味方を乗り越えるようにして攻撃をし、その日で丘の砦が落ちなくとも、次の日も、それでも無理なら更に次の日もと攻撃し続けなければならないのだ。

正直なところ、俺が丘攻略に回らなくてもよくなったのはラッキーだった。

いくら魔力で防御力を上げられるとしても自分から攻撃されるとわかっているところに突っ込んで行きたくはない。

しかも、隣で自分の知り合いが死ぬところを見ながら突撃するなどやってられない気持ちにしかならないだろう。

他人事のようになるが、自分が攻略側にならなくて本当に良かったと思ってしまう。

ただ、俺と違ってほかのカルロス配下の騎士たちは違ったようだ。

みんな恐ろしいほどにやる気に満ちていた。

その原因は俺だった。

昨年急に現れた俺がレイモンドを打ち破り、フォンターナ領の勢力図を大きく変動させてしまった。

そして、そのレイモンドの後釜にスパッと収まった当主のカルロス。

現在はそのカルロスのもとでフォンターナの地はまとまっている。

だが、権力基盤が完全なものとは言えないカルロスのもとでもっと自分の力を大きくしたいと思っている者も多い。

そして、そのために手っ取り早いのは今回のウルク家との戦いで活躍して手柄をたてて、カルロスに近づくことにある。

もちろん、反対に今までの既得権益を維持するために力を見せようとしている者もいるようだ。

そうした思惑がそれぞれにあり、カルロスからの招集を断らずに戦場まで兵を引き連れてやってきたのだ。

だが、そこで新参者の農民出身騎士である俺が手柄を上げてしまった。

それも、小さな手柄ではなくウルク直系の子供とその配下の老将を騎兵団ごとまとめて倒してしまったのだ。

これには戦に参加しにやってきた騎士たちは驚いたと同時に焦ったはずだ。

一番の武功を持っていかれてしまうと。

それに対抗するにはどうすればいいか。

方法は三つくらいだろう。

ひとつは俺に対して何らかの圧力をかけること。

もうひとつはカルロスに有る事無い事吹き込んで、俺の手柄をなくしてしまうこと。

だが、この二つはどうやら誰もやらなかったようだ。

義理とはいえ今年カルロスの血筋関係者と婚姻関係を結んだ俺に対して下手に手を出すのをためらったのかもしれない。

あるいはカルロスから何かを言われていたのかもしれない。

何が理由かはわからないが、あるいはカルロスが俺をアインラッドの丘攻略戦から外したのが関係しているのかもしれなかった。

騎士たちはこぞって攻略戦に意気込んで参加して、自ら何度も突撃して攻撃していったのだった。

誰もが鬼気迫る顔つきで働いたおかげで想定よりも早く攻略完了となった。

カルロスにはうまく配下たちの手柄を褒めてやって、俺に向けられる対抗心やらを減らしておいてほしい。

「そうだ。攻略が成功したんなら宴くらいするだろう。おっさん、酒の手配でもしといてくれ。フォンターナの兵士は農民含めてみんなが飲めるくらいの量を振る舞おう」

「お、いいな、それ。きっとみんなも喜ぶぞ」

「アルス様はまだお酒は駄目ですよ。他のみんなも飲み過ぎ厳禁ですからね」

「分かっているよ、リオン。なら、宴の間の夜警もこっちで担当するようにしとこうか。父さん、兵の振り分けしといてくれないかな？」

「おう、いいぞ。そのかわり、先に夜警したやつらにはあとで多めに酒をもらうからな」

「わかったよ。じゃ、手配よろしく」

こうして俺のはじめての外征は成功という形で無事に終わった。

俺はこのとき、そう思っていたのだった。

◇◇◇

アインラッドの丘の攻略という目標を達成して、外征は終わったものだと思っていた。

だが、そうではなかった。

家に帰るまでが外征なのだ。

アインラッドの丘攻略戦を終えて気持ちが緩んでいた俺はもう全てが終わったものだと思いこんでいた。

だが、全然そんなことはなかった。

まだ何も終わってはいなかったのである。

それは俺が用意した酒で宴を行ったあとのカルロスの一言がキッカケだった。

「貴様ら、みんな宴は楽しんだな。各々英気を養っておけ。次の戦場は今回ほど簡単なものではないぞ」「え？　次の戦場？」

「そうだ。今回このアインラッドの丘を取り戻すために戦った。だが、まだ終わりではない。今、この丘ともう一つ、北にある街を別働隊が攻略に向かっているのは知っているな？　次はそこへ行くぞ」「カルロス様、質問よろしいですか。その北の街の攻略はここの、アインラッドの丘への攻略からウルク家の目をそらすための作戦だったのではないのですか？　丘を攻略したのならもういいのでは……」

「アルス、貴様は馬鹿か。このアインラッドの丘も我がフォンターナとウルクにおいて長年の係争地であったが、北の街もそれと同等の価値のある土地だ。故にウルク家もそちらに目を向けざるを得なかったのだ」

「……そうですね。そう聞いています」

「北の街を攻略に向かった別働隊からも報告は受けている。だが、状況は決して油断できないもののようだ。故にすぐにこちらから軍を出してその攻略を助けねばならん」

「しかし、そうなるとこの丘はどうするのですか？　奪い取ったばかりですが、引き払うつもりで？」「そんなことをするわけがないだろう。このアインラッドはアルス・フォン・バルカ、貴様に一時的に預けることにする。丘の守りを更に固めておけ。俺が北の街を落としてくるまでに落とされるようなことは許さんぞ」

「いっ⁉　ちょっと待ってくださいよ。バルカ軍は騎兵がメインで人数も少ないのですが……。どんなに壁を作って守りを固めても限度がありますよ」

「そうか。ならこの丘の周りの奪った村などから新たに募兵して構わん。兵を集めて、しっかり守れ。いいな？　他の者は俺と一緒に北の街を攻略にかかる。手柄をたてた者は取り立てるゆえ、各人気合を入れるように」

「「「「ハッ」」」」

いやいや、何言ってんだよ。

威勢の良い返事をして他の騎士は喜んでいるが、こっちはそれどころではない。

この丘をバルカで防衛するとか正気じゃないんだが。

「カルロス様、よろしいでしょうか。わたしはアルス殿と一緒にこの丘の防衛に当たりたいのですが、許可をいただけないでしょうか？」

だが、俺がひたすら焦っているところに思いもかけない言葉を発した騎士がいた。

誰だろうか。

よく知らない人だが、どこかで見たような気もする。

うーむ、俺は他の騎士とはあまり面識がないのだが、新年の祝いのときにでも見た顔なのだろうか。

どこで見たのだろうか、と考えていてピンときた。

そうだ、あいつは確かピーチャとかいう騎士ではないだろうか。

ピーチャは農民出身の騎士で、俺と戦ったこともある人物だ。

レイモンドと戦ったバルカの動乱のときに捕虜にして尋問した人物で、バルガスと知り合いだったやつだ。

なぜ、俺と一緒にここの防衛がしたいのだろうか。

「よかろう。ピーチャはここに残れ。他の者は準備が整い次第、すぐに出陣するぞ。くれぐれも準備を怠るなよ」

だが、心配する俺の気持ちとは裏腹にカルロスの一存でピーチャの残留は決まってしまった。

こうして、俺は奪い取ったアインラッドの丘の守備を命じられることになったのだった。

◇◇◇

「で、どういうつもりですか、ピーチャ殿。まさかとは思いますが、亡きレイモンド殿のかたきを討とうとか考えているのではないでしょうね？」

「はっはっは、貴殿が心配する気持ちはわかるがそうではない。私には貴殿を害するつもりはありはせんよ」

カルロスが多くの騎士を連れて、北の街の攻略に向かった。

そして奪い取ったアインラッドの丘に残された俺とピーチャが、丘の上の建物の一室で話し合う。

彼はいったい何を考えているのだろうか。

「ではなぜここに残ると？　カルロス様についていき北の街を攻略したほうが手柄を上げられますよ」

「それはどうかな。いくら貴殿といえどもこのアインラッドを守り切るのは大変ではないのかな。であれば、ここに残って防衛を手伝うのも手柄をあげるチャンスが残っていると考えられると思うが」

「……正直、腹の探り合いは苦手でして。ピーチャ殿、何が狙いですか。わざわざ一度敵対したバルカと一緒に行動するなどお互い信じられないことになるのはわかるでしょう」

「では、端的に言わせてもらおう。わたしは貴殿の戦いぶりに惚れ込んだのだよ。レイモンド様が率いる軍と戦ったときも、此度の戦いでも見事だった。しかも、わたしと同じ農民出身で共に戦ったこともあるバルガスもいる。貴殿とともに戦うにはここで声を上げるのが最上だと判断したのだ」

「そうですか。わかりました。どのみち当主様の決定でもありますしね。ただし、このアインラッドの防衛に関して私が責任者になります。こちらの指示は聞いてもらいますからね」

「もちろんだとも。このピーチャ、貴殿の信頼を得られるように獅子奮迅の働きをしてみせよう。よろしく頼む」

うーむ、本当に信用できるのだろうか。

だが、ピーチャの加入が助かるのは事実だ。

彼は農民出身ながら騎士へと取り立てられただけあって戦場で働いた経験が豊富だ。

しかも、将来の騎士候補として有望な兵を従士として取り立てている。

従士たちも一般兵をまとめて戦うため、指揮官として使うことが可能だ。

野戦ならば一丸となって行動できるバルカの騎兵団だが、防衛するとなればそうはいかない。

丘を守るために兵を各所へと配置し、それぞれが連動して防衛しなければならないのだ。

どうしても一般兵をとりまとめる能力のあるものが必要になる。

仕方がない。

今はリオンを始めとしたグラハム家の連中もいるのだ。

彼らとピーチャを一緒に行動させて監視しつつ働いてもらうことにしよう。

そう判断した俺は、さっそく攻城戦があり、あちこちが崩れてしまったアインラッドの丘の防衛機構を修繕していくことにしたのだった。

番外編　リリーナとアルス

「ふぅ……」

「あら、どうなさいましたか、リリーナ様？」

「いいえ、何でもありません、クラリス。次はその本を取っていただけますか？」

「はい、かしこまりました」

フォンターナの街の小高い丘の上に立つフォンターナ城。

その一室は私にとって心安らぐ居場所。

多くの本に囲まれたこの図書室で私はいつものように本を読んでいました。

ですが、ふとため息が付いてしまいました。

先日、私の耳にも入ってきた驚くべき情報。

フォンターナ領の北にあるバルカ村とその隣村のリンダ村から発生した農民暴動でこれまでフォンターナ家の一切をまとめてきたレイモンド様がお亡くなりになったそうです。

これまでフォンターナ家当主のカルロス様を幼い頃から見守り続けていたレイモンド様がいなくなり、今後このフォンターナ家はどうなっていくのか。

つい、そのことが本を読んでいる間も頭の片隅に引っかかり続けていました。

この国の歴史について書かれた本を読みながらも、そのことが常に頭から離れません。

家宰のレイモンド様が急にいなくなった後の領地の運営は、私と血の繋がりもあるカルロス様がうまく引き継いだようです。

カルロス様は幼い頃から優秀でした。

文武に長けているお方です。

おそらくは領地運営もそつなくこなしていくのではないかと思います。

ですが、カルロス様はまだ成人年齢を越えて少ししか経っていない。

まだ実務経験のほとんどないカルロス様が領地を回していこうと思えば、今いるレイモンド派の力ある騎士たちと衝突していくこともあるでしょう。

いえ、実際に何度も反抗的な騎士領に対して出兵しているという話を聞いています。

私もそろそろ覚悟を決めなければならないかもしれません。

カルロス様がいかに優秀であろうとも、いえ、優秀であるからこそ、唯一血の繋がりのある私を政治的に利用するはず。

次の新年の祝いでは私も騎士の皆さんをおもてなしするように仰せつかっています。

おそらくは、そこでどなたかと婚姻を結ぶ話も出るでしょうね。

どなたとそういう関係になるのでしょうか。

正直、今から考えすぎて夜も眠れない日々が続いています。

ですが、誰と結ばれようともその人を支える良き妻でなくては。

……とは思うものの、優しい人ならいいなと思ってしまうのでした。

◇◇◇

……あの人が新しく騎士に叙任されたアルス・フォン・バルカ様。

噂には聞いていましたが本当にまだ子どもなのですね。

えっと、確か十歳だったかしら？

まだ小さくてかわいいアルス様が新年の祝いに参加され、宴会でお料理を食べている姿を見て、思わず微笑ましく思ってしまいました。

でも、あの小さな騎士様がレイモンド様を討ち取ったという話です。

ちょっと見た目だけでは信じられません。

フォンターナ領ではレイモンド様の強さは知れ渡っていて、他の貴族もレイモンド様の力を知っているからこそ、すぐにこのフォンターナ領に攻め入ることはなかったくらいです。

そのレイモンド様に本当にあのような男の子が勝てたのでしょうか？

ですが、美味しそうにお料理を食されている姿とは裏腹に、どこか不思議な雰囲気を持つのも感じ取れます。

なんというか、体の奥底から湧き出てくるような力強さがあの小さな男の子から感じられるのです。

けれど、それはともかくとして、ずっとお一人でお食事されているようですね。

そういえば、騎士に叙任されたとはいえ、つい先日までは農民だったとか。

ということは、この宴会の間にはお知り合いがいないのではないでしょうか。

お召し物も毛皮のコートの下は他に着るものがなかったのか、なぜか革鎧を着ています。

ちょっと、どころではなくかなり周囲から浮いているようです。

周りの騎士も遠巻きに見ながら、アルス様の噂話に持ちきりのようですし、アルス様のほうもお食事をしながら周りを観察されているようで距離があるようでした。

あっ、今、目があいました。

やはり、かわいい印象を受ける男の子です。

実は私はちょっと男性が怖いと思うこともあります。

これまで何度か殿方から結婚の申込みがあったのですが、皆様、ご自分のお強さを見せようと張り切るものでちょっと怖かったからです。

でも、アルス様のような可愛らしい騎士様ならお話してみたいかも。

そう思っているときでした。

「ちょっといいかな。聞きたいことがあるんだけど」

先程目があったと思ったアルス様がこちらに駆け寄ってきて私に話しかけてきたのです。

しかも、私の名前や住んでいる場所を聞き出そうとあれこれ質問攻めにしてきたではありませんか。

あわわわわ。

矢継ぎ早の質問に驚いてしまった私は思わず戸惑うばかりで、ろくにお返事できずにいます。

と、そこに助け舟が入った。

そう思ったら、違いました。

カルロス様が私とアルス様の間に入り、勝手に話を進めてしまったのです。

別室でアルス様のお話相手になるように、と。

うう……。

遠目で見ていたときは可愛い男の子だと思っていましたが、実際にお話するとアルス様も結構グイグイ話しかけてくるので、しっかりお話しの相手を私ができるでしょうか。

すこし、ドキドキしながら宴会の間を出て、静かなお部屋へと案内していったのでした。

◇◇◇

アルス様との会話は最初こそ少し戸惑ってしまいましたが、その後は自分でも驚くほど話が弾んだのではないかと思います。

最初は私の魔力についてアルス様は興味を持って話しかけてきたようでした。

魔力は私と弟であるリオンは幼い頃、父から厳しく指導されていたのです。

魔力は鍛えることができ、その鍛え方で個人の強さは大きく変わってくる。

そして、それはなにも戦に出る男性だけの話ではなく、女性であっても効果があるというお話でした。私はその父の教えを受けて育ち、今は魔力の多くを読書するときに活用しています。より早く、深く本を読み込めるように魔力を利用しているのです。

ですが、その魔力の使い方や訓練方法は各騎士家、あるいは貴族家にとって他家にはみだらに漏らしたりしない秘中の秘です。

どうやらアルス様はそのことをあまり知らずに私に聞いていたようです。

騎士同士であれば、たとえ親しき仲でも奥義とも呼べる魔力訓練法について聞いたりしないのが礼儀なのですが、さすがに農民出身のアルス様はご承知ではなかったようですね。

アルス様は不思議なお方でした。

年相応の幼い見た目の割には、話してみるとどこか大人びてもいる。

農民出身であり貴族や騎士の常識的なしきたりは全くの無知でもありますが、しかし、何らかの教養があるようにも感じました。

お食事をしているときも、もっと農民であれば食べ方が汚かったりすると聞くことがあります。

極稀に農民から騎士へと取り立てられた者も、そのような礼儀や作法を知らないことを古くからの騎士家の出身者には指摘されることが多いのですから。

アルス様はその点、礼儀や常識は知らないものの無作法ではない、という感じでしょうか。

周りの行動を観察して、自然とそれに合わせて行動しているようにも見えます。

農民らしい面もあれば、そうでもなく、年相応であればそうでもない、掴みどころのない人でした。

そして、それは文字の読み書きにも現れていました。

農民出身では文盲の人が多いのですが、アルス様は違いました。

基本的な読み書きは十分にできます。

どこで習ったのかを聞くと、どうやら教会で勉学に励んだようです。

前年にフォンターナ領の司教となられたパウロ司教に直々に教えを受けたそうで、教会における聖書などはすべて暗記しているようでした。

ですが、それ以外の本はあまり読んだことがないようでした。

特に、私がよくこのお城の図書室で読んでいるような、貴族的文章表現の多い書物にはあまり触れてこなかったのでしょう。

一緒にお話しているお部屋にあった本をご覧になられても、その難しさに「読解不能だー」と足を投げ出されていました。

けれど、私が横で読み聞かせて教えて差し上げると、私の予想以上の速度でそれを覚えているようにも感じました。

最終的には非常に難解な言い回しを除いては、ある程度その本をご自分でお読みになることができるようになっていたほどです。

私がそれを読めるようになったのはアルス様の年齢よりも上の時なので少々悔しい気持ちもあったりなかったり。

複雑な気持ちです。

が、アルス様とお話するのは楽しかったです。

アルス様はこの国の歴史などについてや、ほかのことなど、知らないことは多々あるようでした。

けれど、それはあくまでも現在知らないというだけで、お話するとすぐにそれを理解し、わからないことがあれば即座に私にお尋ねしてくるのです。

……これが結構楽しいものでした。

いつも本を読むことが多いといっても、私は読んだ本の内容について側付きのクラリスなどと話し合うこともなかったのです。

ですが、こういうふうに誰かと本の内容を話すのも結構いいものですね。

私も思わず色々と話し込んでしまいました。

どのくらいアルス様とお話していたのでしょうか。

喉が乾いたなと感じるくらいにはずっと話していたように思います。

そのとき、不意にお部屋の扉を叩く音が聞こえてきました。

誰かと思えば、私の弟のリオンです。

どうしたのかしら？

なにか、急な用事でもあるのかしら？

そう思ったのですが、リオンはすぐに出ていってしまいました。

アルス様に「今後も姉をよろしくおねがいします」と言い残して。

……まさか、そういうことでしょうか？

アルス様は今のリオンの言葉がどういう意味を持つのかわかっておられないようです。

ですが、私にはわかってしまいました。

それと同時に、リオンだけの独断でそんなことを言うはずがないということも。

ということは、リオンはカルロス様とも話をまとめているのではないでしょうか。

……アルス様と契りを結ぶことになるかもしれない。

瞬時にそのことに気づいた私は、その後アルス様のお顔を見ている間、ずっと自分の顔が熱く感じてしまっていました。

大丈夫かしら？

変に思われていないでしょうか？

真っ赤になっている顔を隠すように、それからはうつむきながらアルス様とお話することしかできませんでした。

◇◇◇

自分でもびっくりです。

まさか、こんなに自分の結婚話があっという間に進んでいくとは考えもしていませんでした。

そうです。

私とアルス様の婚姻が正式に決まったのです。

輿入れして、バルカ騎士領に私が入るのは冬が終わり、春頃になるということでした。

大急ぎで準備を整えなければなりません。

結婚式を執り行う際の衣装なども用意しなければなりませんね。

大慌てで準備を進めていたので、あっという間に結婚式の日が近づいてきました。

私の方も大変でしたが、アルス様のほうも大変だったようです。

なんといっても新しくお家を作っているということです。

しばらくした頃にリオンやクラリスがバルカ騎士領の確認に行ってくれたのですが、口を揃えてすごいというばかりでした。

というのも、アルス様が建てたのは新築の館ではなく、お城だというのです。

驚きを通り越して、本当なのかしらと思ってしまいました。

なぜなら、アルス様がカルロス様に騎士として取り立てられた際に頂いた領地は村が二つだったからです。

普通、村が数個の領地持ちの騎士というのは騎士の館を建てるくらいなのではないでしょうか。

実務的にも財政的にもそれで十分なはずです。

というよりも、立派なお城を建てるだけの財産を持っているのでしょうか?

ですが、クラリスは自信満々に私に語って聞かせました。

アルス様が建てた新しいお城は今までクラリスも見たことのない立派なもので、そしてクラリスの監修のもとに調度品を誂えた気品あるものである、と。

新しくお城を作るだけでもかなりの出費のはずですが、それに加えてクラリスの言う調度品を集めたのだとしたら、いったいどれほどのお金がかかったのでしょうか。

話に聞いただけでもちょっとめまいがしてきそうでした。

◇◇◇

ですが、そんな心配は杞憂だったようです。

なにも問題が起こること無く、結婚式の日がやってきたのです。

フォンターナの街の中心にあるフォンターナのお城にアルス様が使役獣にまたがって私を迎えに来ました。

これは私も見たことがありますね。

たしか、ヴァルキリーというのではないでしょうか。

真っ白なきれいな体で頭には角が生えている使役獣の背中にアルス様が騎乗されています。

この子もレイモンド様との戦いで活躍したと聞いています。

魔法を使える魔獣型の使役獣だそうですが、見た感じではすごくおとなしく全然怖くありません。

そんなヴァルキリーに思わず触ってしまいました。

ヴァルキリーの横顔を撫でるように触ると、サラサラとした絹のような毛が手に心地いい。

思わずうっとりとしていると、ヴァルキリーに乗っているアルス様からこう言われたのです。

良かったら乗ってみますか、と。

当初の予定では、私はフォンターナの街からバルカ騎士領までは使役獣が引く車に乗る予定でした。

ですが、せっかくのアルス様のお誘いです。

それにヴァルキリーちゃんも乗ってほしそうな顔をしているではありませんか。

私はぜひお願いします、といってアルス様に手を引かれてヴァルキリーの背中に乗せてもらったのです。

アルス様の後ろから掴まるように二人乗りです。

……こうしてみると、小さな男の子と思っていたアルス様の背中は結構大きく感じますね。

こうして、アルス様と一緒にヴァルキリーに二人乗りした私たちは、フォンターナの街をゆっくりと、街の人々に手を振られてお祝いの言葉をかけてもらいながらバルカ騎士領を目指していたたのです。道中、アルス様といろいろお話しながら進んでいきました。

実は私はこうしてフォンターナの街の外に出るのは久しぶりのことです。

ですが、その道の変化には驚きました。

きれいに舗装された道路が真っ直ぐに続いていたからです。

ヴァルキリーに騎乗しているときでも、その後、車に乗り換えて移動したときも地面からの振動はそこまで気になりませんでした。

以前、お出かけしたときはデコボコの道からの振動で使役獣がゆっくりと引く車に乗っていても疲労困憊したものですが、今回はそんなことが全くありませんでした。

そして、そんなきれいな道をずっと進んでいくと、あるところでお城が見えてきました。

こんなところにお城があったでしょうか？

そうか、ここがアルス様がお建てになったお城ね。

そう思ったのですが、違ったようです。

川のそばで、川から水を堀に引いて城壁の周りを囲んでいるお城。

ですが、これはアルス様が言うにはただの宿場町だそうです。

これが、宿場町？

こんな高い壁で囲まれた宿場町というものがあるのでしょうか？

てっきりこれがお城だとばかり思ったのですが、そうなるとアルス様のお城はこれよりもすごいものということになるのではないでしょうか。

昨年まで農民だったのですよね？

この川北の城とアルス様が呼ぶ宿場町から北がバルカ騎士領になるということですから、実質的にはアルス様は村二つの領主というよりもお城を二つ持つということになるのではないでしょうか。いけない。

頭が混乱してきてしまいました。

今日はここで休憩が入るということでホッとしてしまいました。

が、その安心感は次の日にはあっさりと吹き飛んでしまいました。

川北の城からアルス様のお住いになっているバルカニアまでも、それまでと同じようにきれいに舗装された道を進んでいきます。

そして、その日のうちにバルカニアが見えてきました。

そのとき、私は使役獣が引く車にのってくつろいでいました。

ですので、外を見ていなかったのです。

ですが、バルカニアが見える位置に来ると、ヴァルキリーに騎乗していたアルス様がお声をかけてくださいました。

そして、それによって顔を上げてアルス様の指差す方を見て、息が止まるかと思ったのです。

高い壁がものすごく長く続いている街。

……バルカ村はどこかしら？

私は幻でも見ているのかしら、と思ってしまいましたがそうではありませんでした。

アルス様の住むバルカニアはこの城塞都市のことのようです。

まだ農民だったころに、自分の土地を壁で囲ってしまったようで、今はこうして壁の中に街を作り、多くの人を住まわせているようです。

農民のまだ年齢一桁の子どもであったアルス様がこのバルカニアを作り上げたということになるのでしょう。

どうやってこの街を作ったのかと思いますが、ここに来るまでにもアルス様の魔法を見せていただいていました。

すごいとしか言いようがありません。

貴族ではないのにもかかわらず独自の魔法が使えるというだけでもすごいのですが、レンガを作るという魔法でここまでのことができるものなのでしょうか。

多くの貴族の持つ魔法は攻撃用ということですが、このように何かを作る魔法というのも大変有用なのでしょうね。

カルロス様が目をかける理由がよくわかりました。

そして、そのバルカニアにはアルス様の騎乗するヴァルキリーちゃんに一緒に乗せてもらいながら入っていくことになりました。

多くの人が歓迎してくれました。

みんなが大きく手を振って迎え入れてくれます。

誰もがすごくいい笑顔をしているのが印象的でした。

急な工事でお城を作ったと聞いて、内心では皆さんが無理をなさっていないか心配していましたが、どうやらそういう心配は無用だったようです。

それにしても、変わった街ですね。

城塞の門をくぐって中に入っていくと見えてきた街の景色を見て、まず最初に思ったのがすごくきれいで統一感があるということでした。

まず第一に目を引くのが地面に真っ直ぐに続いている道路です。

その道路がまるで升目《ますめ》のようにきちんと区切られているので、雑多な感じが一切しないのです。

さらに、建物も変わっていました。

二階建てのお家なのですが、そのどれもが壁に透明な板をはめ込んでいて中が見えるようになっているのです。

あれでは家の中が外から覗き放題になるのではないでしょうか?

ですが、お日様の光があたって気持ちが良さそうですね。

そして、そんな変わった白い建物がいくつも並んで建っているのがこのバルカニアの特徴のようです。

見た感じでは全く同じ建物がいくつもいくつも並んでいます。

あそこまで同じ建物に揃えているのはなにか理由があるのかしら?

そう思ってアルス様に聞いてみると、また驚きの言葉が返ってきました。

「ああ、あれは俺が魔法で作った家だよ、リリーナ。バルカニアの街を作ったときに道路整備と一緒にまとめて何個も家を建てたんだ。東から来た旅人の造り手のグランってのがいてね。そのグランが建てた家と同じものを再現したんだよ」

魔法で家を？

いえ、そうではありません。

さっきの言葉が本当ならば、このバルカニアは実質ほとんどアルス様が自ら作ってしまわれたということにはならないでしょうか。

街を囲む壁も道路も建物も、なにもかもアルス様が作っている。

建物を魔力で作るというのも聞いたことがありませんが、短期間でここまでバルカ村が変貌を遂げたのもアルス様あってのものなのですね。

そして、アルス様の作られたのは街だけではありませんでした。

バルカニアの外壁とは別に、街の中にさらに周囲を囲む内壁がありました。

そして、その内壁の扉を越えると、底に見えてきたのがお城でした。

アルス様がお建てになった新しいお城。

これからアルス様と私が住むことになるバルカ城です。

白を基調とした大きなお城。

バルカニアにあったお家のように、外からの光を取り込むための透明な板が貼り付けられた特性の窓がいくつもあるお城です。

中に入ると絨毯が敷かれており、通路の両脇には適度に調度品が配置されていました。

これはクラリスの仕事かしら？

彼女らしい、城に入ってきた者をもてなすように選びぬいたであろう品が随所に配置されています。が、そのどれもがお城の雰囲気にあっており、あくまでも城を引き立てるものとしての役割に徹している。

これならば、カルロス様のような貴族家のご当主様をお迎えしても失礼には当たらないでしょうね。

そして、そのバルカ城をアルス様の案内のままに進んでいくと、奥にある謁見の間に着きました。

この謁見の間のことをクラリスやリオンが言っていたのでしょう。

見たこともない青を主軸としたさまざまな色の光を通す板がはめ込まれた窓が謁見の間の奥にありました。

アルス様に尋ねるとあれは「ステンドグラス」というようです。

ちょうど、外からの光を受けて色鮮やかに光り輝くステンドグラスの採光の中をアルス様が進み、重厚な木製の椅子に腰掛ける。

その姿は普通の騎士のそれではありませんでした。

優しい青の光を浴びながら椅子に座り、可愛らしい笑顔で私に手を伸ばして迎えてくれる。

今までのフォンターナ城での生活と比べても経験したことのない非日常の中に迷い込んでしまったみたいです。

私は思わず小走りに駆け寄って、アルス様の手をギュッと握りしめました。

こうして、私はアルス様と結婚し、ともに歩み始めたのでした。

番外編　カルロスと異質な少年

「なに？　レイモンドが死んだだと？」

「はっ。間違いございません。レイモンド・フォン・バルバロス様が討ち死になさいました」

「……本当なのか？　レイモンドはちょっとした農民の鎮圧に向かっただけだったのではないのか？」

「はい、その通りです。五百の手勢のうち、騎士を三十ほどと、その下につく従士たちも引き連れての鎮圧軍でした。そのため、当初は過剰な戦力を投入しすぎではないかという意見もあったのですが……」

「それが返り討ちにあったというのか。とうてい信じられんことだな。農民では束になっても騎士には敵わんというのが相場だが、レイモンドはそのへんの騎士とは違う。万に一つの勝ち目もないはずだがな」

「どういたしましょうか、カルロス様」

「なにはともあれ、もっと情報が必要だ。そのバルカ村の情報を可能な限り集めろ。それと同時にすぐにこちらも動かなければならん。フォンターナ領をこの手でまとめるぞ」

「はっ。かしこまりました」

レイモンド・フォン・バルバロスが死んだ。

あまりに急なフォンターナ家の家宰の死亡に浮つく周囲を抑えてすぐに行動を開始する。

事態は急を要する。

それ故に、早く動いたものほど有利な位置に立ちやすい。

こうして、フォンターナ家当主である俺、カルロス・ド・フォンターナは動き始めたのだった。

◇◇◇

俺がフォンターナに生まれ落ち、そして三歳になったころ、先代当主である父を亡くした。

その時、非常に大きな戦があったのだと聞いている。

我がフォンターナ家は氷の魔法を司る貴族家であり、かつては周囲の貴族家に対して多大な影響力を持っていた。

だが、それがよくなかったようだ。

周囲に対して冬将軍と呼ばれた先代当主が周りの貴族領から集中攻撃を受けて討ち死にしたのだ。

そして、その際にフォンターナ家の後継者は俺以外を残して亡くなった。

その後、フォンターナ家は配下の騎士の一つであるバルバロス家当主のレイモンドが家宰を務めている。

それはいい。

レイモンドは幼い俺がここまで成長するまでの間、この地を守り続けた功績がある。

が、俺が成人した今でもフォンターナ領の一切を自分で取り仕切ろうと動き続けた。

特に問題だったのが、本来は他の騎士家と持ち回り制だった家宰という役職を牛耳《じゅうじ》ってしまったことだ。

もう一つの有力騎士家であったグラハム家を葬り、家宰という地位を独占している。

そして、それによって領地運営を当主である俺にも手を触れさせようとしなくなってしまったのだ。

個人的に言えば、俺とレイモンドの関係そのものはそれほど悪くはない。

が、レイモンド派と呼ばれるいくつかの騎士家は微妙なところだ。

やつらは貴族家であるフォンターナ家よりも騎士家のバルバロス家の意見に重きをおくようになっている。

このままではいずれ問題が表面化するだろう。

なによりも、レイモンドの子どもがよくない。

やつは俺も昔から知っているが、甘い汁を吸うだけのボンクラだ。

せめて父親に似て有能であればよかったが、そうではない。

このフォンターナ家を守るためにはレイモンドの力に頼るだけでは駄目だ。

いや、それこそ、俺がレイモンドから力を奪い、自ら統治できるだけの才覚を見せなければフォンターナ領はそう遠くない未来瓦解するかもしれない。

故に、今から動いていかなければならないだろう。

そう思い、俺はレイモンドとは表向きは良い関係を維持しながらも、裏では反レイモンド派ともつながりを持つことにしたのだ。

いずれ、レイモンドを追い落とし、フォンターナ家の当主としてフォンターナ領をまとめていくために。

だが、それがこんなことになるとは思いもしなかった。

まさか、あのレイモンドがいきなりいなくなるとは思いもしなかった。

それも他の貴族家などが相手ではなく、ただの農民が相手に討ち取られるとは。

いったい何者なのだろうか？

情報が出揃う前に動いたおかげで、俺は亡くなったレイモンドが持っていた家宰としての権限をバルバロス家からフォンターナ家当主に返上させて一本化することに成功した。

少なくともボンクラに権力が渡るよりも遥かに良かっただろう。

だが、その後の動き方については正直迷った。

というのも、レイモンドを討ち取ったアルスという存在が何者なのかが全くわからなかったからだ。

ことの発端はバルカ村に要塞ができたという報告から始まった。

もともと、騎乗可能な使役獣を孵化することができるという農民アルスに土地の所有をレイモンドが認めたという事実がある。

その土地が急に周囲を壁で囲ってしまうことになったのだ。

明らかに異常事態だ。

そして、これはどう考えても土地の所有権を与えたレイモンドにも責任がある。

故に、責任者として対処をとるように命じていたのだ。

だが、そのレイモンドが敗北した。

帰還した騎士や兵の情報によれば、バルカ勢はその全てが魔法を使用したというではないか。

そういえば、バルカには近年どこからかの流れ者が入り込んでいたという報告はなかっただろうか？

もしかして、他の貴族家が介入してこの騒動を起こした可能性も考えられる。

しかし、その考えはどうやら違ったようだ。

新しくフォンターナ家の司教となったパウロが俺を訪ねてきた。

パウロはバルカ村が担当地区の神父だった男で、どうやら渦中の農民アルスのことをよく知っているらしい。

バルカ勢が持っていた魔法はアルスの魔法であり、それは司教である自分が証言できるという。

そして、アルス自身も今回の件についての問題解決について頭を悩ませているらしい。

どうやら最低限話し合いができるだけのやつのようだ。

普通は教会の司教がそこまで庇い立てすることもありえない。

つまり、アルスは教会すらも動かし得る存在であるということ。

ならば、会ってみるのも一興か。

こうして、俺はアルスという男と相まみえることになったのだった。

◇◇◇

異質だ。

アルスという少年と会って俺が抱いた第一印象がそれだった。

こいつは普通とは違う。

魔法が使えるとか、レイモンドに勝ったとか、そういう話ではない。

存在そのものが異質。

それがアルスという男だった。

パウロの仲立ちによって、アルスが建てたという塔の中で向き合って話し合う。

まあ、この塔もたいがい異常だ。

つい先日までこの地にはこんな塔はなかった。

だというのに、今はフォンターナの街とバルカ村の中間に城のような砦を建て、そこと村を繋ぐ道を敷設し、さらには監視塔のようなものまでもが無数にあるのだ。

どうやってこれだけのものを作り上げたのか、全く検討もつかない。

だが、そんなことは些細なことだた。

それよりも問題だったのが、アルスという少年の性質だった。

こいつの気質は間違いなく農民ではない。

普通は貴族家の当主であるこの俺が直々に話に来たとなれば、いかに対立したとはいえども農民ならば無条件に頭を下げる。

だというのに、こいつはまるで自分が俺と対等であるかのように普通に話をしているのだ。

が、それは決して自身の強さをうぬぼれての行動ではない。

むしろ逆だろう。

アルスは俺との力の差を正確に認識している。

俺とやつではまともに戦えばまず間違いなく俺が勝つ。

それがわかっていて、なお、対等に話し合っているのだ。

そして、それと同じように、自分がこの俺と対等ではないということをしっかりと理解している。

矛盾するようだが、対等の立場で交渉しながらも、身分や地位などは俺のほうが上であることを理解して受け答えしているのだ。

さらにその交渉も押さえるべき重要な点はしっかりと理解していた。

いくつかの話し合いの末に、俺はレイモンド殺しの主犯たるアルスを許し、さらには騎士に叙任すると約束したのだ。

これも普通であればありがたがって喜びの声を上げるものだろう。

が、アルスは違った。

名前だけの地位ではなく、実利も要求して交渉してきたのだ。

これだけでも、ただの力がある馬鹿ではなく考える能力があることが分かる。

……こいつには権力や立場の違いを説いて話をするのは意味がないかもしれない。

むしろ、実利を与えてこちらの要求を突きつけたほうがいいのではないだろうか。

停戦交渉などを話し合い、なんとなく掴んだアルスの思考の傾向についてそう結論づけた。

おそらくは、この少年は「農民だから」とか「貴族の当主が相手だから」という理由では動かない。

それよりはむしろ適当な対価を支払うことで動かすほうがいいだろう。

なぜか報酬に対してはきっちりと仕事をこなすという認識があるように思われた。

ならば、アルスの求める報酬とはなんだ？

地位はさほど求めていないように思う。

騎士に取り立てるという話を持ち出したときにも、それほどに喜びの感情が湧き出ていなかったようだ。

金や物もそうだ。

それとなく話を持ち出してもさほど食いついてこない。

まるで、自分で稼ぐことができる小金とでも言い出しかねない雰囲気すらある。

ならば、それよりももっとアルスの感情が動いたときはどこだろうか？

……そうか。

そもそもの始まりとなった事件である、兵士の行動への対処こそ、アルスの感情が入っているのではないだろうか。

自分の土地を接収すると言われたこと。

アルス自身の身柄を保護して確保すると言われたこと。

そして、家族である弟が兵に剣を向けられたこと。

つまり、アルスにとって感情が揺れ動くほどの大切なものは自身の周りの者たちの命や自身で築き上げた所有物を奪われること、それになにより自分自身の自由を侵されることを非常に嫌がるのだろう。

ならば、俺はそれを保証しよう。

アルス自身や周囲の大切な者の命を保証し、財産を保証し、自由を保証してやろう。

それこそがアルスに対しての報酬。

いくら金を積もうともそう簡単には手に入らない貴族家当主による保証を認めてやろう。

そして、その報酬を守るためにアルスには俺の剣になってもらおう。

レイモンド亡き後のフォンターナ領は大黒柱を失ってしまった不安定な状態だ。

領地の中にも外にも俺の敵はいる。

それらを退け、この地を守るためにアルスには働いてもらおう。

こうして俺はフォンターナ家当主として農民の少年をアルス・フォン・バルカとして騎士へと取り立てることにした。

他のなにものからの干渉もすべて俺がはねのけて、アルスが自由に行動できるように保証する。

その結果、フォンターナ家はかつてない戦力を得ることに成功したのだった。

あとがき

皆様、はじめまして、そしてお久しぶりです。

カンチェラーラです。

大変ありがたいことに拙作が第一巻からの続きのお話をこうして第二巻として書籍にして頂けることになりました。

今でも夢でも見ているかのように感じてしまうほど興奮しております。

そんな本書をこうしてお手にとって頂けて大変ありがとうございます。

第一巻では物語当初からずっと主人公であるアルスが生活に必要なものを作り上げて、生きていく姿を描いていました。

が、ここにきて大きく物語が進みます。

異世界の、しかも戦いのある世の中に転生してしまったアルスがどのように激流の中を生き抜いていくのか。

のんびり農家として生きていけなくなった主人公の人生がどう転がっていくのかがこの物語の肝になるのではないかと思います。

それはさておき、本書にとって一番の注目ポイントはなんと言ってもヒロインの登場ではないでしょうか。

可愛く、かつ、美人であるリリーナがすぐにアルスと結婚までしてしまうというスピード感あふれる展開に我ながら驚いてしまいました。

ＷＥＢ版ではあまり触れられていなかったリリーナ側の視点などを書き下ろして追加することができて、私としても大満足の一冊になっていると感じています。

ぜひ、皆様にも楽しんでいただければと思います

また、こうして第二巻を出版にまで導いてくださった編集部の扶川様を始めとして、関係者の多くの方に感謝しております。

イラストレーターのＲｉｖ様の絵は相変わらず素晴らしく、特に口絵の騎士叙任のシーンはお気に入りの場面です。

そのほか、ＷＥＢ版で誤字脱字の指摘などを行って頂いた読者の方々もありがとうございます。

皆様のおかげでこうして素晴らしい作品として本書が世に出る事になりました。

この本を手にとって頂けた皆様には心より感謝を。

それではまた、お会いできることを祈りつつ失礼致します。

Character References

07

リリーナ

性別： 女	年齢： 十六歳
プロフィール	アルスの妻。カルロスの思惑により政略結婚したが、アルスには純粋に惹かれている。大の読書好き。
魔法	【照明】【飲水】【着火】【洗浄】

08

グラン・バルカ

性別： 男	年齢： 二十九歳
プロフィール	東方の国から山脈を越えて訪れた旅人。魔物素材を使った究極のものづくりを夢みている。アルスを理想の主人としている。
魔法	【照明】【飲水】【着火】【洗浄】【土壌改良】【魔力注入】【記憶保存】【整地】【レンガ生成】【硬化レンガ生成】【身体強化】【瞑想】【散弾】【壁建築】【道路敷設】【蹄鉄作成】【ガラス生成】

Character References

マドック・バルカ

性別:	男	年齢:	五十三歳
プロフィール	木こり。取りまとめ役的な年長者で、バルカ騎士領の裁判官も請け負っている。アルスの信頼が厚い。		
魔法	【照明】【飲水】【着火】【洗浄】【土壌改良】【魔力注入】【記憶保存】【整地】【レンガ生成】【硬化レンガ生成】【身体強化】【瞑想】【散弾】【壁建築】【道路敷設】【蹄鉄作成】【ガラス生成】		

トリオン・バルカ

性別:	男	年齢:	三十三歳
プロフィール	行商人。現在はアルスの片腕で、バルカ騎士領の内政担当。金勘定に厳しく、投資に対しても現実主義的な一面を持つ。		
魔法	【照明】【飲水】【着火】【洗浄】【土壌改良】【魔力注入】【記憶保存】【整地】【レンガ生成】【硬化レンガ生成】【身体強化】【瞑想】【散弾】【壁建築】【道路敷設】【蹄鉄作成】【ガラス生成】		

*記載事項は二巻時点のキャラクター情報になります。

コミカライズ
試し読み漫画
異世界の貧乏農家に転生したので、レンガを作って城を建てることにしました
漫画：槙島ギン
原作：カンチェラーラ
キャラクター原案：Riv
体が動かない
ーううー…
頭にモヤがかかっているみたいだ…
おぎゃあっおぎゃあ…っ
俺は事故にでもあったのだろうか?
パタパタ
あらあら

お腹がすいたのかしら?
サラ…
!!
ドッキーンッ
この美人は看護師さん?
ということはここは病…院…
ス
ツ
「照明」
パア
ここっ病院ちゃうやんけ!!
not関西人
あぶばばば
ばぶあっ!
!!??

俺 異世界に転生しとるー!!!
少なくとも魔法の存在する世界!!
ぶーーっ
あぶあ〜っ
ばぶあっ
あぶっぶばあっ
よしよし
ここは俺の知る日本でも地球上でもない
フンスフンスッ
あぶぅ〜
ふふっ
ぱたぱたっ
え!?
ぎょっ
ちょっと…
はいはい
ぽよん
ごはんにしようね
お…おお…

体が
勝手に…
ニコ
ニコ
魔法が存在して
そのうえこんな
綺麗で若い人が
母親とは…
異世界転生
最高かよ!!
けふっ
さて 赤子として
新たな人生を
歩き出した俺だが
名前は
まだない
「アッシラとマリーの3番目の子」とよばれている。
というのも
ここでは6才になって
初めて教会で
「命名の儀」を受け
個人名を授かるらしい
あら
かわいい
「アッシラと
マリーの3番目
の子」ね
ええ
3番目
の子です
なんて
不便なんだ…

とにかく！
今気になるのは
魔法の存在！
キョロキョロ…
見たところ
俺がいる部屋には
照明器具らしき
ものはない
これは普段から
魔法で光を出して
いるからかもしれない
「照明」
…という
ことは
この世界では
魔法を使用するのは
一般的な可能性がある…
む～んっ
―つまりは

俺も魔法が
使えるかもしれない
ということだ!!
バーン
あぶ～っ
きゃっきゃっ
ちたぱた
ちたぱた
火
風
水
氷
雷
土
自由自在に
魔法を使いこなす
イメージをする
だけで心が躍る!!

よし！
早速やってみようではないか!!
「照明」!!
あっう〜〜っっ
しーーん…
…
…
…
あうっ
あっ
ぱた
あーっっ
ぱたた
あうう〜っっ
じたっ
あばばばー〜っっ
あぶっ
ばたた
はいはい
どうしたの？
あ〜う〜…
魔法チャレンジ
失敗
無念っっ

アプローチを変えよう
ぱた
ぱた
家族が魔法を使うのを観察してどうやって魔法を使っているのかを知るのが第一だ
じいいい
あら起きてたの？
ふふっ
スイ…
フウ…
フォンッ
「照明」
──…
じい
いっ

どうやら自分の
肉体の内から
何らかの力を
ひねり出している
ように見える
魔法を使うには
何らかの「力」…
「魔力」が必要
そうだ
あ～っっ
あぅぶ～っ
ば～ぅっ
ふふっ
おしゃべりが
好きなのね－
う～…
…
呪文を唱えるための
発声器官はまだ
でき上がって
いないし…
フンスッ
まずは
俺の中に眠る
魔力を探し出し
徹底的に鍛えて
やる!!
そうして――
魔力トレーニングに
日々を費やして3年
俺は!!
ザッ
ザッ

いまだに魔法が使えない
ぐぎゅるるる～っ
おなか…すいたな
そのうえ家は貧乏農家でいつだって空腹である
あらっ どこに行くの？
裏の畑にいってくる～…
とぼ とぼ
齢《よわい》3才にして貧乏が身に染みる…っっ
ぐぎゅるるるぉ～
くっ
とにかく
ザザッ
何としても食べ物を作り出さなくては…!!
今日こそは…!!

魔力は自分の体内と体外に存在する2種類があるようだ
空気中にも魔力は含まれている
外にある魔力を口から取り入れ自分の体内にある魔力と融合させることができる
そのことに気づいてから自分のお腹の中―――
お腹の少し下あたりで2種類の魔力を融合させ
全身に行きわたらせるようコントロールする努力をしてきた
おかげで今では自然に魔力を練り上げることができる!!
齢《よわい》3才にして!!
…のだが

魔法というのは
6才になって教会で
「命名の儀」を
受けなければ
使えないのだ!!
あと3年…!!
ババーーンッ
それでも 使えるようになるのは
「照明」「着火」「飲水」
といった簡単な
生活魔法だけ
生活魔法しか
知らない両親に
他の魔法の使い方は
わからなかった
ぺたんっ
赤ん坊のころから
今日まで
魔法を使うために
試行錯誤してきた
トーン…
——そして

フオオオ
ようやく手ごたえを感じ始めた
オオオオ

スゥウー…
フゥウー…
深く深く
深呼吸をする
取り込んだ魔力と
体内の魔力をじんわり
お腹の下で練り上げる
オ
オォォォ
それを胸に
引き上げ
頭や手足へと
押し流す
ボワ…
魔力は体の端まで
たどり着き
また戻っていく
ボォォォ
慎重に
滞《とどこお》りないように
ゆっくりと
なめらかに
魔力が全身を
巡り始める

空気中にいるときの魔力は軽い気体のイメージ
行き場のないほど増えた魔力を手のひらへ――
じゅわ…
だが 体内で練り上げた魔力は粘り気のある液体のイメージに変化する
それをすべて土へと行きわたらせていく
…トク…
タプン…
トクトク…

…落ちつけ
ここで集中を切らすな
だが不用意に呪文を唱えたせいで——
苦労して土に染み込ませた魔力が霧散してしまった
ここまでは前回もできた
イメージだ
魔力を練り上げるときと同じようにイメージが大切なんだ
畑の基本は土の良さにあると言っても過言じゃない

やわらかで
ふかふかしていて
さわると
少し温かい
栄養のある土
前世で田舎の
ばあちゃんがよく
使っていた万能な
肥料が入った土
窒素・リン・カリウム
おいしい野菜
雑草をすべて
取り除き
よく耕《たがや》した土で
水はけと日光が
充分当たるように
畝《うね》を作った畑
土の香りと
ぬくもりと…
トク…

トク トク
トク…
パタタッ
はぁ
はぁっ

ザア
ァ
はぁ はぁ…
で…きた…
フカッ

畝がある
10メートル四方
ぐらいだけ
地質が違う…
農家と言っても
俺の家が耕している
畑は硬い土に雑草が
生えているような
酷いものだ

耕作機械のようなものは一切見たことがないし
二十一世紀とは比べものにならないくらい農業技術がないのかもしれない
やった…
地味な魔法だけどそれでも
魔法のあるこの世界に生まれて初めて自力で魔法を成功させた…!!
ザァ
この世界での俺の人生にとって大きな一歩だ
ぐっ
ぐぎゅるる
!!

今は魔法《理想》より空腹《現実》だ
ガサ
ゴソ
よしっ
さっそくこいつを植えるぞ!!
ハツカ（根菜）
二十日程で食べられる!!
「家畜の餌の定番」
「貧農家御用達のクズ野菜」
等間隔で植えていく。
ポン
ポン
見た目も味も悪い!!
……
たとえハツカがどれほどの悪名を持っていても俺はかまわない…!!
とにかく何か食べたい!!
ぶっちゃけ今日魔法が成功していなかったらこの世界に転生したことを酷く悔やんでいたかもしれない…!!
ぐぎゅるる
きゅううう
ぐぅぅ…
ひもじい…
ぐすっ

よいしょ
よいしょ
よろ…
よろろ
よい…
しょっと！
ピチチ…
チチッ
ザバ
ブシャーッ
ドン
タプンッ
は～っ
ひ～…
タプタプ
このっ3才児の
ちっちゃい体には…っ
水やりは重労働
すぎる…っっ
はひ～っっ
初めて魔法を
成功させてから
すでに5日

1日1回のペースで土に魔法を発動させた
今ではそれなりのスペースがふかふかの土の畑へと生まれ変わっている
1日目の畑
2日目の畑
3日目の畑
4日目の畑
ん？
えっ?!
わっ
さ〜
もう花が咲いてる!?
花が咲けば収穫の目印だけど…
むむ…
初日に植えてまだ5日…
普通 20日はかかるんだけど…
明らかに早い
明らかに異常
キリッ
だがしかしっ放置するという選択肢などない!!
…ううう〜

ズ
ボボ
おっ
おおっ
すげー量
ついてんな!!
わっさり
通常なら
食用の根が数個
ついてるはず
だけど
10個以上
ついてる!
おお〜っっ
パ
キーン
チャプン…

ガリ
じゅわわ～～ん…
苦《にが》。
んぐ…
ぐぐ…っ
ごっくんっ
ゔ～～っっ
まずい～っっ
こうして俺の農業改革が始まった

フォンターナ領が
未《み》曾《ぞ》有《う》の危機へ！
対巨人戦に水上要塞の
攻戦が始まる！

異世界の貧乏農家に転生したので、
レンガを作って城を建てることにしました
3
カンチェラーラ ― 著
Riv ― イラスト
INFORMATION
2020年
発売決定！

異世界の貧乏農家に転生したので、
レンガを作って城を建てることにしました２

2020年4月1日　第1刷発行

著　者　　カンチェラーラ

発行者　　本田武市

発行所　　TOブックス
〒150-0045
東京都渋谷区神泉町18-8　松濤ハイツ2F
TEL 03-6452-5766（編集）
　　0120-933-772（営業フリーダイヤル）
FAX 050-3156-0508
ホームページ　http://www.tobooks.jp
メール　info@tobooks.jp

印刷・製本　中央精版印刷株式会社

ISBN978-4-86472-933-8